黄金时代

# 推理小史

孙毅 著

上海三联书店

# 目 录

## 不读"小史"，无以言推理

　　熟悉我的读者应该都知道，我在上海经营着一家叫做"谜芸馆"的书店。但这家书店呢，比较特殊，只售卖侦探推理小说。这类主题书店其实在欧美有很多，像英国的 Murder One，美国的 Book'em Mysteries 等。到这里买书的顾客，通常都是资深推理迷，或希望能更多了解推理小说的读者，他们的需求可不单单只想买书。所以我经常会被询问这样一个问题——有没有介绍推理小说历史的书？

　　我最快想到的必然是新星出版社午夜文库的那本——英国推理评论家朱利安·西蒙斯（Julian Symons）撰写的西方侦探小说史《血腥的谋杀》（*Bloody Murder*），不过很可惜，这部书早已绝版，网上不菲的价格，也令不少读者望而却步。此外，像霍华德·海格拉夫（Howard Haycraft）的《为了娱乐而杀人》（*Murder for Pleasure*）这样的作品，也都还未被翻译引进，由于受众小，将来被引进的希望也很渺茫。至于我个人来讲，对于推理史的了解，大多也来自早些年的推理杂志，当时推理杂志除了刊登原创小说之外，还会开辟一个专栏，专门讲国外的推理小说史。而让新读者去搜寻十多年前的杂志，恐怕有点强人所难。所以，面对这样的提问，我几乎只能表现出爱莫能助的样子。

　　直到我遇见了孙毅先生和他的《推理小史》。

　　说来有趣，与孙先生的相识是在一个午后。我正在书店里闲坐，孙先生的到来登时让原本乏味的下午精彩起来。我完全无法将眼前这位谦和斯文的男士与血腥与谋杀联系起来，我们聊了很多话题，从安东尼·伯克莱（Anthony Berkeley）到埃勒里·奎因（Ellery Queen），从江户川乱步到大山诚一郎,孙先生的阅读量之广之博、对推理小说的独到见地,都令我这个自诩推理作家的人感到汗颜。畅聊过后,孙先生从包中取出一册自印的书递给我,说是他在业余时间写的推理史。

"写着玩玩,您随便翻翻。"

他轻飘飘的话,与我手中那本沉甸甸的书,形成了鲜明的对比。

我迫不及待地翻阅这本书,那些熟悉的大师,重要的作品,井然有序地在我面前展开,瞬间又将我拉回了那个黄金时代。孙先生以冷静的笔触将一百多年的推理史娓娓道来,他用年代划分不同的作者,并将他们的经典作品加以分析,在介绍的同时又融入自己独到的观点,最重要的是,他并不像一些评价家在无意间"泄底",仿佛抖出谜底和真相,我们才能谈论推理作品。在这一点上,孙先生无疑是"专业"的。

当再次遇见孙先生时,我丝毫不吝啬自己的赞美,并表示这样的作品应该出版,让更多想要了解推理小说的读者看到。孙先生说他也并不反对出版,只不过担心这样偏学究气的作品,会有人爱看吗?出版社会愿意出吗?我说,这样的书正是目前市场上的空白,不如我来替您问一下出版圈的朋友,看看大家有没有兴趣?征得孙先生的同意后,我在社交媒体上推荐了这部推理史。消息发布后,不少编辑联系上了孙先生,对这部小史产生了浓厚的兴趣,几经周折,终于决定由上海三联书店出版。

得知这个消息后,我很高兴,毫不夸张地说,比我自己出版小说还要高兴。我记得自己曾和孙先生说过一句话:"就目前的情况,我宁愿市面上少一本乏味的推理小说,也要多一本有深度的推理研究评论类书籍。"

为什么这样讲呢?

是因为对于创作者来说,要发展推理小说——我的意思是发展我们中国本土的推理小说,这类研究评论的书很重要。爱看推理小说和了解推理小说,是两码事。只有了解了推理小说的来龙去脉,才能在国外作品中取长补短,写出有中国特色的推理作品,而不是一味地追捧和模仿。对于普通读者,了解推理小说的发展,就不会被一些抄袭作品糊弄,会拥有更高更广的眼界,来甄别什么是好作品,什么是跟风作品,而不是人云亦云,想读推理小说时只能靠某些抄袭百度百科的短视频博主来推荐,逐渐失去独立辨别优劣的能力。

曾经有学者说,中国没有发展推理小说的土壤,是因为民族性使然,我们唯结果论,不在乎程序正义,所以武侠小说可以盛行,而推理小说则举步维艰。这种观点乍听很有道理,但我不能完全认同。

首先,对谜团的好奇心,不论国籍,人皆有之。否则柯南·道尔、阿加莎·克里斯蒂、东野圭吾又如何能在国内风靡一时呢? 其次,武侠小说发展至今,几乎已经绝迹,难道是我们民族性在这二十年内发生了巨变? 实际上,侦探推理小说在民国时期,也曾风靡过一阵,出现了如程小青、孙了红、陆澹安、赵苕狂等优秀的侦探小说家,只不过因为某些原因,导致推理创作产生了断层,而新时代的推理创作,又失去了评论研究的辅助,导致现在的情况就是作品太多,研究太少,看的太多,懂的太少。

要改变这样的情况,只有从阅读推理史开始,慢慢培养读者对推理小说的审美。当然,并不是说板起脸来教化读者要怎么去读,读哪些小说,毕竟阅读推理小说也不过是消遣,只是同样花了时间去消遣娱乐,为什么不去看看更好的作品,享受一下更高级的娱乐呢?

那么,好的推理小说在哪里呢?

翻开这本《推理小史:黄金时代》,或许你就有了答案。

# 自序

180 余年的推理小说史大致可以划分为以下三个阶段：

第一阶段，即从 1841 年埃德加·爱伦·坡发表《莫格街凶杀案》到 1920 年阿加莎·克里斯蒂出版成名作《斯泰尔斯庄园奇案》之前，可称为"前黄金时代"。这段跨度 80 年的时间是推理文学的确立期，经典的推理模式诞生、不同的推理流派形成、推理名家辈出（柯南·道尔、G. K. 切斯特顿与杰克·福翠尔是其中最具重量级的人物）、形形色色的名侦探不断涌现各擅胜场（夏洛克·福尔摩斯成为领衔主演），由于短篇小说占据主流地位，所以这个时期也称为"短篇黄金时代"。

第二阶段，即从 1920 年到第二次世界大战结束的 1945 年，可称为"黄金时代"。这短短的 25 年成为推理小说的巅峰期，最匪夷所思的诡计、最深不可测的动机、最具个性的侦探以及最经典华丽的作品都毫无保留地呈现给普罗大众，推理小说遂成为最受欢迎的类型文学之一。在这个以长篇为主战场的时期，史上最具知名度的三巨头——阿加莎·克里斯蒂、埃勒里·奎因与迪克森·卡尔联袂上演了一出空前绝后的巅峰之战，他们的丰功伟绩至今传诵不绝。

第三阶段，即从 1946 年至今，可称为"后黄金时代"。推理文学融入了英雄主义、现实主义、科幻神话乃至异次元、平行宇宙等新奇元素，呈现出多元化的发展格局，进入无限拓展的衍生期。从地域上看，美国的冷硬派推理文学经由雷蒙德·钱德勒、劳伦斯·布洛克、迈克尔·康奈利等一众大师的接力推动，以及电影媒介的推波助澜成了美国文化的代表；而日本在战后半个世纪内陆续产生了本格派、社会派、新本格派以及当代的各种新潮流派，这些流派植根于耽美、细腻、隐晦的日本传统文化，因而在风格上极具辨识度。此外,中国本土推理文学发轫于民国时期,经历了较长一段蛰伏期,在近 20 年间蓬勃发展,与日本推理界联袂抗衡欧美,形成了东西方双峰对峙的大格局,至今如此。

对于纯文学小说,哪怕不小心知悉了结尾,对整体的阅读也不会造成伤害。比如,即便读者从《包法利夫人》的故事梗概里得知这位美艳的夫人最终悲惨离世,也不会影响读者打开福楼拜的这本名著,甚至在日后还会有兴致去重读,但这点对于推理小说则完全不适用。任何所谓的泄底或剧透(即提前知悉凶手、真相或结局)都会严重影响阅读的兴趣!令人不解的是,那些撰写推理小说史的名家都忍不住要在自己的书中对某些经典名篇进行疯狂的泄底,这样的手法简直是对小说本身的谋杀。例如自己也写推理小说的大评论家朱利安·西蒙斯在其传世名著《血腥的谋杀》中就如此揭秘:"侦探就是凶手!"他竟然如此激动,可我绝不会透露他迫害的是哪部经典,否则对读者而言必是一个无可挽回的灾难。我突然明白,西蒙斯对阅读这本推理小说史的读者的设定,肯定不是普通的推理小说爱好者,而是须读完推理小说史上绝大多数佳作的资深书迷,唯有此类人士才能幸免。

曹正文(米舒)老师的《世界侦探小说史略》是国内此类著作的先驱,幸好我对埃勒里·奎因已经完成整体的阅读,也就能容忍他对《希腊棺材之谜》等国名系列作品的"深入剖析";任翔女士的《文学的另一道风景:侦探小说史论》也是用心之作,但她用一页篇幅就把《巴斯克维尔猎犬》剧透完毕,我颇担心读者还能否提起兴趣去看

《血腥的谋杀》
新星出版社,2011 版

《世界侦探小说史略》
上海译文出版社,1998 版

《华丽家族》
安徽文艺出版社,2006 版

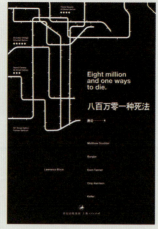
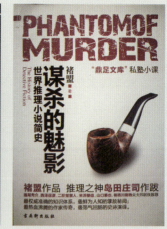

《奎因百年纪念文集》　　　《八百万零一种死法》　　　　《谋杀的魅影》
吉林出版集团，2009版　世纪文景/上海人民出版社，2014版　古吴轩出版社，2011版

这部几乎是福尔摩斯最扣人心弦的作品？这方面，那些为特定的推理名家写评论的作者似乎做得比较稳妥。王安忆的《华丽家族》对阿婆（阿加莎·克里斯蒂）书中的情节、诡计及人物角色的点评分寸得当，插图也遴选得很精致，有一种历史沉淀后的华丽之美。比王安忆做得更好的是唐诺，其对劳伦斯·布洛克的每一篇小说的评价，都只是一篇洒脱的随笔，没有直白的泄底，读者嗅到的是一种与布洛克相近的书写风格。

出版界人士撰写的简史就更为克制，例如褚盟在《谋杀的魅影》里做到了不剧透式的梳理和点评，为推理小说迷提供了一本"无伤害"的推理文学史。当然，最过瘾的评论文章终究还是来自推理圈的书迷们。在埃勒里·奎因诞生100年之际出版的这样一册《奎因百年纪念文集》，对于奎因的爱好者，乃至所有推理小说的痴迷读者，无疑是一件梦寐以求的瑰宝。那句"王者已逝，奎因永存"代表了所有奎因迷的心声。

在短视频盛行的当下，作为一个十多年的推理文学迷，我琢磨着应当为漫长推理小说史上的那些名家与名篇写几句彰显其亮色的"短笔记"，例如用最凝练的文字来描摹黄金时代三巨头（克里斯蒂、奎因与卡尔）的精神特质，用最精简的语句来记录经典作品的梗概与特色、江湖地位与对后世的影响。如此这般，能为自己留下关于推理文学最浓缩的阅读记忆。遵循此初衷，在不经意间竟然陆续写出了五十篇这样的"短笔记"，按时间线串起来就自然形成了一部推理小说的极简史，我称之为——推理小史。这部小史原本只是一套私人的读书笔记，出于最纯粹的爱好，并无立言成名的打算。如今有机会分享给喜欢读书的朋友于我而言实在是额外的收获。我觉得这套

"短笔记"传递了最提纲挈领的讯息，能为想进入推理文学世界的读者在选择入门读物的时候提供参考，至于开卷细览后您会与哪位推理名家结缘那就是属于您自己的待解之谜了。

在我收藏的千余本推理小说里，绝大多数的作品都值得为其书写一段，来记录它的梗概、特色和对推理小说史的意义。我一边书写评论文字，一边又感受了一次每部作品的妙处，也同时享受着推理小说史本身散发出的魅力，即推陈出新的模式与布局、各有千秋的流派与文风还有小说背后的社会样态与人文环境的变迁。在书写过程中时而兴奋时而感伤，仿佛自己亲身参与了推理小说的漫漫历史。囿于自身的文字水平，走笔之时我实难做到像专业评论家那样的挥洒自如，但我至少坚定不移地恪守了一个推理世界的基本原则，那就是——绝不泄底！

# 04

# 推理模式的开创

导言:"只要能发挥他的才能,他甚至能从最微不足道的小事中感到乐趣。"
——埃德加·爱伦·坡之《莫格街凶杀案》

埃德加·爱伦·坡

何谓鼻祖? 必须得开创一种讲故事的新模式,好比莫奈画出第一幅印象派的作品。埃德加·爱伦·坡(Edgar Allan Poe,1809－1849)在他32岁的时候,把谜团、侦探与解谜过程捏合在一起写出了一则博人眼球的犯罪故事,于是就有了《莫格街凶杀案》(The Murders in the Rue Morgue),就有了推理小说史上第一位侦探 C. 奥古斯特·杜宾(C. Auguste Dupin),以及第一个出人意料的凶手,居然是它,而不是他或她。由于这个故事太经典,传播太充分了,如同克里斯蒂的《东方快车谋杀案》,就算剧透也伤害不大。

或许是一种巧合,《莫格街凶杀案》的推理模式在日后180余年的推理小说史上,被无数次模仿或翻新,成为推理小说最经典的模式,那就是——密室。柯南·道尔(Sir Arthur Conan Doyle,1859－1930)的《斑点带子案》、伊斯瑞尔·冉威尔(Israel Zangwill,1864－1926)的《弓区之谜》、加斯顿·勒鲁(Gaston Leroux,1868－1927)的《黄色房间的秘密》,以及密室之王约翰·狄克森·卡尔(John Dickson Carr,1906－1977)的大多数作品都要对《莫格街凶杀案》脱帽致敬,这就是鼻祖的魅力,这就是开天辟地的

伟大。这还没完,伟大的爱伦·坡还创造了另外四种经典的推理模式:

(一):《玛丽·罗杰疑案》(*The Mystery of Marie Roget*)里的安乐椅侦探模式。即侦探足不出户,仅仅依靠报纸或别人的陈述等二手资料,运用逻辑,推演案情,并揭示真相。后世的同类作品如奥希兹女男爵(Baroness Emma Orczy,1865 - 1947)的《角落里的老人》、雷克斯·斯托特(Rex Stout,1886 - 1975)的"尼禄·沃尔夫系列"等。

(二):《失窃的信》(*Purloined Letter*)里的心理盲区模式。到处寻觅一无所获,真相却往往在眼皮底下,因为心理盲区的存在让人视而不见。后世的同类作品如莫里斯·勒布朗(Maurice Leblanc,1864 - 1941)的《水晶瓶塞》、G. K. 切斯特顿(G. K. Chesterton,1874 - 1936)的《隐身人》等。

(三):《金甲虫》(*The Gold-Bug*)里的密码破译模式。寻觅宝藏的线索隐藏在一组待破解的密码中。后世的同类作品如柯南·道尔的《跳舞的人》、江户川乱步(Rampo Edogawa,1894 - 1965)的《孤岛之鬼》等。

(四):《就是你》(*Thou Art the Man*)里的欺骗凶手模式。即在证据不足的情况下,诱导嫌疑人暴露自己,承认犯案。几乎每位知名的推理作家都演绎过这种惊险刺激的桥段。

从此往后,但凡有新的作品能在推理模式上标新立异的,十之八九成为了经典。例如奥斯汀·弗里曼(Austin Freeman,1862 - 1943)在《红拇指印》中发扬的科学侦

《莫格街凶杀案》

《玛丽·罗杰疑案》

查手段,以及在《歌唱的白骨》中开创的反向推理模式(即先让读者知晓真相与凶手,然后再陈述侦探的破案过程);又如安东尼·伯克莱(Anthony Berkeley,1893 – 1971)在《毒巧克力命案》里安排六位业余侦探轮流出场,陈述各自对毒杀案的真相推演过程,为后世树立了多重解答的绝佳范例;再如威尔基·柯林斯(Wilkie Collins,1824 – 1889)在《月亮宝石》中采用的多线叙事手法,女王阿加莎·克里斯蒂(Agatha Christie,1890 – 1976)在《罗杰疑案》中展现的叙述性诡计,以及罗纳德·A.诺克斯(Ronald A. Knox,1888 – 1957)在《陆桥谋杀案》里用来戏谑传统推理小说的反侦探手法等等,均是别开生面并被后人反复借鉴的推理模式。

比推理模式更宏观的概念是推理流派,在180余年的推理小说史上曾经先后出现过物证推理派、心证推理派、美国的冷硬派、日本的本格派与变格派,以及新本格派、社会派等等。简要言之,推理模式用来划分不同的诡计手法与整体布局,推理流派则界定了小说的叙事风格与推理美学,进而引发一股新的创作潮流并领衔一个时代。

回头看,1841年无疑是推理小说史上最重要的年份,一座丰碑的竖立,令后世永久仰望。江山代有才人出,在爱伦·坡之后不同的推理流派纷至沓来各擅胜场,一代代推理名家接力奉献最终使得推理小说成为最受大众欢迎的文学门类之一,时至今日依旧如此。

《失窃的信》

# 02 诞生在福尔摩斯之前的名著

导言:"岁月流逝,周而复始,在时光的轮回当中,相同的事件还会发生。"

——威尔基·柯林斯之《月亮宝石》

从爱伦·坡搁笔到柯南·道尔出道的 40 年间,推理小说的发展尚未进入辉煌阶段,但也诞生了几部足以影响后世的名著,其中能找到中译本来读的有《勒沪菊命案》(1863 年)、《月亮宝石》(1868 年)与《利文沃兹案》(1887 年)。有趣的是,我们可以从这三本推理名著中分别体验到法国人的浪漫、英国人的雍容与美国人的理性。

法国小说绝不能缺少爱情元素,如同法国人的生活中不能没有波尔多红酒那样,这种遗传基因在埃米尔·加伯里奥(Émile Gaboriau, 1832 – 1873)的成名作中得以充分显现。《勒沪菊命案》的剧情并不复杂,高贵的伯爵在 30 年前被情爱驱

埃米尔·加伯里奥

使,谋划了婚生子与私生子的调包。奶妈勒户菊夫人是当时计谋的执行者,在 30 年后被人用剑刺杀,从案发现场的痕迹看,凶手是熟人而且很年轻。这位法国推理小说之父在主线叙事之外架构了几条旁支,肆意抒发了法国人的浪漫情怀。主审法官本该是一位置身事外的人物,却与嫌疑人的女朋友陷入一段感情纠缠。书中铺陈了几大段法官的内心独白,与推理主线基本无关,倘若跳过不读似乎对不住如此曼妙的文字。考虑到成书的年代,也就无法计较 150 多年前的作者对当下读者的"摧残"了。

《勒沪菊命案》九州图书出版社,1995 版　　　　《月亮宝石》群众出版社,1979 版

此外值得一提的是,加伯里奥的"勒考克先生"系列应该是其最好的作品,可惜尚未得见中文简体译本。

　　爱情基因从加伯里奥开始传于后世,与福尔摩斯齐名的侠盗亚森·罗平(莫里斯·勒布朗笔下的主角)当然无需多言,几乎每一段冒险经历都绕不开一位楚楚动人的女性;严谨务实的梅格雷探长(乔治·西默农笔下的侦探)有一位深爱的妻子;醉心于诡计布局的保罗·霍尔特(Paul Halter, 1956 -　)钟爱围绕一对恋人展开案情,《达特穆尔的恶魔》和《隐形圈》皆如此。哪怕没有叹为观止的诡计也不能缺了浪漫的爱情桥段,这恐怕是每一个法国推理小说家与生俱来的使命。

　　威尔基·柯林斯的《月亮宝石》(The Moonstone)的篇幅超过 40 万字,从头到尾读完需要足够的耐心。我猜读过此书的人可能都会抱怨它的繁复冗长,过于细腻庞杂,但这就是维多利亚时代的文风。柯林斯的好友大文豪查尔斯·狄更斯(Charles Dickens, 1812 - 1870)也是如此的洋洋洒洒,代表了英国人独具的雍容气度。挤干《月亮宝石》的文学成分,推理部分的贡献也堪称伟大。多视角叙事模式(都用第一人称)是一个创举,往后的作家有很多采用这种叙事模式的案例,尤其是日本作家,但大多是两三个叙事者,如东野圭吾(Keigo Higashino, 1958 -　)的《恶意》,而《月亮宝石》的主要叙事者多达六人,实属罕见!《月亮宝石》的谜团里面有偷窃、凶杀、自杀,以及颇具水准的物证推理(沾了未干的油漆污渍的睡衣)。如果柯南·道尔把它改写为一部中短篇推理小说,精彩程度应该可以与《蓝宝石案》或《海军协定》(都是偷窃案)相媲美,当然这样的话,推理小说史将少了一部伟大的文学名著。《月亮宝石》的同名影视剧拍摄过很多次,最近两次是 1997 年的电影以及 2016 年的五集电视剧。

《利文沃滋案》
新星出版社,2010 版

这三部上古名著之中,在推理层面最好的无疑是安娜·凯瑟琳·格林(Anna Katharine Green,1846 - 1935)的成名作《利文沃兹案》(*The Leavenworth Case*)。经典推理小说中的重要元素几乎都可以在这部作品中看到,比如掌控全局的侦探与他的华生式的助手(可能比福尔摩斯与华生的组合诞生得更早)、谋杀案现场的多条线索、凶手不是半路才出现的人物、不止一个人被杀、缜密的物证推理、凶手为谁的逆转与 TA 的深情自白等。如果把作者的名字换成 S. S. 范达因(S. S. Van Dine,1888 - 1939),那《格林老宅谋杀案》就多了一部姐妹篇;如果换成埃勒里·奎因〔Ellery Queen,为弗雷德里克·丹奈(Frederic Dannay,1905 - 1982)和曼弗雷德·班宁顿·李(Manfred Bennington Lee,1905 - 1971)的合用笔名〕,则伟大的"国名系列"又多出一部!

阿瑟·柯南·道尔

《血字的研究·四签名》
天津人民出版社,2019 版

"如果一个犯罪事件中发现了一百个线索,其中九十九个都准确无误地指向涉嫌的一方,而第一百个同样重要的线索却显示这个人不可能犯案时,整个嫌疑就无法成立。"这部成书在 1887 年,成为世界上第一部由女性作家撰写的长篇推理小说,对当时的读者而言是一部相当前卫的作品。凶手在开枪杀人之后还擦拭了枪管,那会是女性,还是男性?

推理小说史上有几个值得铭记的重要年份，1841、1920、1929、1932、1950、1981······而 1887 年也极为重要，就在《利文沃兹案》发表的这年，阿瑟·柯南·道尔的《血字的研究》（*A Study In Scarlet*）也发表了，这是夏洛克·福尔摩斯探案生涯的起点，推理小说史由此进入第一个辉煌时代。

# 03 贝克街 221B

导言:"当排除了所有其他的可能性,还剩一个时,不管有多么的不可能,那都是真相。"——阿瑟·柯南·道尔之《四签名》

贝克街 221B

从印度负伤归来的前陆军军医部医学博士约翰·H. 华生(Dr. John H. Watson),由于独自租不起伦敦的房子,经朋友推荐,去拜访另外一个同样独自租不起房子的怪人夏洛克·福尔摩斯(Sherlock Holmes)。华生问朋友福尔摩斯到底怪在哪里,朋友忐忑不安地说,福尔摩斯曾怂恿医院的同事品尝植物碱,还在解剖室里用棍子抽打尸体!

我猜度,彼时华生的内心一定是忧虑的:与这样的人合租有否危险?但他还是去了,实在是手头不宽裕的缘故。在杂乱无序的化验室里面,福尔摩斯是如何迎接未来的室友呢?身材颀长的他几乎像袋鼠那样跳着过来,拿着一个试管高呼"我发现了一种试剂,只能用血色蛋白质来沉淀",然后用另外一只手使劲握住华生的手,很突兀地问"您到过阿富汗?"华生在福尔摩斯面前发出第一次惊叹,尽管此后的生涯里有过无数次,但第一次总是最难忘的。推理小说本不适合重读,再漂亮的诡计被揭穿之后就丧失了悬疑的氛围,但总有一些经典,尤其是最初的经典,值得再阅,犹如对人生的回眸。

在"悲剧系列"的第一部《X 的悲剧》里,萨姆巡官初次去庄严的哈姆雷特山庄,拜访退休老演员哲瑞·雷恩的场景,如同一出梦幻的戏剧;斯塔尔斯庄园里的不期而

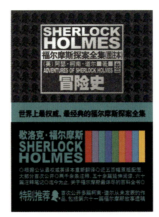

《福尔摩斯探案全集》　　《福尔摩斯探案全集图注本》　　《福尔摩斯探案全集诺顿注释本》
群众出版社,1981 版　　　新星出版社,2011 版　　　　　湖南文艺出版社,2021 版

遇,波洛与黑斯廷斯谁都没想到他们从此将合作超越半个世纪,直到推理女王的离世;岛田迷最可能重读的御手洗君的故事该是哪一部? 不是诡计卓绝的成名作《占星术杀人魔法》,也不是构思奇特的密室名著《斜屋犯罪》,毫无疑问是《异邦骑士》。从失忆中归来的石冈和己君在书的末尾这样记录:"我再也不听德彪西了,却常常听御手洗第一次借给我的那张《浪漫骑士》……乐曲静静地开始……我一定会回想起二十岁的御手洗骑着破烂摩托,在夜晚的荒川河堤上狂飙时的情景,他那英姿飒爽的形象,就像一位跨乘铁骑,来自异邦的骑士。"

最初温暖的记忆再次闪回,令人百感交集,从兴奋、惊奇、喟叹、眷恋到最后的感伤,一一散落在无情的时间维度上的某个断面。我们无法跳出自身的时间维,却有幸能在那些伟大的推理系列的时间轴上回溯,这种回味对于推理迷来说是一种孤寂的享受,也是一种对现实的宽慰。

再读一次《血字的研究》,再读一次华生在化验室见到福尔摩斯,随后一起踏进贝克街 221B 室,共同租下这套有两个卧室和一个光线充足的起居室的场景,这种感觉很神奇,对他们来说是初见,于我则是重逢。群众出版社 1981 年版的《福尔摩斯探案全集》应该是国内最早的版本,此后的 30 年里出现过大量的全集译本,其中个人认为最值得收藏的是新星出版社的 2011 年版的图注本,由国内知名推理文学研究者刘臻(网名:ellry)注释,并且每册书的正文之后还有好几篇供延伸阅读的文章,颇具知识性;另外一套是湖南文艺出版社的 2021 年版的注释本,译自诺顿出版公司在 2005 年出版的全集,这套由"福学"研究权威莱斯利·S. 克林格(Leslie S. Klinger)编著的全集被推理界称为终极版注释本。

# 04 五星作品

导言："这又是一个富于戏剧性的时刻,我的朋友就是为这样的时刻而生的。"

——阿瑟·柯南·道尔之《恐怖谷》

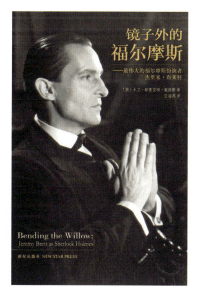

《镜子外的福尔摩斯》
新星出版社,2012 版

用最高五颗星的方式品评推理小说比较简约而直观。"一星作品"是指那些缺乏推理味或情趣低俗文笔粗陋的作品,不值得浪费时间去阅读,比如日本战前的奇情惊险类小说,当然也可以认为那些读物不算是推理文学;"二星作品"在可读与可不读之间,比如东野圭吾(Keigo Higashino, 1958 - )在 2000 年后的作品,好多本似有灌水之嫌,阅读体验不佳;"三星作品"是值得展阅的好作品,诡计的构思与侦破的过程都足够精彩。福尔摩斯探案集中的绝大多数作品都在三星范畴,松本清张(Seicho Matsumoto, 1909 - 1992)与横沟正史(Seishi Yokomizo, 1902 - 1981)的作品也很少落在这个水准之下;"四星作品"是可以带来充分阅读快感的作品,堪称经典。黄金时代的大多数作品都达到这个水准,东野与岛田的几册名作,绫辻行人(Yukito Ayatsuji, 1960 - )的馆系列中的代表作,以及当代的保罗·霍尔特、安东尼·霍洛维茨(Anthony Horowitz, 1955 - )、大山诚一郎(Seiichirou

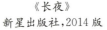
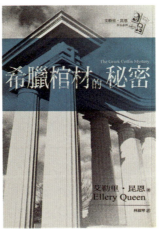
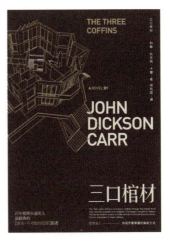

《长夜》　　　　　　《希腊棺材之谜》　　　　　《三口棺材》
新星出版社，2014 版　　脸谱出版社，2004 版　　脸谱出版社，2016 版

Oyama，1971 - ）以及中国本土的推理名家都能贡献这个层次的杰作；"五星作品"是至少在某个推理模式上达到巅峰，几乎无法被超越的完美作品，或者布局宏大，诡计精妙，结局让人叹为观止；或者文笔流畅，动机独特，直达人性深处。例如克里斯蒂的《罗杰疑案》与《长夜》，卡尔的《三口棺材》与《燃烧的法庭》，奎因的《希腊棺材之谜》与悲剧系列。

　　以日本推理界的旗帜人物江户川乱步为例，1930 年代的某些怪诞奇情长篇可归于一星，不必看；明智小五郎系列的知名作品如《魔术师》《黄金假面人》以及《帕诺拉马岛奇谈》等属于二星，无聊时不妨看看；《湖畔亭旅馆迷案》（中篇）、《人间椅子》（短篇集）等凸显乱步的独特情趣，不容错过，可纳入三星；而《两分铜币》（短篇集）、《D 坂杀人事件》（短篇集）、《孤岛之鬼》（长篇）这些成名佳作，以及后期的《恐怖的三角公馆》《月亮与手套》等构思精美的作品可进入四星列表，代表乱步的特色，如果不读则根本无法打开日本推理小说史；至于像《阴兽》这样完美如宝石般的五星作品，哪怕是乱步，也是可遇不可求的。

　　以这个尺度来衡量仅有的四部福尔摩斯长篇故事，我认为《血字的研究》（1887年）与《四签名》（1890 年）归为三星；《巴斯克维尔猎犬》（1901 年）属于四星；而《恐怖谷》（1914 年）可列入五星作品。除了《巴斯克维尔猎犬》，其他三部都是关于复仇的故事，可见柯南·道尔爵士对此类题材的钟爱。作为推理生涯的开篇，《血字的研究》算得上四平八稳的作品。在荒废的空屋里中年富翁被毒杀，凶手在墙上留下

"RACHE"（德语"复仇"的意思）的血字；书中的主要角色包括两个自以为是的苏格兰场的探长，加上一个尚未对室友产生崇拜情感的华生，当然还有为了爱情从遥远的美洲前来复仇的勇士，以及我们的主人公——拉得一手好提琴，时不时用注射可卡因来刺激大脑的夏洛克·福尔摩斯。

照我看，《四签名》并不比《血字的研究》更出色，但在与案情无关的第一章里，福尔摩斯运用演绎法通过对一只旧怀表的观察推导出华生兄长的惨史，是至为经典的桥段。至于《四签名》本身，只是一个源于在印度的财富掠夺而引发的复仇案，福尔摩斯的推理才能并没有给读者留下深刻的印象，倒是执着的华生医生，竟然追求到了本案的女委托人——没错，就是玛丽小姐，"卷福系列剧"里面用了同样的名字。

《巴斯克维尔猎犬》与《恐怖谷》的水准要远高于最初的两部长篇。前者非常适合拍成电影——英国乡下的阴森庄园，弥漫浓雾的危险沼泽，以及萦绕家族的恐怖传说，营造了一种令人窒息的剧场感。还有那个在月光如水的夜晚，立于高岗上的瘦长身影，让远处观察的华生惊奇万分……《恐怖谷》的结构非常独特，事实上柯南·道尔也没有再写出过类似的作品。前半部是物证推理的绝妙展现——没戴婚戒的无面尸、缺了一只的哑铃、以及死而复生的城堡主人。后半部回溯到 20 年前，讲述死酷党人被剿灭的惊险故事，这应该是探案集中唯一的一个没有福尔摩斯登场的案子，当然在末尾处前后两个故事连接起来，场景又回到了贝克街的大客厅，等待福尔摩斯与华生的则是一封悲伤不已的电报。

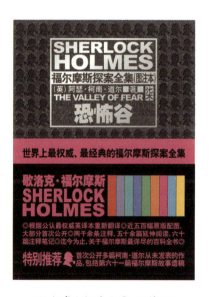

《福尔摩斯探案全集-恐怖谷》
新星出版社，2011 版

# 05 伟大的演绎法

导言:"当然,还有那铃声,这是本案最特殊的一点。为什么要按铃呢?是不是那个盗贼出于虚张声势?"

——阿瑟·柯南·道尔之《海军协定》

在此选择个人很喜欢的《海军协定》作为例子,来简述一下福尔摩斯的演绎法(逻辑推理),尚未读过此篇的读者不妨跳过这节,以免遭受剧透的伤害。《海军协定》是《回忆录》的倒数第二个案子,据柯南·道尔自己说,当时他认为已经写完了福尔摩斯最好的故事,于是在后一个故事,即《最后一案》里,毅然决然地安排福尔摩斯与大反派莫里亚蒂教授跳入水沫激荡的无底深渊,同归于尽了。因此,《海军协定》应该是作者第一次封笔前最满意的作品。

《歪唇男人》插图
(by Sidney Paget)

《海军协定》讲的是福尔摩斯为华生的老同学费尔普斯找回机密文件的案子。费尔普斯的舅舅某勋爵(外交大臣)交给他一份海军协定,要求他晚上加班抄写副本。费尔普斯等办公室的同事走后便开始漫长的抄写,为了缓解疲劳,他按铃召唤仆人想要一杯咖啡。来应铃的是看门人的妻子,但她走了之后很久也没有送上来咖啡,于是费尔普斯离开办公室下楼去查看情况。看门人在打瞌睡,咖啡壶一直烧着,这时铃声突然响起,看门人惊醒之后看到费尔普斯在跟前,便很诧异地问,如果您此刻在这里,那谁在楼上的办公室按铃呢?费尔普斯发疯似地跑上楼,发现桌上的海军协定不翼而飞。福尔摩斯的演绎法是这样论证的:边门通向街道且没有上锁,任何人都可以进来拿了文件并马上离开。如果是偶然闯入的小偷,没有理由去按铃来宣告自己的光临,只可能偷偷溜走。所以作案人一定是熟人,他从边门进来,看到没人,于是按铃召唤仆人,同时发现桌上的机密文件,瞬间起意,拿走文件从边门迅速离开。

《海军协定》插图
(by Sidney Paget)

丢失文件的当晚,费尔普斯回到家里,倒在客厅的沙发上。随后的几周,他卧床不起,由他的未婚妻与女仆在旁照料。福尔摩斯从勋爵那里了解到,机密文件尚未泄露出去,潜在的国外买家也没有任何动静。福尔摩斯由此推断,文件被作案人藏起来,出于某种特殊的原因无法出手卖掉。某个深夜,费尔普斯独自睡在客厅,有个蒙面人企图从窗口潜入,由于费尔普斯及时醒来而未能得逞。福尔摩斯推断,白天客厅里至少有

《Sher lock》剧照(by Saschaporsche)

两个人以上,作案人无法偷窃,只能等到晚上。至于为何要潜入客厅,唯一的解释就是迟迟未能在市面上出售的海军协定就藏在客厅某处!而作案人把文件从办公室取走并藏在费尔普斯的客厅里,合乎逻辑的推定只能是费尔普斯的身边人,排除未婚妻之后,唯一的可能就是同住在一起的未婚妻的哥哥约瑟夫。福尔摩斯又调查到约瑟夫由于投资证券失败负债累累,有足够的动机盗取文件并出售以还债。

在柯南·道尔爵士为推理小说史贡献的 56 个短篇之中,大致可以分为两类。一类是像《海军协定》那样研究物证、运用逻辑、推演出结论的案子,让读者获得智力上的畅快享受;另外一类的推理成分较少,案情的推进有赖于一些意外事件或凶手的自我暴露,福尔摩斯与华生更像参与者而非掌控者。前一类的逻辑解谜案子大多出现在前三部短篇集中,即《冒险史》《回忆录》与《归来记》。其中能列入四星作品的案子有《歪唇男人》(双重身份的诡计)、《蓝宝石案》(偷窃案)、《斑点带子案》(密室)、《六座拿破仑半身像》(寻找藏宝)、《三个大学生》(没有凶杀的温情案子)与《雷神桥之谜》(有关邪恶女人的案子)。

如果把福尔摩斯的故事放到整个推理小说史上来衡量,真正达到五星水准的短篇似乎很难选出,比较接近的有三篇,即《波西米亚丑闻》《金边夹鼻眼镜》与《第二块血迹》。三个故事里面都有一位性格坚毅的女性,尤其是第一篇里面的艾琳,福尔摩斯一直保留着她的相片,倒不是存在爱情成分,而是融合了不能获胜的遗憾与对聪明女子的欣赏这两种纠缠在一起的情感。柯南·道尔的真正伟大之处,不仅仅在于 60 篇题材多样,叙述动人的案子,更在于夏洛克·福尔摩斯的独一无二的形象,随着一代代影视剧的渲染,已经成为一种文化符号,以及推理文学的代称。

只有伟大的推理作家才能真正懂得另一位伟大的推理作家,黄金三巨头之一的狄克森·卡尔为我们留下了一部《柯南·道尔的一生》,这是推理小说史上的一段佳话,也是推理迷的幸运。

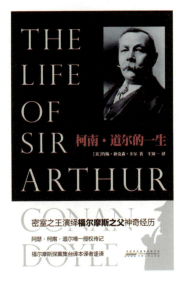

《柯南·道尔的一生》
安徽人民出版社,2013 版

柯南·道尔与儿子(By Bundesarchiv，1930)

# 06 神偷与角落里的老人

> 导言:"角落已经空了,桌面上放着几枚铜板,在桌子那头她可以看到老人身上粗花呢外套的衣角,他独特的帽子,瘦弱的身影,很快在街上消失了。"
>
> ——奥希兹女男爵之《角落里的老人》

自从 1893 年福尔摩斯与莫里亚蒂共坠深渊之后,伦敦街头的犯罪躁动与探案热情同时归于沉寂,尽管痴迷的读者时不时写信向柯南·道尔爵士表达抗议,但直到 1901 年《巴斯克维尔猎犬》发表之前,爵士都不为所动,而是忙于其他文学题材的撰写。在这样一段不长也不短的空白期,一位叫 E. W. 赫尔南(E. W. Hornung, 1866 - 1921)的海归青年带着他的小说主人公"业余神偷拉菲兹"(Raffles, The Amateur Cracksman)横空出世!这是推理小说史上第一个由反派人物担当主角的小说,略有些轻狂的作者宣称"英雄不只是福尔摩斯,他也可以是个窃贼"。这口气颇为挑衅,更狂的是,此书的扉页上还写明是献给柯南·道尔爵士的!用时下的网络术语就是"蹭热度",因为当时福尔摩斯如日中天,而浪荡青年拉菲兹只是一个寂寂无闻的小偷。据说当时的爵士看了小说后盛怒不已,却也不能毫无顾忌的回击,只因为这个大胆放肆的赫尔南是爵士的

《业余神偷拉菲兹》
新星出版社,2008 版

妹夫!

如果赫尔南纯粹只是借大舅子的名声捣鼓几篇猎奇的文章骗些稿费,那推理小说史就不会有侠盗(或雅贼)这样一个与正统推理长久分庭抗礼的伟大流派。拉菲兹是怎样一个人物呢? 他英俊开朗且身形矫健,在上流社会的俱乐部里装绅士派头,出了门则一副玩世不恭的样子;而深夜里,他带着有点木讷的好兄弟(昵称"兔宝")到名流的豪宅闯空门的那一刻,却是智慧与勇气兼备的侠盗。这身影是否有些熟悉? 黑郁金香、佐罗、007、盗帅楚留香……后世这些风流倜傥的英雄们身上都有拉菲兹的影子。

此风一开,名士辈出,包括弗兰博(G. K. 切斯特顿)、妙贼尼克(爱德华·霍克)、怪盗二十面相(江户川乱步)、侠盗鲁平(孙了红)……名气最大的则是亚森·罗平(莫里斯·勒布朗)与伯尼·罗登巴尔(劳伦斯·布洛克)。亚森·罗平是侠气升级版的拉菲兹,更具智谋。在《水晶瓶塞》里,盗窃失手被一大群警察包围在别墅里,急中生智全身而退的桥段极为精彩。伯尼·罗登巴尔是更儒雅诙谐的拉菲兹,技术能力更强,任何门锁在他面前都不是障碍,但时运不佳的时候也会被警察堵个正着,那时候只得寻求合作,他不能逃遁,因为白天他有正当而体面的生意:经营二手书店。拉菲兹没有罗登巴尔那样的顾忌,他在失败后的逃跑方式也远比亚森·罗平更惊人,当他在一艘游轮上被苏格兰场的干探困住的时候,他选择了让所有人目瞪口呆的了结方式——在离陆地还有 7 英里的海域跳海! 至少在这点上,神偷拉菲兹与大侦探福尔摩斯做到了同样的义无反顾。

倘若只谈逻辑推理的水平,角落里的老人要胜过拉菲兹,也不亚于福尔摩斯。身形羸弱脸色苍白的老人,坐在伦敦街角的一家普通咖啡店的角落,手上把弄着一根细绳,不停地打结又解开。来此享受午餐的一家知名报社的记者小姐,为他带来各种奇案的报道。根据这些二手材料,以及偶尔去法庭的旁听,老人推理出与警方完全不同的结论。英国作家奥希兹女男爵把爱伦·坡发明的"安乐椅侦探"的模式推至巅峰,后世难以望其项背。发表于 1909 年的《角落里的老人》(*The Old Man in the Corner*)包含 12 个诡计不同的短篇故事,都值得细细咀嚼。更值得玩味的则是老人在分析案情时随意表露的一些观点,完全可以当作这位女性作家对推理文学发展方向的指引,在此且举一二例子。

"你必须经常想到这条绝无例外的法则:凶手总会重新回到犯罪现场,即使只是一次,凶手也是会回去的。"如果凶案发生在一个宁静的小镇或者人口不多的街区,凶手在犯案后当然不能失踪,否则就是不打自招,他必须要混在人群里回到现场,甚至假意协助警察或侦探。想想阿加莎·克里斯蒂的名作《罗杰疑案》，凶手为什么要特意安排自己去而复返，因为他是被大家尊敬且需要的人，不得不出现在案发现场。又比如埃勒里·奎因的《九尾怪猫》，当连环谋杀案每次发生的时候，凶手都以某种形式出现在现场，为的是窥探警方的调查进展以便伺机而动。

嫌疑犯不可能在同一时间出现在相隔较远的两个地方，于是不在场证明成立，嫌疑犯无罪。听上去是不是有点熟悉？如果读过东野圭吾的《嫌疑犯X的献身》或看过同名电影，对数学家石神所设下的天衣无缝的局应该会印象深刻，那完美的不在场证明构建在对凶案时间的乾坤大挪移之上，更有甚者，凶案的地点与时间往往一起被重新设计。务必记住，太完美太牢靠的不在场证明，很可能与真相只隔着一层薄薄的窗纱纸。

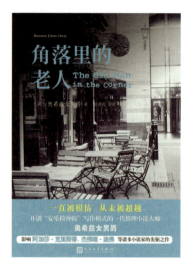

《角落里的老人》
人民文学出版社，2018 版

《角落里的老人》的结局让我有些意外。老人不停地打上又解开的那些精巧的绳结，与最后一个谜案中出现在凶案现场的那根细绳上的绳结如出一辙！发现的那个瞬间，记者小姐脑海中的景象如同闪电一般清晰地呈现……但回头再看时，角落已空无一人。

# 密室——皇冠上的夺目宝石

导言："警方收集到的所有证据，就像这个季节在树上收获的黑莓一样稀少……对于这桩案子，警方甚至都无法编造出一条线索来。"

——伊斯瑞尔·冉威尔之《弓区之谜》

伊斯瑞尔·冉威尔

倘若一个推理小说家在封笔之际有一个极大的遗憾，那未必是没有畅销的作品或未能取得颇有分量的奖项，而极可能是：从未写出过一部"不可能犯罪"题材的推理小说！何谓"不可能犯罪"？表面上看犯罪是不可能发生或实现的，比如一个病人在无窗的走廊里凭空消失（保罗·霍尔特的《第七重解答》）；在雪地上杀人却没有留下足迹（狄克森·卡尔的《三口棺材》）；一位白色巨人抓起列车的车厢扔出铁轨（岛田庄司的《奇想·天动》）；一个四肢完备的人从八楼坐电梯下来，中途不停，用了 16 秒到达一楼后却成了一具被分尸的尸体（西泽保彦的《解体诸因》）。如果能为这些逻辑悖谬的现象给出合情合理的解答，写者定会得到施展智力后的莫大满足，而观者则将收获畅快淋漓的阅读享受，因此任何推理作家都无法抵御这样的诱惑，即创作一篇全新的属于自己的不可能犯罪作品。

推理界有一个共识，即不可能犯罪题材位列推理小说的皇冠级别（最高境界），而密室，则被认为是皇冠上的那颗璀璨夺目的宝石。所谓密室或密室诡计，是指在密闭空间发生的命案，不存在凶手可以逃脱的出口。密室有两种门类：机械密室与心理密室。机械密室是从物理上设计出一种让凶案发生在密室的可能，典型的案子如密室之王狄克森·卡尔的《爬虫类馆杀人事件》，凶手在门外制造了一个完全存在可操作性的全封闭密室。日本推理大师们也很喜欢这类挑战，都贡献过极为巧妙的构思，例如江户川乱步的《天花板上的散步者》、横沟正史的《本阵杀人事件》、岛田庄司（Sōji Shimada，1948 -　）的《斜屋犯罪》等。但这类密室往往在物理结构上设计得过于精巧复杂，或要求各种现场因素的精确配合，在日常生活中难以复制因而不那么让人信服。在年轻一代的日本推理作家中就有人特意模仿那些前辈的名著，绞尽脑汁设计出更高难度的机械密室来实现超越。比如，折原一（Ichi Orihara，1951 -　）在《模拟密室》中写过一个短篇来模仿《本阵杀人事件》，致敬的同时也带着一些调侃的味道。精密复杂的机械密室不是常人可以写得出来的，也不是常人可以理解。换句话说，这类密室诡计，往往谜面太过复杂绚丽，解答则让人一头雾水。

心理密室的设计需要更高的人类智力。历史上的读者一定会向犹太裔英国作家伊斯瑞尔·冉威尔行脱帽致敬礼，因为早在1891 年，他们就有幸看到了推理小说史上第一部长篇密室小说，并且是一部纯粹的心理密室题材。《弓区之谜》为后世不计其数的密室作品设定了一个很高的起点，也为密室题材的发展指明了方向。这部篇幅较短的长篇只构建了一个心理密室诡计，但就算是当今的读者也不是第一眼就能看穿真相的。更难能可贵的是，它的行文风格流畅典雅，弥漫着维多利亚时代的浓郁气息。打开第一章，伦敦西南部的弓区在读者眼前是这样呈现的："从弓区直到汉默史密斯拖出一条隐约的雾带，这条雾带里充斥着肮脏的水蒸气，给人留下一种穷鬼悲催死去后阴魂久久不散的感觉。如果温度计和气压计这类东西有灵魂的话，它们现在的兴致也不会太高……"

《弓区之谜》
新星出版社，2008 版

在这样一个雾蒙蒙的早晨,房东太太按时去唤醒租住在二楼的工人领袖康斯坦特先生,但房内久久无人应答。觉察出异常的房东太太马上叫来住在斜对面的退休老侦探,两人一同撞门而入,发现康斯坦特的尸体仰面朝天,喉咙被利器割破还在流血。警察到场后与老侦探展开讨论,首先判定不是自杀,因为尸体周围没有利器。那有无可能是死者把自杀伪装成他杀?比如在割喉之后把利器扔出窗外再关上窗,然后倒毙呢?这个恐怖的假设被法医排除,因为死者是立即死亡,何况窗外也没有找到利器。既然确定是谋杀,凶手是如何逃出门窗紧锁也无密道的房间呢?是用磁铁在门外移动门闩来反锁门的吗?但现场的试验排除了这种可能。难道是死者用冰柱刺破喉咙,然后冰化成水导致利器消失?那又回到了自杀的猜测。最后濒临绝望的警察逮捕了租住在一楼的死者的朋友,只因为他有谋杀动机。在这个朋友被送上绞刑架之前,老侦探挺身而出,解决了这个谜案,当然无论是解答还是动机,都完全出乎意料。

但凡密室都必须有出口,机械密室的出口通常都是物理的、可见的,而心理密室的出口往往是逻辑的、无形的,构建在人类心理的盲区上。作为心理密室的开山之作,《弓区之谜》已经足够出色,这之后仅过了 16 年,法国人加斯顿·勒鲁就把这类密室题材的水准推升到一个更高更绝妙的境界。

# 08
# 黄色房间与剧院魅影

导言:"首先,有一种密室杀人,案发现场的房间真的是完全紧闭,既然如此,凶手没从房间逃出来的原因,是因为凶手根本不在房里……此类型的情节中,包括解开凶手之谜在内,解答部分最令人满意的作品,要属加斯顿·勒鲁的《黄色房间的秘密》,堪称史上最佳的侦探故事。"

——狄克森·卡尔之《密室讲义》

在推理世界里,美国人是开创者(爱伦·坡),并且留下了五花八门叹为观止的经典诡计(S. S. 范达因、埃勒里·奎因、狄克森·卡尔等);英国人则塑造了屹立不朽的人物,如鹰钩鼻子目光如炬,身材健硕的夏洛克·福尔摩斯;胡子浓黑上翘,皮鞋擦得锃亮,圆圆脑袋聪明绝顶的赫尔克里·波洛,还有那位边做针线活边分析社区案件的乡下老太马普尔小姐。那法国人究竟贡献了什么?

浪漫的巴黎人把五光十色的充沛情感注入了他们的推理世界,这绝对是一种写作上的天赋,是英美推理作家不具备的强烈的祖传基因。英国绅士福尔摩斯最多保留一帧"那个女人"的照片(《波西米亚丑闻》);思考机器与布朗神父看不出有任何

加斯顿·勒鲁

的爱情原力;而波洛与马普尔小姐早就过了谈恋爱的年纪;可法国人的小说里总有各式各样的浪漫情怀,从加伯里奥的《勒沪菊命案》中的三角关系(其中一角居然还是审

《黄色房间的秘密》
译林出版社,2004 版

《黑衣女子的香气》
译林出版社,2005 版

案的法官!)到万人迷亚森·罗平的种种风流韵事,在这中间还存在着一个非凡的名字——加斯顿·勒鲁。勒鲁的伟大没法用三言两语来表述,一个既能写出《黄色房间的秘密》又能写出《剧院魅影》的作家,必定是个天才!

《"黄屋"奇案》
群众出版社,2012 版

发表于 1907 年的《黄色房间的秘密》(也译为《"黄屋"奇案》)在当时的欧洲问世时,真可谓洛阳纸贵,掀动了一股密室推理的热潮,这也是密室之王狄克森·卡尔最推崇的名作。对于 100 多年后的读者来说,虽然书中的走廊消失、墙角消失的诡计在不少电影和小说中被反复重现而不再让人觉得惊奇,但整部作品的文学味道浓郁,仍能够获得极大的阅读快感。核心的密室诡计也比《弓区之谜》更复杂且精彩,毫无疑问这是第一部密室题材上的五星作品。

年仅 19 岁的记者胡尔达必应邀去乡间的古旧城堡,调查科学家的女儿桑杰森小姐在一间密闭的黄色房间内遇袭的案件。此案的奇特之处在于这位将近中年的桑杰森小姐在房间内开枪并呼喊,但其父亲和仆人合力破门而入的时候，只发现昏迷在血泊中的小姐，并没有第二个人在场。小记者胡尔达必与大侦探拉桑展开了完全不同的侦查，彼此较量最终抵达命运的十字路口。心理密室总有逻辑出口，感情纠葛也往往留着逃遁的出口。凶手逃了，而年轻的记者也去追寻久藏在记忆深处的黑衣女子的香气……勒鲁写的不仅是爱情还有其他情感，他忍不住在篇尾放了一个彩蛋，于是就有了发表在第二年的续篇，同样是一个绝妙的密室作品。

《黄色房间的秘密》是一部文笔优雅的推理作品，续篇《黑衣女子的香气》的文学味道更浓，到了 1910 年的《剧院魅影》，则是一部没有推理只有悬疑成分的文学作品。由于同名歌剧的上演给加斯顿·勒鲁带来世界级的声誉，使得后

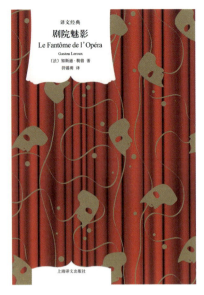

《剧院魅影》
上海译文出版社，2021 版

人甚至忘却或者根本不晓得他是《黄色房间的秘密》的作者。勒鲁则没有丢弃自己的推理天分，无论是幽灵包厢、活板暗门、舞台消失还是布景工的诡异吊死，都为传世名著《剧院魅影》增添了浓厚的神秘色彩，虽然终究这是一部关于爱情与音乐的不朽之作。

# 泰坦尼克号上的推理大师

> 导言:"我又开车返回米伦,一路上仔细地查看着道路,可还是一无所获。这条主干道上没有任何岔路……我再也没有找到那天晚上诡异事件的任何痕迹,一点线索都没有。"
>
> ——杰克·福翠尔之《微笑的上帝》

杰克·福翠尔肖像
(by Rand McNally & Company)

1912 年 4 月 14 日,号称"永不沉没"的泰坦尼克号从英国南安普顿出发,驶向美国纽约,这是她的处女航,不幸也是最后一次航行。随船沉没大西洋的名人中,有一位绰号叫"思考机器"的凡杜森教授,他是化学与医学的双料博士,某知名大学的前哲学系主任,逻辑学家……名头太多,但最重要的一个身份,是为苏格兰场提供免费咨询,解决棘手谜案的业余侦探。他最轰动的一个案例叫《逃出 13 号牢房》,还有其他 49 个精彩案例从 1905 年开始陆续在报刊上发表。

当然,了解推理小说史的朋友一定已经识破了以上这个小小的玩笑。事实上,登上泰坦尼克号并随之丧生的是美国最杰出的推理小说家之一,短篇黄金时代的代表人物——杰克·福翠尔(Jacques Futrelle, 1875－1912),而凡杜森教授是他笔下的名侦探。福翠尔于 1875 年出生在美国佐治亚州的一个书香门第之家，18岁就进入报社工作，30岁就发表了第一篇推理故事，到37岁去世前已经名满天下，声誉直追柯南·道尔爵士。

在前黄金时代，我们可以把四个最响亮的名字放在一起，组成"四大名探"，在20世纪初的推理界中，代表最高智商、最具个性、也最受读者喜爱的传奇人物。他们是夏洛克·福尔摩斯（英国的柯南·道尔爵士）、"思考机器"凡杜森教授（美国的杰克·福翠尔）、布朗神父（英国的 G. K. 切斯特顿）与亚森·罗平（法国的莫里斯·勒布朗）。"四大名探"的异同点是，凡杜森教授与福尔摩斯一脉相承（福翠尔是爵士的信徒），乃物证推理的倡导者，使用的是基于物证分析的逻辑推理；布朗神父开创了另一大门派，即心证推理派，注重犯罪心理分析；亚森·罗平是侠盗派，他的故事融合了冒险、格斗、幽默与推理等诸多元素，当然还有浪漫澎湃的爱情，毕竟是法国人嘛，天性难违。

新星出版社的五册《思考机器探案集》装帧简朴却赏心悦目，是我见过最美的系列封面。在第一册《寒鸦女郎》中，最耀眼的一篇必定是《逃出13号牢房》，这是入选过几乎所有推理小说选本的名篇。密室故事的核心问题是案犯如何逃出全封闭的房间？在著名的《弓区之谜》与《黄色房间的秘密》里，这个问题并没有答案，因为没人逃出去！读过这两本书的人都明白，心理密室没有物理出口，所以根本不存在如何逃遁的问题。但，凡杜森教授真真实实从十三号牢房成功越狱，是物理越狱，而且逃出去后他还从外面回到监狱长的房间，惊吓了一把这位高傲的长官。《死神何在》也是一个密室故事，氛围渲染得极具神秘感，谜底则是在致敬爱伦·坡。末篇《寒鸦女郎》则是福翠尔最擅长写的盗窃题材，捎带点爱情元素。

《思考机器探案集之寒鸦女郎》
新星出版社，2009 版

在第二册《水晶球占卜师》中，福翠尔写了几篇基于身份诡计的案子，这也是物证推理派最喜欢玩的花样。简单说，主要的诡计有这么两类。第一类是大家（不包括凶手）都认为死者是 A，其实死者是 B，这叫身份调换。还有一类是，案犯（在致死致残的情况下可称为凶手）认为他作案的对象是 A，但受害的其实是 B，所以案犯本人也会莫名其妙，这可以叫身份误认。身份诡计的案子很难侦察的原因在于，对 A 实施的犯案不存在动机(对 B 则有),没有动机,警察无从理解,但"思考机器"却能运用逻辑,从 A 推理到 B,并发现确凿无疑的动机。《车上女尸》《三件外套》与《火车卧铺命案》都是身份诡计的上佳作品。《水晶球占卜师》这篇颇有点诡异氛围,这也是福翠尔的写作强项,三言两语就营造出一个恐怖神秘的环境,让读者如临其境。

在第三册《致命的密码》中,福翠尔似乎刻意在"消息传递"这种推理模式上推陈出新。《致命的密码》延续了爱伦·坡开创的密码学,只是这次传递的不是财宝藏匿的地点,而是误导破案方向的信息。《棕色大衣》是这册里面最好的作品。银行盗窃犯在被捕之前把赃款藏匿在一个隐秘的地方,他太太来监狱探视的时候,他必须在被监视的情况下把隐含钱款藏匿地点的消息告知太太。最后他只提了一个要求,希望他太太帮他把留在住处的一件棕色大衣的破洞缝补好并给他带来。如果这个表象信息是 A 的话,思考机器通过逻辑推导,中间经历了 B 和 C,最后得出了 D,而 D 则是那张写有藏匿地点的小纸条。从 A 到 D 这样较长逻辑链的推演,在福尔摩斯的案件中是不多见的。

最精彩的短篇集是《幽灵汽车》,里面的很多诡计应该都是福翠尔的首创。一部头灯明亮的汽车奔驰在一段没有岔口的公路上却凭空消失;通过对时间的设计来制造完美的不在场证明;办公室里悬挂的一组日本锣为何在没有风的情况下会自动鸣响?再多一点的剧透也是不合适的,总之这一册的大多数案子都不会让人失望。

《思考机器探案集之水晶球占卜师》
新星出版社,2009 版

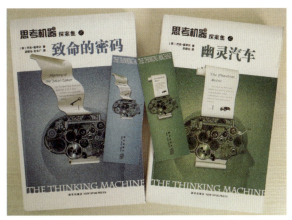

《思考机器探案集之致命的密码》
《思考机器探案集之幽灵汽车》
新星出版社,2009 版

我认为福翠尔最好的作品除了《逃出 13 号牢房》之外,应该是这最后一册《微笑的上帝》,包含两个中篇故事。其中第一篇《微笑的上帝》在整个推理小说史上也是稀有的作品。这是一个福翠尔夫妇合写的故事,上半部《暴雨幻影》由夫人创作,文笔华丽,剧情诡异。暴风雨之夜,主人公驾车从 A 城市去 B 城市,中间在唯一的加油站停过,看到加油站老板古怪的行为,然后他继续前行,在一个地图上没有标注的岔道口,进入一条通往森林中神秘小屋的道路,并遭遇了非常怪异的人和几乎致命的事件。等到第二天早上醒来,他躺在 B 城市的医院里。他身体恢复之后由医生陪同重走了那一晚的路线,却竟然没有找到那

《思考机器探案集之微笑的上帝》
新星出版社,2009 版

个岔道口。下半部,福翠尔要来填这个大坑,因为她夫人只描绘了瑰丽的谜面却没有设计谜底。于是矮小精瘦头发蓬松的思考机器凡杜森教授出场,为这个精彩绝伦的故事续上了一段更加绝妙的真相。如果一个诡计看似简单实则巧妙,不到最后实在无法勘破,只能说明作者的逻辑能力远在读者之上。

每一则故事中,思考机器凡杜森教授总会说一句他的经典语录:"二加二等于四,不是绝大部分时间等于四,而是永远等于四!"每每此时,给教授跑腿收集情报的得力助手记者哈奇先生就知道,这台逻辑思考的机器开始运转来推导真相了。

与"小李子"莱昂纳多的电影有个相似之处,泰坦尼克号即将沉没时,我们的推理大师杰克·福翠尔选择让妻子登上救生艇,自己则拒绝登船,以一种绅士风度把生存的机会让位给更弱小的别人,自己则怀揣着尚未发表的几则思考机器的故事手稿,永远沉入了冰冷的海水,给整个推理小说史留下了一段莫大的遗憾。

# 10 为了藏一片树叶得造出一座森林

导言:"这种对伦敦诗意的认知并非芝麻小事。平心而论,一座城市甚至远比乡野更富有诗意,因为大自然是由无意识的力量所组成之浑沌状态,而城市的浑沌状态却是由有意识的力量所组成。"

——G. K. 切斯特顿之《为侦探小说一辩》

《布朗神父探案全集》插图
湖南文艺出版社,2013 版

1910 年,伦敦的雾气中似乎蒙上了一层诗意。一位书卷气浓郁的本土作家把一个叫布朗神父(Father Brown)的新派侦探带入了神秘的推理世界。布朗神父几乎是在福尔摩斯名气最鼎盛的时期开始崭露头角,这不得不佩服 G. K. 切斯特顿的自信。可那自信源自何处呢? 一是心证推理,二是文学才华。

心证推理是指基于人类的心理分析,并综合生活常识与伦理道德的一种推理模式。而物证推理则主要基于具体物理证据来进行逻辑推演。在伟大的鼻祖爱伦·坡那里,这两种模式就像双胞胎一般同时诞生,只是当时还没有形成专业的术语。在《窃信案》里,把信件随意放在最显眼处才是最高明的藏匿方法,这就是利用人类的心理盲区。《就是你》中的罪犯并不是被证据所指认的,而是被设计好的诡异氛围吓倒而不打自招的,这无疑也是对罪犯心理防线的攻破。如何架构一个属于心证推理的谜局,以下这段对话是一个经典的案例:

《布朗神父探案全集》插图　湖南文艺出版社,2013 版

A:一个聪明人如果要隐藏一片树叶,哪里最不显眼?

B:藏在森林里。

A:如果没有森林怎么办?

B:那就创造一片森林出来。如果藏的是一片枯叶,就造出一座枯死的森林。

A:所以如果藏的是一具尸体的话?

B:那就弄出一地的死人来,把尸体藏在其中。

　　与 G. K. 切斯特顿同时代的物证推理大师杰克·福翠尔就很少设计这样的障眼法。如果我们让"思考机器"凡杜森教授与布朗神父对同一个现象分别做出判断的话,结论一定去往不同的方向。比如说,一个人要是喝到咖啡里加的是盐却一声不吭地离开,可能是什么原因?凡杜森教授会推测他的味觉出现了问题,或者因为心情极度消沉导致味觉的迟钝;布朗神父则会认为,通常遇到这样的情况那个人肯定会投诉到服务员,如果他不投诉,想必有什么不能投诉的理由,很可能是他不想引起别人的注意。再举一例,如果一个人睁大眼睛虔诚地对着太阳凝望,是何缘由?"思考机器"会运用逻辑判断盯着太阳久看的人一定不是正常人,所以他可能是个瞎子;但布朗神父则会想到他的内心可能受到了蛊惑而在施行某种宗教的仪式,因此是心理出问题,而非眼睛。物证推理注重现象之间的逻辑因果,而心证推理则往往把现象解读为心理活动的向外投射,所以分析心理才能勘破表象。

　　夏洛克·福尔摩斯偶尔兴起会拉一段小提琴,或站在窗口打量贝克街上来往不歇的马车与行人,但这只是委托人上门之前的一小段休闲时光。杰克·福翠尔的文笔则更加凝练,任何风景描摹或环境烘托的辞藻尽量省却,思考机器对文学毫无兴趣

《布朗神父的天真》
湖南文艺出版社，2013 版

也不会文绉绉地说话。美国人似乎没有继承他们英国祖先的幻想能力，他们讲究实用与效率，但英国绅士 G. K. 切斯特顿有意为推理小说披上华美的文学外衣。从布朗神父的眼睛望出去的景致，哪怕带有犯罪气息，也是艺术的："他看着那边外围镶着一圈蛋白色的乌云飘过屋顶，像一个天蓬似的罩在门廊之上。这个有着淡彩流苏的灰色天蓬似乎越降越低地罩在户外的花园上，刚才还很清朗而苍白的小片天空只剩下几道银色的丝带和布条，像是生了重病的落日余晖。"类似这样的文学桥段在小说中俯拾皆是，不能妄断这是 G. K. 切斯特顿在尽情挥洒他的文学才华，因为很多被渲染的景色与物象往往与小说中的人物心境或结局相吻合。G. K. 切斯特顿最早提倡"侦探小说应视为一种文学形式"。他自己身体力行，用一支生花妙笔，把推理小说的文学氛围推到了一个极高的境界。我甚至认为，连阿加莎·克里斯蒂与多萝西·塞耶斯（Dorothy Leigh Sayers，1893－1957）这样文采斐然的伟大作家也不堪望其项背。

或许，伦敦的读者已经对物证推理的故事累积了一定程度的倦怠感，他们需要些清新的空气，把审美的焦点从贝克街转移到伦敦某个非著名的教区。他们看到一个在外表上与福尔摩斯完全不同的侦探——"布朗神父真是标准的东部平原特产：一张脸又圆又平凡很像诺福克团子（用面团做成里面不带馅料的汤团），两眼空洞得像北海；手里抱着几个牛皮纸袋，好像很难拿稳……他带着一把破旧的大雨伞，一直不停地掉在地上。"这么一个看似滑稽的人物，行动能力很弱，不像福尔摩斯那样能迅疾地趴在地上寻找蛛丝马迹，但从他深邃的眼眸中能射出直抵人心暗处的光芒，充满诡异特征的表象被他缓缓道破后，留下的是读者内心中的一段空白，需要点时间用回味、思考、惊叹、与愉悦来填充。

如果时间充裕，布朗神父的 53 个短篇故事（5 册书）都值得一读；如果时间有限，我觉得以下几篇都是心证推理的代表作，水准都在四星级别。

《蓝宝石十字架》：就是咖啡被加了盐但没去投诉的故事，布朗神父一路制造追踪线索最后让警察擒住大盗傅南彪。

《花园谜案》：在这个心理密室的案子中，一度被害人与凶手的身份出现混淆，而布朗神父指出了最不可能成为凶手的人。

《隐身人》：为何凶手可以躲过街边的警察、大楼看门人、与电梯管理员而直上公寓高层完成谋杀？只因为在这些证人的眼中，凶手是隐形人。

《断剑之谜》：就是那个为了隐藏一具尸体而造出一地死人的案子。

《狗的神谕》：海滩边，把一根手杖扔到海里，狗会游过去把浮在水面

《Father Brown》剧照
(by Adr ian Beney)

的手杖叼起来送回给主人。但第二次扔，狗却没有带回手杖是何缘由？

《新月馆的奇迹》：公寓的 14 层楼里，坐在不靠窗的写字台边的高利贷者，怎会突然变成了一具被吊死在楼下一棵大树上的尸体？

《有翅膀的短剑》："你在一栋房子里见到一个身穿晨褛的人，就会很理所当然地认定那栋房子就是他的。"这个故事里，布朗神父运用观察与逻辑帮助自己走出心理盲区，识破凶手。

《通道里的男人》：凶手从狭长昏暗的甬道里逃遁，包括神父在内有三个人前后探身出去张望，却看到完全不同的身影，难道凶手不止一人？

《布朗神父的丑闻》："你可知道大多数的诗人是什么样子吗？只因为在 19 世纪初碰巧有三个长得俊美的贵族：拜伦、歌德和雪莱——结果造成了那样的混淆。"布朗神父为了纠正人们的思维定势，不惜让自己摊上一段丑闻。

"思考机器"的口头禅是："二加二等于四，不是绝大部分时间等于四，而是永远等于四！布朗神父则常常感叹："罪犯是具有创造性的艺术家，而侦探只不过是评论家罢了。"20 世纪初的推理小说爱好者真是生逢其时，有幸在物证推理与心证推理双峰对峙的华丽现场同时享受逻辑之美与心灵之妙，除了感谢上帝还能说什么呢？

G. K. 切斯特顿

# 44 画家与盲人

导言："我本来可以忍受一切的，但这件事揭示了人类理智的软弱无能，这让我无法接受。库珀尔，我没有什么可说的，只有一点，你击败了我，我以自卑的心情为你的健康干杯。不过这顿晚餐得由你来付钱了。"

——本特利之《特伦特最后一案》

　　如果神父可以当业余侦探，画家有何不可呢？具有诗人气质的英国新闻从业者本特利（E. C. Bentley，1875－1956）先生决定与推理界开个玩笑，他很认真地写了一部诡计绝妙的推理小说，塑造了一位个性张扬的画家侦探特伦特先生，而这部小说的名字叫《特伦特最后一案》（Trent's Last Case）。

　　英国人的讽刺才华从书名上就彰显无遗，侦探第一次出现在读者面前就是最后一案，而柯南·道尔爵士写《最后一案》之前已经发表了不下 30 篇故事。论推理水平，画家特伦特先生倒是不输给那些功成名就的大侦探，剥茧抽丝般揭露本案中的诡计确实精彩，可他居然完全搞错了作案动机与凶手！直到真正的凶手与他对酌庆功的时候才忍不住对

《特伦特最后一案》
重庆大学出版社，2013 版

他做了坦白，而他还全然沉浸在捕获女委托人芳心的愉悦之中。这一连串荒唐的事情是夏洛克·福尔摩斯决计做不出来的，就算他想，华生也必从旁阻止。思考机器与布朗神父就更不会了。二加二就应该永远等于四，侦探就应该与案中人保持合理的

距离;对于把自己的感情代入其中的行为,按布朗神父的说法就是——非不可能,而是无法置信。

离经叛道的推理作家在福尔摩斯名满天下的时代就已经不是孤军奋战了。爵士的妹夫 E. W. 赫尔南早就让神偷拉菲兹对侦探的正统身份发出挑战;奥希兹女男爵笔下的"角落里的老人"根本不关心坏人是否得到应有的下场,只在乎他的下午茶时间能得到愉悦的分享;莫里斯·勒布朗更为狂妄,居然把福尔摩斯拖进他的书中与亚森·罗平对决。与这些另类的作家相较,本特利只不过想让广大迷恋神探的读者们明白:侦探是人也会犯错,尤其在感情代入的时候,可能是极为荒谬的错误。

抛开嘲讽的部分不谈,发表于 1912 年的《特伦特最后一案》能够在柯南·道尔爵士与 G. K. 切斯特顿双峰对峙的时代脱颖而出成为名篇,靠的还是完美的布局与精妙的诡计。性格孤僻的中年富翁半夜里倒毙在别墅的花园道上,之前十点的时候还与秘书外出散步。仆人看到他独自回到书房打电话,年轻的夫人还与其道晚安,是什么缘故迫使他夜里再度爬起来穿戴整齐悄悄出门,却偏偏在如此从容的状态下忘记戴上假牙? 那可是他起床的第一件事情,绝不可能忘记。富翁夫人拜托前来的画家特伦特先生调查此案,而后者最终给出了一个严丝合缝的解答,但真相却南辕北辙。

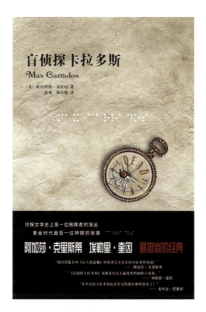

《盲侦探卡拉多斯》
新星出版社,2009 版

在短篇黄金时代,像《特伦特最后一案》这样的长篇毕竟不是主流,读者更多处于短篇的节奏之中,并且偏爱深具维多利亚文风的作品,比如英国作家欧内斯特·布拉玛(Ernest Bramah,1868 - 1942)在 1914 年发表的《盲侦探卡拉多斯》。卡拉多斯,推理小说史上第一位残障侦探,这让人想到十多年后出现的另一位双耳失聪的退休老演员哲瑞·雷恩先生,那是一位更具人格魅力的业余侦探。埃勒里·奎因一定是从布拉玛那里借鉴了戏剧化的写作手法,主人公谈吐优雅行事从容,如同置身于舞台灯光聚焦下的首席演员。

卡拉多斯坐在奢华舒适的大书房里听着他的朋友——坚毅精干的前律师卡莱尔先生——

给他读一个个匪夷所思的案件剧本，然后从罪犯手上接管导演的角色，指挥卡莱尔以主角的身份推动剧情发展，并迫使罪犯成为配角，共同演完被改写过的更具正义性的下半段剧本。这些案件比爵士笔下的故事更加紧凑而诡异。让火车信号灯失灵，动机看似神圣实则自私；借助闪电企图谋杀妻子可谓奇思妙想；固若金汤的保险库被轻易地洗劫……每当卡莱尔满怀困惑叙述一桩新的神秘案件的时候，盲人侦探卡拉多斯总是淡定舒缓地说："我看不见，但我听到了很多色彩。"

# 玫瑰山庄与箭屋

导言:"这个时代的推理小说,信仰单纯,目标集中,所做的事无非就是
创造迷局,娱人悦己(或愚人悦己),不负担高尚任务,也不太屈服于商业法
则之行。"

——詹宏志之《箭屋》导读

A. E. W. 梅森

推理小说史上出现过许多大器晚成的
作家,他们的成名作文笔成熟流畅,毫无青
涩之感,所编织的故事曲折动人,逻辑严谨,
颇有一种出道即巅峰的感觉。比如发表在
1907 年的两部名作《红拇指印》与《黄色房
间的秘密》,彼时 R. 奥斯汀·弗里曼已经 45
岁,而加斯顿·勒鲁也过了 39 岁;再看出生
年都在 1888 年的三位推理大家,英国的罗
纳德·A. 诺克斯在 1925 年发表《陆桥谋杀
案》时为 37 岁,美国的 S. S. 范达因在 1926
年发表《班森谋杀案》时为 38 岁,而美国冷
硬派推理大师雷蒙德·钱德勒(Raymond
Chandler,1888 - 1959)迟至 51 岁才为推理
界贡献了名作《长眠不醒》。

英国作家 A. E. W. 梅森(A. E. W.
Mason,1865 - 1948)无疑在那个时代也是

 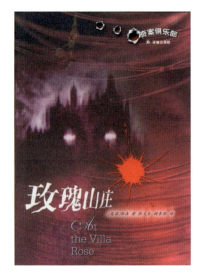

《箭屋》
译林出版社,2004 版

《玫瑰山庄》
译林出版社,2005 版

一个年长的推理界的新人,他发表第一部推理小说《玫瑰山庄》(*At the Villa Rose*)之时已经 45 岁了。之前他从事其他门类的文学创作,这使得他在铺陈故事,渲染意象的过程中显得自然流畅,游刃有余;而在刻画人物,描摹行迹方面给人鲜活真切,流动生姿的感受,不愧为主修古典文学的牛津大学高材生。除此之外,梅森对戏剧的热爱也在主角哈纳得探长的塑造上留下明显的痕迹。巴黎保安局的哈纳得探长是警界人物,不同于福尔摩斯的业余侦探的身份;敦实圆润的身材也与福尔摩斯顾长的身形迥异;他时而幽默时而严酷,经常搞出一些戏剧化的场面,让嫌疑人与助手都觉得莫名其妙,深不可测(推理爱好者的脑中很可能会闪现哪位侦探的身影? 没错,比利时人赫尔克里·波洛)。梅森是位开创者,有意要打破伟大的福尔摩斯在大众读者群里长久垄断的侦探审美,他与奥斯汀·弗里曼一起成为终结短篇推理时代,并同时开启长篇黄金时代的重要推手。

1924 年的《箭屋》(*The House of the Arrow*)已经算是黄金时代的初期作品,布局的严谨程度与案情推演的流畅性同阿加莎·克里斯蒂在那个时期的名作《罗杰疑案》不相伯仲。有意思的是,梅森的这两部名篇都以别墅大宅为舞台,受害者都是有钱的富孀,都有年轻美丽的女继承人和性格古怪的女仆人,以及围绕这些女性的或涉及利益或牵扯感情的男士。《玫瑰山庄》里有灵媒与招魂仪式,有难以预料的突发杀戮,以及惊险的救人桥段;而《箭屋》在侦探与嫌疑犯明来暗往的较量上让人感受到一波又一波的惊心动魄。在诡计方面,梅森还玩了一个时间的花招,不是杰克·福翠尔在《完美的不在场证明》或绫辻行人在《钟表馆事件》里的那种篡改时间的诡计,而是误读时间,并由此构建了嫌疑犯牢不可破的不在场证明。

梅森对推理小说倾注的理念,读懂书中的以下两段话或许就可以领悟:

"一个人最难看见的事,往往就是发生在他眼前的事。"

"有时他们(罪犯)太小心了,把证据安排得太完美,结果相对于这个不完美的世界来说,证据就显得太虚假了;但有时候他们又会太不小心,或者是因为急切的需要而匆促行事。无论如何,总是有错误发生,正义才能赢得最后的胜利。"

嫌疑犯被锚定,不是哈纳得探长真能看穿人心,而是嫌疑犯最初的时候说了一个似乎无关痛痒但决计不该说的小谎话,于是为了圆这个小谎而不得不编造破绽更大的谎话,最终堕入侦探巧手编织的陷阱。

# 43 CSI 鼻祖与反向推理

导言："现在，结论是什么呢？要记住，这些东西并非只是外套表面上的灰尘，而是经年累月黏在衣料内部的积尘，只有用集尘器才吸得起来。"

——R. 奥斯汀·弗里曼之《歌唱的白骨》

美剧 CSI(Crime Scene Investigation,《犯罪现场调查》)的粉丝应该乐于了解编剧的灵感源头，即 R. 奥斯汀·弗里曼开创的基于科学侦查的推理小说模式。当然，早在 1887 年柯南·道尔爵士发表的《血字的研究》里，福尔摩斯就在化学实验室里面摆弄各种瓶瓶罐罐，做一些随时能把自己头发烤焦的危险实验。但真正奠定科学探案模式的大人物，乃是奥斯汀笔下的桑代克医师(Dr. Thorndyke)。这位正统的法医学与毒物学专家是苏格兰场在遇到棘手案件时寻求援助的编外侦探。桑代克医师总是提着小型的百宝箱在助手杰维斯医师(小说中的"我")的陪同下莅临犯罪现场，他从宝贝箱子里可以捣腾出许多工具，包括相

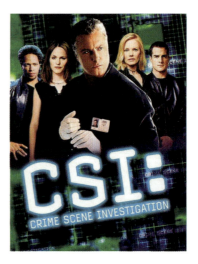

美剧《犯罪现场调查》第一季海报

机、折叠式三脚架、小型显微镜、烧瓶、试管、载玻片、酒精、石棉网与显影粉等，真是蔚为大观，就算在美剧 CSI 里，也不见得能有更多的新玩意儿。

发表在 1907 年的第一篇桑代克医师的探案故事叫《红拇指印》(*The Red Thumb Mark*)，与同时代的名作《黄色房间的秘密》或《玫瑰山庄》相比，结构布局上略欠宏

《红拇指印》
译林出版社,2004版

大,悬念设计上也显得简朴,但毕竟为科学侦查这种推理模式奠定了基石。并且,冷峻理性、偶尔幽默的桑代克医师成为推理小说史上一个独特而神奇的存在。

一个富翁在前一天晚上把一袋钻石放入保险箱内,第二天早上却发现钻石不翼而飞,且在保险箱内的一张纸上发现一枚血色拇指印。经过警方指纹专家的比对,这是富翁的一个侄子的拇指印。由于铁证如山该侄子被捕入狱,但是桑代克医师运用科学手段揭示了铁证的谬误。此篇可能是现代小说史上关于指纹鉴定的开山之作,并且小说中的人物形象塑造得很丰满,文字也很生动,至少是够得上三星水准的好作品。

真正让奥斯汀·弗里曼成为名家的则是1912年出版的短篇集《歌唱的白骨》(*The Singing Bone*)。如果说科学侦查手法被他发扬光大,那反向推理(inverted detective)则是一种由他发明的新型推理模式。以书中的《浪子恋曲》这个案件为例(以下有部分剧透,介意的读者可跳过),落魄的退伍上尉贝利以偷窃为生,有一次冒名混入上流社会的舞会伺机行窃。他在舞会上遇到一位戴着珍贵项链与钻戒的贵妇人,彼此认出是年轻时代互有好感的朋友。舞会间隙,贝利在花园里看到独处的贵妇人,一时被贪念驱使,用手帕闷死了贵妇人。冲动过后贝利极度后悔,在惊恐中逃离舞会现场,却拿错了外套。贵妇人被及时发现并救醒,警察赶到后唯一可用的线索就是嫌疑犯留下的外套。写到这里,案情、动机、被害人、与凶手对读者而言都是透明的,这与传统的正向推理,即从谜案开始,经过侦查然后揭示凶手与动机的模式完全不同,那吸引读者继续读下去的会是什么内容呢?

于是,桑代克医师提着百宝箱登场,对遗留的那件外套运用科学手段提取物证。他用小型吸尘器采集外套上的灰尘,通过显微镜等工具从普通灰尘中分离出经年累月粘黏在衣料内部的积尘,并鉴定出石墨、可可粉与米麦等六种特定的微粒。然后在商家名录上圈出地址查找交集,最终定位到唯一被这六家工厂(生产过程中释放上述微粒)所围绕的一座公寓。然后桑代克带着警察与助手还有贵妇人,用那件外套里的房门钥匙逐一尝试打开公寓里每家的门锁,并最终进入了逃犯贝利的房间。

反向推理(也翻译成"倒叙推理")的魅力在于把读者从猜测凶手与动机的谜团中

解脱出来,陪同侦探一起展开科学调查,发掘物证,并享受逻辑推理的美妙过程。一部推理作品能够不被淹没在几百部同类型作品中的缘由,必定有赖于某种独一无二的亮色。桑代克医师对指纹与脚印的推论、对外套与帽子上的积尘的鉴别等等桥段,相信若干年后都能留存于读者的有关推理小说的记忆中。

同样难以忘却的还有这个短篇集的书名——《歌唱的白骨》,它取自这样一则德国民间的传说:有个农夫发现一根被害人的骨头,然后把它做成一支笛子。但是,当他打算吹这支笛子的时候,笛子却突然自己唱起歌来,"我的哥哥杀害我,把我埋起来,埋在沙土中的石头底下。"所以,我们的法医学专家兼业余侦探桑代克医师总是说:只要我们仔细聆听,每一件围绕在我们四周的无生物,都会对我们唱出不同的歌。

《歌唱的白骨》
新星出版社,2010 版

# 44 希区柯克悬疑片的蓝本

导言:"在推理小说史上,《房客》具有里程碑式的地位,被评论家誉为'心理悬疑小说'的奠基之作。"

——《房客》导读

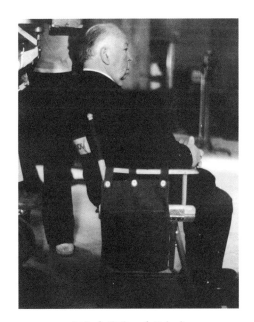

阿尔弗雷德·希区柯克

发表在一战爆发前后的两部名作《房客》(*The Lodger*,1913)与《三十九级台阶》(*The Thirty-nine Steps*,1915)算不上是正统的推理(侦探)故事,却是很有艺术气质的悬疑小说。两类小说的区别大致在于,推理小说通常须包含三要素:谜团、侦探(官方或业余的)以及解开谜团的逻辑推理过程;而悬疑小说往往只占其中的一项或两项要素,并且主人公追查真相的过程大多像坐过山车那般惊险刺激,充满偶然性与戏剧性,总之无须运用缜密的推理就能最终解决问题,此后流行起来的犯罪小说也大抵如此。

《房客》与《三十九级台阶》都曾被伟大的悬疑片导演阿尔弗雷德·希区柯克(Alfred Hitchcock,1899-1980)搬上银幕,成为他早期的代表作,比闻名于世的《深闺疑云》《后窗》《西北偏北》与《惊魂记》都要早很多。可以说,这两部魅力非凡的先驱小说为刚出道的希区柯克构建其独特的悬疑片风格提供了伟大的蓝本。

英国作家玛丽·贝洛克·朗兹（Marie Belloc Lowndes，1868－1947）可能是第一个把发生在1888年的伦敦白教堂地区的连环杀人案（即开膛手杰克之案）写入小说的作家。这个发生在百年前的悬案成为后世许多推理作家的灵感源泉，比如岛田庄司的《开膛手杰克的百年孤寂》与保罗·霍尔特的《血色迷雾》均是企图破解开膛手之谜的杰出作品。

《房客》
人民文学出版社，2017版

《房客》（群众出版社的书名是《租住在楼上的绅士》）是第一部心理悬疑小说，从头到尾贯穿着紧张、怀疑与恐惧的气氛。房东一家在穷困潦倒的时候迎来一位慷慨的绅士，预付了一个月的房租。房东太太细心伺候着房客却发现他经常半夜溜出门，而每每在他外出的第二天，报纸上就恰巧报道一起女性谋杀案的发生。房东太太的内心陷入极度的纠结，如果报告警察则可能重回困顿的生活，如果默不作声，生活在同一屋檐下的女儿可能遭遇危险。《房客》的结局是开放性的，但显然大导演希区柯克有自己的想法，同名电影去掉了小说在结尾处留下的悬念，让观众获得了一个确定的解答，这样就能带着满足感离开电影院。

《三十九级台阶》
新星出版社，2010版

1935年，希区柯克把他推崇的一位叫约翰·巴肯（John Buchan，1875－1940）的作家的名作改编成剧本，就是《三十九级台阶》。与其说是改编不如说是重写，小说中原本没有女性角色，电影里则不止一位。可能电影与小说唯一相似之处就是一种风格，称作"有节制的描述"，这代表了英国式的叙事风格，简约流畅又具绅士风度。

1976年重拍的《三十九级台阶》又是一部上海电影译制厂的杰作，佐罗御用的资深配音演员童自荣先生为主角"汉内"配音，这是让大多数人怀念的版本。但总体而言，前后两部电影都没有忠于原著。小说《三十九级台阶》的格调好比一位英国绅士

《房客》剧照

品着午后红茶,配几块可口的甜点,浓郁但很舒缓;到了电影里则仿佛绅士脱下了燕尾服,换上运动衫,去踢一场英式足球,总之太过紧张刺激了一点。这或许是因为小说与电影在情感体验上存在差异——小说的独特意义在于:她总能驱使读者的思绪飘离纸面,去往无边无垠的想象空间,无拘无束,任意驰骋。

# 45 安娜, 推理界的圣母

导言:"我们甚至无法计算出后世重量级的侦探小说作家到底从安娜·凯瑟琳·格林这里学到了多少东西……我们只能满含钦佩地说一句:安娜,一个远远超越了时代的侦探小说先驱!"

——《金色的拖鞋》译者序

推理小说史上,女性作家的数量远比男性作家来得少,女侦探就更稀有了。在英国三大推理女作家中,只有阿加莎·克里斯蒂塑造的乡村老太太简·马普尔小姐算是闻名的女侦探,但她的故事数量还不到比利时人赫尔克里·波洛的一半。多萝西·L.塞耶斯的彼得·温西勋爵与约瑟芬·铁伊(Josephine Tey,1896 - 1952)的格兰特探长都是男性侦探。

妙龄温婉的女侦探更是绝少,维奥莱特·斯特兰奇(Violet Strange)小姐简直就是短篇时代的孤例。她的创造者安娜·凯瑟琳·格林早在 1887 年(福尔摩斯问世的那年)就写出了轰动一时的长篇名作《利文沃兹案》,如果不是领先时代一个身位的天

安娜·凯瑟琳·格林

才作家是决计写不出这样前无古人的作品。在《利文沃兹案》中崭露头角的格里兹探长陪伴格林女士大半辈子,直到这个系列的第 13 部作品《急箭之谜》(1917 年)才退场,而格林笔下最让人动情的角色却是前面提到的斯特兰奇小姐,这是格林在 69 岁高龄

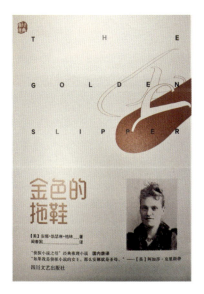

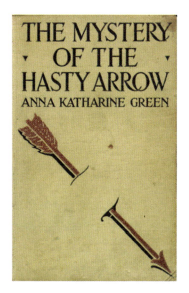

《金色的拖鞋》
四川文艺出版社，2016 版

《急箭之谜》

时出版的短篇小说集《金色的拖鞋》(*The Golden Slipper*)里的主角。《金色的拖鞋》无论从立意、布局、技巧、还是文学层面看，都堪称推理小说史上的一座巍峨高峰，后世的推理作家在仰望崇敬之余必定学到了不少干货，尤其在推理模式、情节设计与人物刻画上。

《金色的拖鞋》由九个短篇组成，前八个故事都是谜面很离奇的案件，让警方束手无策，却被一个二十岁左右的漂亮富家小姐所侦破。女性作家的创作特点不仅体现在刻画人物方面极为细腻感性，情节推进颇有戏剧效果，更在诡计的安排上显出有趣的嗜好。八个案件里面有四个是关于找东西的，有找项链的，找第二颗子弹，找遗嘱的，还有找一本手稿中的第 13 页的，过程充满奇思妙想，结局都很理性。最末一篇只有 20 页，是斯特兰奇小姐写给未婚夫（之前一个案件的委托人）的一封长信，解释了为何她这样一位穿金戴银的富二代小姐每次接受委托时都要收取不菲的报酬，根本不缺钱的她何必如此？格林女士用最后这个感人的篇章解答了斯特兰奇小姐本身的一大悬疑，并且作为整个短篇集的完美收束，为推理小说在大格局上的精妙谋划提供了一则范例，同时也表露了作者的创作理念——人性之美高于诡计之妙。

读完斯特兰奇小姐的最后陈述，有一种心潮涌动，泪湿眼眶的感动。记忆中，只在掩卷克里斯蒂的《长夜》与奎因的《悲剧系列》之时曾有过同样的感受，这也让我完全理解了高贵的阿加莎·克里斯蒂为何曾经这样赞美格林女士："如果我是侦探小说的女王，那么安娜就是圣母。"

# 46 前黄金时代的总结（上）

> 导言："如果没有树林的话，他就会造一座树林。如果他要藏的是一片枯叶，他就会造一座枯死的树林。"
>
> ——G. K. 切斯特顿之《断剑之谜》

前黄金时代的界限比较宽泛，起点没有疑问，从 1841 年伟大的埃德加·爱伦·坡发表《莫格街凶杀案》开始，终点则因人而异。物证推理派或许会把休止符定格在 1912 年，以纪念随泰坦尼克号一同沉入大海的杰克·福翠尔；而心证推理派可能会以最后一本布朗神父的短篇集，即 1935 年的《布朗神父的丑闻》作为一个辉煌时代的终结，但同时他们应当承认，G. K. 切斯特顿的诗人灵感在前三部短篇集里大抵燃烧殆尽。大多数评论家则以 1920 年作为两个时代的握手之年，因为在那年问世的两部名作，即 F. W. 克劳夫兹（Freeman Wills Crofts，1879－1957）的《桶子》与阿加莎·克里斯蒂的《斯泰尔斯庄园奇案》比之前

《布朗神父的天真》插图

所有的长篇小说更为成熟宏大，就此揭开推理小说史的黄金时代。

不难理解短篇为何在前黄金时代占据主导地位，因为这是大众的阅读习惯造就的。一则上万字的短篇故事在报纸上连载几天就可以看完，或者一期的杂志也足以

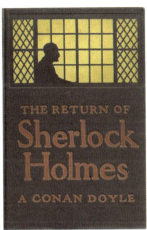

《海滨杂志》　　　　　《福尔摩斯探案集:归来记》　　　《角落里的老人》
　　　　　　　　　　　　　　　　　　　　　　　　　新星出版社,2008 版

发表完毕,很适合在上下班途中阅读。刊登福尔摩斯故事的《海滨杂志》(The Strand Magazine)在当年的发行量达到 50 万份,而美国主流的《妇女家庭杂志》的发行量也就是 100 万份。据说每次新的《海滨杂志》在报刊亭售卖的时候,那种人潮汹涌的景况只有在节假日的商场大促销时才会出现,足见短篇推理小说在当时的炙热程度。

总体上看这个时期的短篇推理小说的脉络是以阿瑟·柯南·道尔爵士为第一个高峰,持续的时间很久,这让爵士本人也始料未及。当时已有厌倦情绪的爵士在《回忆录》的《最后一案》中安排夏洛克·福尔摩斯与大反派莫里亚蒂教授堕入深谷同归于尽,但狂热的读者几乎用以死相逼的架势迫使爵士让我们的全民大侦探在贝克街的《空屋》中归来,还惊吓了一把忠诚的华生大夫与房东哈德森太太。

在福尔摩斯热尚未退潮之前,物证派代表“思考机器”凡杜森教授(1905 年)与心证派代表布朗神父(1910 年)就先后登台,从此形成三足鼎立之势。福尔摩斯的最后一篇故事发表在 1927 年,那已经是女王阿加莎·克里斯蒂如日中天的时代,也可见出短篇推理的顽强生命力。

任何推理小说的排名都是一家之言,由个人的审美情趣与性格气质所主导,同时也是阅读之余的一桩趣事,可共爱好者交流。以下列出个人认为在前黄金时代最具代表性的 10 部短篇集,简述其特点并指出对后世作家的影响。当然,出于对鼻祖的敬意,未把爱伦·坡置于其中。

第 10 位:《盲侦探卡拉多斯》,欧内斯特·布拉玛(英国),1914 年。

“我看不见,但我听到了很多色彩。”纯粹从听觉上感受周遭的局势与危险的氛围,这种体验对读者而言是新颖有趣的,当然单靠听觉是不够的,还得有类似华生这样的伙伴协助调查。推理小说史上把残疾侦探写得神采奕奕的作家不多,下一个还得等到近 20 年后奎因笔下的雷恩先生。

第 9 位:《业余神偷拉菲兹》,E. W. 赫尔南(英国),1898 年。

作为柯南·道尔爵士的妹夫,赫尔南原本想嘲弄一下无所不能的超人福尔摩斯,但他塑造的惯偷拉菲兹也不太像真实存在的人物。尽管如此,这里面的故事充满着惊险刺激、活泼动人的桥段,尤其是拉菲兹最后以跳海的方式逃跑,让读者的心情久久难以平复。拉菲兹亦邪亦正、又机敏诙谐的形象在劳伦斯·布洛克的雅贼身上得到继承,并发出更夺目的光芒。

第 8 位:《角落里的老人》,奥希兹女男爵(英国),1909 年。

把爱伦·坡创造的安乐椅侦探模式发挥到极致的作品集。在咖啡馆的一角,一位老人手上拿着一根绳子不停地打结又解开,他听着伶俐的女记者给他讲述刚发生的奇案,然后通过这些二手资料运用逻辑推理来破解真相。像《约克郡谜案》里"手握匕首,静静等待敌人转过身去"的那位夫人的坚毅背影,必然久存于读者的脑海中。这个短篇集里最让人深感意外的一幕是——女记者看到一段似曾相识的绳结留在最后一案的现场,然而目光再度扫寻时,角落里已然空无老人的身影。

第 7 位:《归来记》,柯南·道尔(英国),1905 年。

事实上前三部福尔摩斯的短篇集都在同一个水准上,《回忆录》里面有我极喜欢的《海军协定》,之所以选了《归来记》,一方面是《空屋》中的重逢给人一种美好的情感体验,另一方面,《孤身骑车人》《三个大学生》与《金边夹鼻眼镜》所渲染的人性温情让推理小说更接近纯文学,这完全得益于爵士在讲故事方面的超凡功力。此外《六座拿破仑半身像》与《第二块血迹》这样设计精巧的案件也让人充分享受到逻辑推理之妙。

第 6 位:《布朗神父的怀疑》,G. K. 切斯特顿(英国),1926 年。

虽然这部作品集在时间上已经落在黄金时代的范畴,但我觉得布朗神父的五卷书应该一气呵成地读完。《狗的神谕》《新月馆的奇迹》与《有翅膀的短剑》是这个集子里最出彩的作品。布朗神父居然这样称赞罪犯:"一个艺术家的某些真诚会让他泄了底,这可是一个心理学上的事实。达·芬奇没办法画得好像他不会画图似的,即使他想假装也永远假装不来。"这就是切斯特顿给推理小说史贡献的心证推理,通过对人性的入微体察以揭示谜团后的真相。

第 5 位：《歌唱的白骨》，奥斯汀·弗里曼（英国），1912 年。

开创者永远值得膜拜，弗里曼的科学侦查与反向推理（或称"倒叙推理"）足以奠定他在推理小说史上的崇高地位。取自民间传说的书名凝结了此类推理模式的精髓——无生物上存在的各种迹象与线索往往比活人的证言更具决定性。所以，有人在重温美剧 CSI 的时候会否自然地想起"歌唱的白骨"呢？

第 4 位：《金色的拖鞋》，安娜·凯瑟琳·格林（美国），1915 年。

美国作家再不出现就是对英国的完败了，还好有推理圣母安娜，一位让阿加莎肃然起敬的女性大师。靓丽富有的斯特兰齐小姐在《第二颗子弹》一案里，重回犯罪现场模拟犯罪过程终于在窗户、镜子、手枪与婴儿等诸多线索的缠绕中发掘出子弹的踪迹。《无形的线索》里也是同样的重构，在血色脚印与隔壁窗户的关系中悟出真相。不得不说，安娜在物证推理上的成就不次于伟大的爵士。

第 3 位：《冒险史》，柯南·道尔（英国），1892 年。

《思考机器探案集之幽灵汽车》
新星出版社，2009 版

位列前三的作品集须在某个领域登峰造极，为后世长久模仿但始终难以被超越。福尔摩斯之所以名垂千古，最重要的成功之处在于爵士为那个时代的广大读者奉献了一篇篇精致耐读的故事，以及形象卓越的主角（福尔摩斯），外加陪衬到位的配角（华生），有了这对完美的组合，哪怕偶尔谜团本身不那么出彩，也能俘获读者。《波希米亚丑闻》《红发会》《歪唇男人》等故事值得再三重读，这完全有赖于故事本身所散发的魅力。

第 2 位：《幽灵汽车》，杰克·福翠尔（美国），1905 年。

如果没有杰克·福翠尔，美国推理界恐怕没有颜面承袭爱伦·坡的巨大遗产。"思考机器"凡杜森教授总能为神奇诡异的谜团给出精妙合理的解答，当你读过《幽灵汽车》《完美的不在场证明》《不祥的夺命魔锣》等名篇之后，一定会如我那样感叹——这样的解答我不可能想到，但确实有存在的合理性，这就是福翠尔的伟大之处。他讨厌繁冗的情节铺陈和细腻的人物刻画，只在乎最纯粹的逻辑思辩。我在想，如果把另外一部短篇集里的名作《逃出 13 号牢房》加进来，那简直太过完美了，当然福翠尔的其他三部短篇集也配得上喝彩。

第1位:《布朗神父的天真》,G. K. 切斯特顿（英国）,1911 年。

毕竟我还是对接近纯文学的推理小说更加钟意。瑰丽奇异的谜团、深刻入微的人性分析、华美流畅的行文风格,再加上道德宗教、社会习俗与时代特征的点缀,所有这些要素的有机组合孕育出一则则布朗神父的探案故事,只能以叹为观止来形容,掩卷之后依旧让人心潮难歇。"如果要隐藏一片树叶,就得造出一座森林。"——想要了解是什么启发了黄金时代的那些名家们,请务必阅读《布朗神父的天真》,尽情享受在诡计与情节的共振之中所创造出的那些如宝石般的精美故事,再多说一句按语也必有画蛇添足之虞。

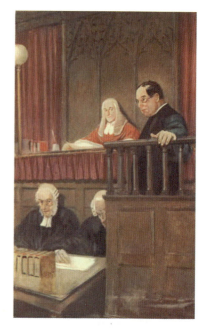

《布朗神父的智慧》插图

# 前黄金时代的总结（下）

导言："那不是你的幻觉，事实上，的确有人喊你，就是那个卖给你汽油的商店老板。他知道你打算去米伦，也看到你转错了方向，所以他喊你是想提醒你，不过你却没有停下来。"

——杰克·福翠尔之《微笑的上帝》

《巴斯克维尔猎犬》插图

长篇推理小说在前黄金时代打一开始就处于一种定位模糊的尴尬境地，查尔斯·狄更斯或多或少得担一些责任，因为当时的推理作家倾向于把作品写成如《双城记》和《远大前程》那样不朽的文学名作。比如狄更斯的朋友威尔基·柯林斯在 1868 年发表的《月亮宝石》，如果一个推理迷同时并非文学爱好者的话，很可能没有毅力读完这部巨著。把充沛的文学水分挤干之后，我们所看到的只是一个略微夸张的梦游故事，当然作者运用的多视角叙事手法在当时堪称前卫。

实际上，查尔斯·狄更斯自己在推理小说上的尝试也不算成功，未竟之作《德鲁德疑案》在他的一大摞名篇里根本排不上号，在推理小说史上也可以忽略不计。稍晚的法国作家埃米尔·加伯里奥也有走文学路线的志向，但庆幸的是他毕竟没有忘记自己写的是推理小说。发表于 1863 年的《勒沪菊命案》在结构布局和诡计谋划方面比《月亮宝石》要胜出许多。这是法国第一部长篇推理小说,个人认为也是推理小说史上第一部具有复杂谜团的推理作品,当然法国人浪漫的天性也给此书塞进了某些非必要的元素,比如浓烈的爱情。

渡过将近 20 年的空白期,在 1887 年这个推理小说史的重要年份里,《利文沃兹案》与《血字的研究》先后问世,从整体水准上比较,柯南·道尔爵士的处女作差不多是完败的,唯独胜出的可能就是为推理界贡献了一个超级伟大的组合,即福尔摩斯与华生,向前完全超越古人,向后则被无数次模仿。爵士在长篇小说上为自己正名还得等到 1901 年的《巴斯克维尔猎犬》。

与爵士同时代的推理作家们虽然大多都以短篇创作为主,但在长篇推理的夜空中偶尔点燃的烟花也足够华彩绚烂,以下这 10 部名篇足以代表长篇推理小说在前黄金时代的最高水准。

第 10 位:《勒沪菊命案》,埃米尔·加伯里奥(法国),1863 年。

一位贵族爵士在 20 年前与情人合谋把私生子与长子调换,乡村妇女勒沪菊太太是执行人。20 年后勒沪菊太太被谋杀,在豪门大宅长大的私生子被指为凶手,因为勒沪菊太太一死就无人可以证明当年调包的存在,私生子可以继续过着优越的生活,而在底层社会长大的长子虽然找到当年爵士与情人之间的通信手札,但缺少人证无法夺回自己原本的贵族身份。情节如果到此结束只能算是一个普通的家庭争斗的故事,但勒沪菊太太的丈夫现身并说出一段真相完全颠覆了对嫌疑犯身份的认定与动机的设想。这或许是情节反转的诡计模式第一次在长篇中出现,为小说的后半部平添波澜,足以证明法国推理之父并非浪得虚名。加伯里奥有其他更好的长篇如《勒考克先生》,只是没有中译本,实为憾事。

第 9 位:《巴斯克维尔猎犬》,柯南·道尔(英国),1901 年。

就算杂志社不断提升稿酬,爵士自己对福尔摩斯的热情与在大街小巷的报刊亭抢购《海滨杂志》的推理拥趸们形成反比。在第一次搁笔的八年后,他终于不再抗拒来自读者的热切祈求,开始谋划福尔摩斯的复出。一个关于古老家族被一只恶犬纠缠的民间传说给他带去灵感,积攒许久的创作动力似乎无法由一则短篇来宣泄,于是就有了这第三部长篇小说《巴斯克维尔猎犬》,这应该是福尔摩斯故事里最适合搬上银幕的一部。在杰里米·布雷特(Jeremy Brett)饰演福尔摩斯的 1984 年版的英剧里,气氛渲染得很到位。阴森的沼泽、田野上的犬吠声、古怪的邻居、华生的孤身行动以及月夜山岗上的神秘人的身影,这些画面与阅读时的想象高度吻合。这部长篇在诡计方面则弱一些,其实书名已经透露了作案手法。爵士在营造故事氛围上的长处被后世其他文笔高超的作家所继承，比如狄克森·卡尔在《女巫角》里的氛围描写，手法很像。

《莱文沃思案》
人民文学出版社，2017 版

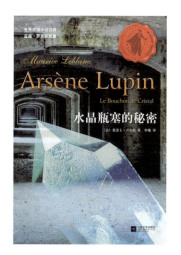

《水晶瓶塞的秘密》
江苏文艺出版社，2014 版

第 8 位：《莱文沃思案》，安娜·凯瑟琳·格林（美国），1887 年。

在这么早期的年代能有这么成熟的作品，也就容易理解来自女王克里斯蒂的赞誉。几乎绝大多数推理小说的创作准绳在这部书里都能得到体现，哪怕那些规则的倡导者本身都还没有出道。比如凶手须在故事的前半段亮相，他的思路不能暴露在读者面前；决不可透过意外事件和直觉来破案；侦探不应把焦点集中在无关案情的线索上，以免误导读者等等……安娜不愧是一位前卫的作家，并且在长篇与短篇上都能展现卓越的才华，在推理文学史上堪称女性推理作家的典范。

第 7 位：《水晶瓶塞的秘密》，莫里斯·勒布朗（法国），1912 年。

对于影响力几乎与福尔摩斯不相上下的亚森·罗平，值得用一篇长文来做单独评论，但事实上，富于浪漫情怀的勒布朗所创作的一系列亚森·罗平的故事更应该归于惊险悬疑小说，而不是推理小说。两者的界限不那么泾渭分明，用来界定的规则仍旧是推理小说的三要素：谜团、侦探以及侦探破解谜团的逻辑推理过程。亚森·罗平有时候扮演侦探的角色，但大多数的故事里面都是侠盗或英雄的形象，他靠聪明才智与骑士风度，孤身涉险，与强敌对抗，拯救弱者，并获得财宝与美人的芳心。至于解决悬疑的过程，有时靠顿悟，有时因突发事件，总之严谨的推理不是法国人特别在意的。《水晶瓶塞》已经算是推理味道较浓的一篇，在里面至少可以看到勒布朗对心理盲区的运用，以此致敬爱伦·坡的《窃信案》。

第 6 位：《玫瑰山庄》，A. E. W. 梅森（英国），1910 年。

藏书照

　　身材矮胖的哈纳得探长颇像一个成功的喜剧演员,办案风格仿佛在演戏,而他的"华生"里卡多先生是一个极具正义感的木讷绅士。熟悉阿加莎·克里斯蒂的读者此刻在脑海里可能已经浮现出波洛与老搭档海斯廷斯的形象,可见女王不是凭空升起的而是站在巨人的肩上。《玫瑰山庄》的布局精巧,情节跌宕,凶手也隐藏的很深,降灵会的桥段给案件增添了神秘感,作为处女作实在找不出可供挑剔的地方了。梅森的大器晚成应该是作品质量的保证,其后的《箭屋》写得更丰满,只是发表的时间已经属于黄金时代。

　　第5位:《特伦特最后一案》,爱德蒙·克莱里休·本特利(英国),1912年。

　　这是一部讽刺推理小说的推理小说,有点拗口,作者当时的初衷是想要打破侦探是神的普遍信仰,让侦探也回归成普通人,也会犯错而且是大错。既然搞错了凶手,辜负了委托人的厚爱,业余侦探特伦特先生只得把此案作为自己的最后一案。实际上这只是本特利写的第一部推理小说,特伦特的探案生涯就已经结束,可见书名本身也很有戏谑的味道。坦白说,虽是讽刺之作,但谜团的设计与推理过程极为精彩,值得反复咀嚼。

　　第4位:《弓区之谜》,伊斯瑞尔·冉威尔(英国),

《特伦特最后一案》
译林出版社,2006 版

1891 年。

这又是一部前卫作品，是心理密室的开路先锋，此前爱伦·坡的《莫格街凶杀案》属于物理密室。冉威尔的文笔极为优美，铺陈华丽，哪怕谜团本身比较单薄，对于喜欢文学的读者来说会经历一次愉悦的阅读体验。心理密室没有物理出口，往往需要奇思妙想来构建核心诡计，并在人类心理上架设一条通道闯出密室，比之物理密室通常更加让人惊叹，更值得回味。

第 3 位：《恐怖谷》，柯南·道尔（英国），1915 年。

爵士的四部长篇中最好的一篇，分为上下两部，下半部里福尔摩斯没有出现，全是通过倒叙来阐述案件的起因，这样的写作手法在 56 篇福尔摩斯的故事里是独一无二的。上半部的无面尸诡计在线索安排上很精妙，这个推理模式虽然此后被推理作家们无数次运用，但在线索的公平性上，爵士依旧让人仰望。下半部就算没有福尔摩斯的参与，平克顿侦探与死酷党人斗法的故事情节紧凑，气氛逼仄，结局让人唏嘘，后世所有关于卧底的小说或影视作品都能从中得到启发，比如无间道系列。

第 2 位：《黄色房间的秘密》，加斯顿·勒鲁（法国），1907 年。

《剧院魅影》的作者还能写出《黄色房间的秘密》与《黑衣女子的香气》这两部纯正的推理小说，除了用天才来赞誉也找不出其他词汇了。勒鲁显然继承了他的法国前辈侦探之父加伯里奥的推理天分，在整体布局上显露出高妙的匠心；《弓区之谜》带来的影响很大，但勒鲁在设计心理密室的逻辑出口上无疑更具慧眼。站在今天这个时代对这部密室名作的指手划脚般的评判都很可笑，当其中的情节与诡计被后世反复借鉴之后，再把这部早期作品放在当中去讨论她的神秘性与创造性无疑有欠公允。

《思考机器探案集之微笑的上帝》
新星出版社，2009 版

第 1 位：《微笑的上帝》，杰克·福翠尔（美国），1907 年。

1907 年这个年份也很伟大，侠盗亚森·罗平初次登台，奥斯汀·弗里曼发表《红拇指印》开创了科学侦查的模式，最伟大的密室推理小说之一《黄色房间的秘密》也在同年问世。杰克·福翠尔的这部中篇小说在当时或许不那么起眼,百年后的今天再回味,应当承认推理小说的至高境界事实上经由这部作品已经呈现给世人。我认为就推理诡计而言,存在两种迥然不同的至高境界:一种是布局宏大复杂,逻辑深奥严谨,挑战人类的思维极限,比如奎因与卡尔的巅峰作品;另一种则是读完之后觉得极为简单,但在真相没有道破之前根本猜测不到,福翠尔夫妇的这部华美的作品就归于此类。上半部《暴雨幻影》据说是夫人的创作,描述当事人驾车从 A 地开往 B 地途径一座加油站后发生的匪夷所思的经历;后半部《房子的秘密》由福翠尔为夫人天马行空的叙述给出符合逻辑的解答。个人觉得,夫人在报刊上公开发出挑战然后由丈夫应战这很可能是媒体宣传的噱头,这对恩爱夫妇必是在温暖的壁炉前挨坐着,边喝咖啡边构思,共同享受创作带来的无穷乐趣,而这种身心的愉悦通过染着油墨味的文字传递给后世无数的推理迷们,也包括 110 多年后为这段佳话写上几句的笔者。

从 1841 年到 1919 年,前黄金时代的 200 多部作品,为奇妙绚烂的推理小说史开启了诸多创作模式,成为后世无数作品的灵感源泉。柯南·道尔、杰克·福翠尔与 G. K. 切斯特顿是此时代的三巨头,他们对推理小说史的卓越贡献,任何狂热的激赏与痴迷的崇敬都毫不为过。

# 公元 1919 年，桶子

> 导言："《桶子》奠定了克劳夫兹作为世界推理小说史上最负盛名的'不在场大师'的荣誉。他的情节布局繁复奇巧，转折之处不露痕迹。对克里斯蒂嗤之以鼻的雷蒙德·钱德勒称赞克劳夫兹的《桶子》'拥有最扎实和无懈可击的布局。'"
>
> ——《桶子》导读

《桶子》

一个懒卧病榻的铁路工程师决心暂时抛开工作，但一阖眼，那些每天陪伴的物象如信号灯、铁轨、车站、火车时刻表与形形色色的搭乘者在额前萦绕不散。于是他想，得找一个地方把这些物象统统赶进去，或许能得到某种平静，他的主意是模仿柯南·道尔写推理小说。由于贴近生活，他笔下的故事呈现出一种写实主义风格；又因为他的工作性质需要纯粹的理性，使得他编织的侦探故事脉络清晰，严丝合缝，始终贯穿着一种叫逻辑的思维物质。

这位爱尔兰铁路工程师名叫 F. W. 克劳夫兹，他在养病期间写成的这部推理小说叫《桶子》（*The Cask*），那年是 1919 年。完全出乎他本人与出版社的预料，此书居然成为街头巷尾报刊亭的抢手货，销量完全压倒几乎同时在售卖的另一本叫《斯泰尔斯庄园奇案》的小说，那是阿加莎·克里斯蒂折腾了 18 个月的处女作。

就算今时今日来阅读这本黄金时代的揭幕作品，也会得到不错的阅读享受。故事的开头就很刺激，伦敦的一位画家菲力克斯收到巴黎的朋友寄来的一封印刷体书信，要他去海运码头领取一个从巴黎寄来的桶子，里面装了合买彩票而赢

F. W. 克劳夫兹
(from Encyclopædia Britannica)

得的金币。从船上卸货的时候发生了意外，桶子被撞出一道裂缝，不少金币从裂缝里滚出，当海运公司的人从裂缝向桶子内部打量时，发现了一只女人的手。这之后警察介入，与菲力克斯一同打开桶子，发现死者是他以前的恋人雅内特，现在是他的朋友、

《桶子》
群众出版社，2006 版

一家抽水机制造公司的董事波瓦拉的妻子。经过核实，波瓦拉在巴黎订购过雕塑品，桶子就是运输的容器，如果是波瓦拉谋杀了妻子并装入桶子寄给伦敦的菲力克斯，会有一个难以避免被事后追查的问题，即雕塑品公司是需要回收桶子的，如果客户没有送回，一定会引起疑问。但如果菲力克斯是凶手，他在巴黎谋杀了以前的情人，再装入桶子寄回伦敦并由自己去提取，这样的行为显得毫无意义。

《桶子》（也译为《谜桶》《撒旦的邀请》）绝对是一部谋杀脑细胞的小说，阅读的过程中时不时得停下来捋一捋作者布置的线索，或是体味一下各类精巧的诡计，比如奇怪的足迹、桶子上的双重标签、假装打出的电话、伪造的笔迹还有克劳夫兹最擅长的不在场证明。这位铁路工程师对

火车路线图与时刻表熟稔于胸，拉着读者跟随警察一起奔波于伦敦与周边郡县的铁路线上，由此证实某些诡计的可行性。如果有人突然觉得似曾相识的话，那准没错，你必定读过日本作家的推理小说。松本清张、西村京太郎（Kyōtarō Nishimura，1930—2022）以及岛田庄司等都学克劳夫兹在轨道系统上布设诡计，倘若你非常熟悉吉敷竹史刑警（岛田庄司笔下的侦探）经手过的案件，那在搭乘新干线从东京出发北上函馆的路上所经过的每个车站必然会勾起你的阅读记忆。读完《桶子》，除了可叹的诡计之外，一定会被记住的必是伦敦帕丁顿车站——这个夏洛克·福尔摩斯、布朗神父与弗伦奇探长追踪嫌犯的起点。

《伟大的弗伦奇探长》
新星出版社，2009 版

克劳夫兹在《桶子》之后为推理世界创造了弗伦奇探长这个新角色，在短篇集《伟大的弗伦奇探长》里，我们能读到九个水准一流的故事，不得不对这位黄金时代的先驱肃然起敬。集子里的《包裹》这篇非常特别，讲的是把自制的炸弹通过寄送包裹的方式来实施谋杀。克劳夫兹写出了这个虚拟的案件，由伦敦警方来撰写案件侦破的部分，推理小说史上难得一见的警民合作，让读者耳目一新，也可见当时克劳夫兹的名气与受欢迎的程度。

写完《桶子》，铁路工程师走下病榻，推开房门踱步出去，他应该不曾料想——一个五彩斑斓、波澜壮阔的黄金时代已然帷幕开启。

# 49 推理女王的登场

导言:"我走出邮局时,和一个正要进来的小个子男人撞在一起。我赶紧闪开并道歉,就在这时,他大叫一声,抱住了我,热烈地亲吻我。'亲爱的黑斯廷斯!'他大喊。'波洛!'我也喊了起来。"

——阿加莎·克里斯蒂之《斯泰尔斯庄园奇案》

如果讨论推理小说史上哪位男性作家配得上皇帝或国王的称号,必定聚讼纷纭,莫衷一是。柯南·道尔爵士的影响力至今没有消失,福尔摩斯的形象反复被搬上银幕;把诡计与情节结合得最完美的大师是埃勒里·奎因;密室之王非狄克森·卡尔莫属;从二战前后成名的江户川乱步与横沟正史,到经济崛起时代的松本清张与森村诚一(Seiichi Morimura, 1933 - 2023),再到当代的岛田庄司与东野圭吾,每一代日本读者的心中都有各自的推理之神。在近两百年的推理小说史的长河中,似乎无法挑出一位男性大师完全压倒其他所有名家,但在女性推理作家这边,似乎不存在这样的争议,世上

阿加莎·克里斯蒂

只有一位推理界的女王:阿加莎·克里斯蒂。克里斯蒂出生于1890年9月15日,去世于1976年1月12日,此篇撰写时恰逢女王43周年忌辰。在这样一个日子里,回看克里斯蒂60年创作生涯的起点,颇有纪念的意味。

《斯泰尔斯庄园奇案》
人民文学出版社,2006 版

《斯泰尔斯庄园奇案》
新星出版社,2019 版

如果你读过发表于 1920 年的处女作《斯泰尔斯庄园奇案》(*The Mysterious Affair at Styles*),一定能体察到阿加莎·克里斯蒂的野心,这是未来的女王所必备的气质。在古朴宁静的斯泰尔斯庄园里,大公子约翰的太太玛丽与邻居医生过从甚密,后者是毒药学专家;二公子劳伦斯曾取得医生执照;寄居在庄园的辛迪亚小姐则在药房工作;女管家霍华德小姐的父亲曾经是一个医生。处处是伏笔,处处弥漫着毒杀的气息。不是克里斯蒂天生喜欢毒药,一战时期她就在药房工作,生活环境提供了丰富的创作素材,她拥有的则是善于编织的巧手。

故事线索布局完成之后,最要紧的是塑造一个独一无二的主角,能够比肩夏洛克·福尔摩斯与亚森·罗平那样的名侦探。克里斯蒂在其自传里如此回忆她的男一号赫尔克里·波洛的诞生:"在我们那个教区,侨居着一大批比利时人……移民中各式人物都有,一个逃难的退休警官怎么样?我已经能看到这个干净利落的小个子了,总是在整理东西,喜欢所有东西都成双成对、方方正正的。而且他必须聪明——脑袋里有小小的灰色脑细胞(little grey cells)。"

侦探的名字本来叫赫拉克勒斯(Heracles),那是希腊神话中的宙斯之子,完成了十二项英雄伟绩的大力士,但问题是克里斯蒂对她的小个子是这样描述的:"身高只有 5 英尺 4 英寸,但举止稳重庄严。他脑袋的形状像个鸡蛋,而且他还喜欢把头稍稍偏向一侧。他的胡子硬邦邦的,像军人的胡子。他的着装整洁得惊人,我深信,一粒灰尘落在他身上,简直比让他吃颗枪子儿还难受。"这与希腊大力士的形象反差太大,不得已稍做了些改动叫作赫尔克里（Hercule），姓氏波洛（Poirot）按她的说法则是"偶然跳进了我的脑海"。英剧《大侦探波洛》里大卫·苏切特的扮相与波洛的形象高度吻合，所以拍了23年还是让克里斯蒂的拥趸们依依不舍。

《斯泰尔斯庄园奇案》的稿子辗转四年才得以出版，一方面是由于战争的动荡，另一方面在于故事本身，有多少读者能有信心读完一个不知名作家编排得如此错综复杂的故事线，倘若结局不够精彩岂非浪费时间与金钱？克里斯蒂几乎为故事中的每个主要角色设定了单独的线索，在迷惑读者上她算是成功了，但整体上确实呈现出一种纷乱芜杂，且虎头蛇尾的观感。为什么案犯在危险关头不把写了一半的信藏在身上带出房间，而偏要锁进书桌的抽屉里，最终被轻易地发现并成为非常不利的证据？如果要细抠这部处女作的情节硬伤，恐怕会与书中精巧的设计同样地多。总之这是一部克里斯蒂自己都承认"错综复杂的情节让我难以驾驭"的作品，实际的情况恐怕是，彼时她的写作能力还赶不上她那颗女王般的野心。

在波洛系列的第二部作品《高尔夫球场命案》（*The Murder on the Links*）中，克里斯蒂的自制力明显得到提升，布局不再千头万绪，而是沿着一条主线，适度而自然地嵌入她精心设计的桥段——命案现场摔坏的手表（通常用于指示犯罪时间）、迷倒黑斯廷斯的神秘姑娘（侦探助手的智商总是略低于读者）、在警察眼皮底下被偷走的凶器以及意外出现的第二具尸体等等。当克里斯蒂愿意删繁就简的时候，G. K. 切斯特顿所缔造的心证推理的模式在她手上被更加纯熟地运用。处女作里没来得及表明的理念在这部作品里得到从容地阐述。趴在地上用放大镜寻找足迹、烟灰抑或特定种类的泥土之类的活是"猎犬"（指书中的官方警察，顺便揶揄福尔摩斯）的工作，而波洛的工作则是听取这些"猎犬型"专家的陈述，分析犯罪手法，展开逻辑推演，确定事件发生的正确顺序，此外最重要的是——洞察犯罪的真实心理。

心证推理的理念与自然优雅的编织能力是克里斯蒂一步步迈上推理女王宝座的凭借，她将要对抗的是整个黄金时代的推理界。1926年成名作《罗杰疑案》的发表，标志着女王傲视天下的

《高尔夫球场命案》
人民文学出版社，2008版

小说中的斯泰尔斯庄园在英国乡村到处可见

开始。众多的挑战者在 1920 年代末揭竿而起,本国的多萝西·L. 塞耶斯与约瑟芬·铁伊联袂袭来;隔着大西洋的美国,S. S. 范达因之后,物证推理的继承人埃勒里·奎因与冷硬派创始人达希尔·哈米特(Dashiell Hammett,1894－1961)在同一年出道。进入 1930 年代,第一个五年呈现了心证推理与物证推理的巅峰之战,"国名系列"与"悲剧系列"的问世让奎因登上国王的宝座。这场激战之后克里斯蒂本以为能喘口气,可马上在后一个五年里,天才的狄克森·卡尔携《三口棺材》《燃烧的法庭》与《女郎她死了》这样完美的作品登场;参与围猎的敌手中还有如安东尼·伯克莱与雷蒙德·钱德勒这样的绝顶高手,推理小说的战场上硝烟弥漫,擂鼓喧天,上演了一场史无前例的群雄之战。

倘若转换一下视角,从这些伟大对手们的眼中看出去,从《罗杰疑案》(1926 年)、《东方快车谋杀案》(1934 年)、《无人生还》(1939 年)到《捕鼠器》(1950 年)、《长夜》(1967 年)最后到《帷幕》(1975 年),克里斯蒂从未走下过女王的宝座,她像绵延不绝的山峦那样,自始至终屹立在那里。60 年恢宏华丽的写作生涯,在推理小说史上前无古人,也恐怕后无来者。

阿加莎·克里斯蒂在 1910 年代

# 范达因与二十条

导言："他习惯于冷嘲热讽、尖酸刻薄,这恰恰是心理平衡的现象。这样的人通常不具有威胁性,因为他们已经得到了宣泄。但那种长期压抑痛苦、将不满完全掩埋而表面平静的人,往往具有威胁性。"

——S. S. 范达因之《主教谋杀案》

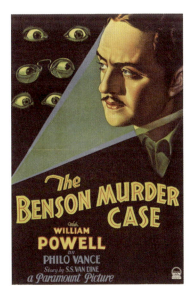

《班森谋杀案》

杰克·福翠尔带着没来得及发表的"思考机器"的故事随泰坦尼克号永沉海底之后,美国推理小说界在很长一段时间里缺少一位可以与大西洋彼岸的阿加莎·克里斯蒂相抗衡的领军人物,S. S. 范达因的适时出现至少让架设在英美推理界之间的竞争天平不至于倾覆,毕竟推理小说这一文学门类是美国人所缔造的。

哈佛大学毕业的范达因决心成为推理小说家的时候已经是一位畅销杂志的总编辑,所以他的写作初衷非关名利,纯粹源于爱好,想通过自身的尝试为美国推理界正名。1926 年范达因发表处女作《班森谋杀案》,开启了美国推理小说史的黄金时代。这位书卷气浓郁的作家为他的小说书名设计了一种有趣的模式,即书名中的关键字都是六个字母的某个单词,如 Benson(班森)、Canary(金丝雀)、Greene(格林家)、Bishop(主教)、Casino(赌场)、Garden(花园)等,这种系列风格在此后的名作家身上得到了传承,像埃勒里·奎因的国名系列,在书名里嵌入某一国的国名;有"字母天后"美誉的苏·格拉夫顿(Sue Grafton,1940 - 2017)以英文字母的序列来命名她的推理小说,第一本的书名是《*A Is for Alibi*》(译为《A 代表不在现场》),第二本则是《*B Is for Burglar*》(译为《B 代表窃贼》),依此类推直到《*Y Is for Yesterday*》(译为《Y 代表昨日》)为止,可惜字母 Z 的那本她在离世之前未能写成。

《班森杀人事件》
侦查馆,2007 版

范达因的学院派气质完全渗入到他塑造的主角身上,菲洛·凡斯(Philo Vance)身材修长,举止优雅,有惊人的艺术鉴赏力,继承了远房亲戚的可观遗产,生活上可以为所欲为比如收购心仪的名人字画,这一定会令比利时难民波洛先生欣羡不已。作为处女作,《班森谋杀案》比之《斯泰尔斯庄园奇案》在案情推演上更显得从容不迫。金融界的富商班森先生在寓所被谋杀,他身穿睡衣坐在藤椅里,从正面被射中前额,一枪毙命,手里还捧着一本书。我们这位颇具贵族气质的业余侦探凡斯一开始就通过现场的格局推定凶手的身高,与被害人的亲近关系,并且凶手具有冷静坚毅的性格特征。另一本杰作《金丝雀谋杀案》里的不在场证明在那个时候一定让人拍案叫绝,当代的读者看了太多的影视作品是不会有那样的感受了,这也是一种可惜。范达因最好的作品是《格林老宅谋杀案》与《主教谋杀案》,前者是雪夜山庄内的连续杀人模式,后者则是童谣杀人模式,都是先驱式的伟大作品。

《金丝雀谋杀案》
重庆大学出版社,2013 版

范达因也是一位很有建树的评论家,他破天荒地为推理界制定了"推理小说写作二十法则",简称"二十条",我们挑选几条来解

《格林老宅谋杀案》
重庆大学出版社,2012 版

读其意义:

"必须让读者拥有和侦探平等的机会解谜,所有线索都必须交代清楚。"推理小说的第一人称"我"通常就是代表读者的视角,必须公平地享有侦探所了解的全部案情细节,这样才与侦探处于相同的逻辑推理的起点,当然终点是绝大多数读者无法独自到达的,这才需要作者以侦探的名义展现其高出读者的智商,娓娓道来破解诡计的精妙过程。

"侦探本人或警方搜查人员不可摇身变为凶手。"这条明显有针对性,因为前黄金时代里早有作者玩过这样的诡计,读者或多或少会有一种被愚弄的不满。

"侦探小说必须有侦探。"范达因通过此条明确划清了推理小说与诸如犯罪、悬疑、惊悚、间谍等小说体裁的界限。

"侦探只能有一名。"克劳夫兹的《桶子》存在的最大缺点就是安排了多名侦探或警察来侦查并推演案件,这样会让读者陷入一种思维混乱或割裂的局面。范达因希望让读者有一条贯穿始终的思考路线,陪着一位侦探剥茧抽丝、深入案情,或许有失败有意外,但至少与侦探有一种休戚与共的感觉。

"那些做仆人的,比方说管家、脚夫、侍者、管理员、厨师等等,不可被选为凶手。"如果缜密的犯罪可以看作一门艺术,而侦探的工作是一种艺术鉴赏的话,那最好把具有艺术家潜质的人物选作凶手,而谨慎的管家、木讷的女仆或油腻的厨子通常都不会有如此的天分。

菲洛·凡斯对艺术品的鉴赏过程与对犯罪心理的探究过程存在相通之处,所以S. S. 范达因的笔下无法允许普通罪犯的存在,只有顶尖的对手才能衬托贵族侦探的超凡智力。后世哪一位名侦探有菲洛·凡斯的影子?没错,正是日本推理大神岛田庄司笔下的御手洗洁。

# 24 幻影城主江户川

导言:"一事无成的两人,已经被现实逼到走投无路的绝境,当看到轰动社会的一起盗窃案时,禁不住对大盗巧妙的犯案手法羡慕了起来。"

——江户川乱步之《两分铜币》

　　我总猜度着那些文学大家在骨子里是不屑别人为其立传的,前尘往事与情海心路,唯有自己的笔才最值得信赖。波伏娃的三卷回忆录凭谁能写出那样的细腻深情?阿加莎·克里斯蒂自传中的琐细程度没有惊人的记忆力仅靠日记是糅合不成的。日本推理界的鼻祖江户川乱步同样如此,"有时候我会这样夸张地叹息,因为如果我不是个恶人,就无法描写犯罪者的心理,我甚至仰慕起震惊古今的罪大恶极者、犯罪手法出神入化的罪犯了。"哪个传记作家敢替他说出这样的内心独白?

　　江户川乱步写在六十寿辰前后的回忆文章对理解其推理作品的内涵有极大的帮

江户川乱步

助,在此理出其中的某些段落试图阐述一个话题:什么样的主客观条件共同作用创造了日本推理界的第一位大师江户川乱步?这个话题可分为两部分,首先是以下两个客观条件造就了一战之后的日本涌现出很多推理小说家:

《两分铜币》
独步文化出版社，2017 版

一是明治维新（1868 年）开始西方文学在日本盛行。以黑岩泪香（Ruikou Kuroiwa，1862－1920）为首的先驱家大量翻译或改写西方的推理小说（前黄金时代的作品），给日本文学青年带去极大的内心冲击，无数人开始以模仿的手法尝试创作。

二是日本出版界的支持。自傲的日本文化人坚信自己的国度也能诞生与爱伦·坡、柯南·道尔并肩的大人物，因此出现如《新青年》这样的杂志不遗余力地刊登译介的作品，并举办原创作品的征文比赛。时势造英雄，1923 年江户川乱步的处女作短篇《两分铜币》得到《新青年》主编森下雨村（Uso Morishita，1890－1965）的赏识予以登载，同时刊发了当时的文化名人小酒井不木（Hiroki Kozukai，1890－1929）的评论文章。由此，日本推理小说史的第一个黄金时代华丽开启，既而奠定了推理世界内美国、英法与日本的三足鼎立的大格局，时至今日也没有被撼动。

其次，乱步之所以成为这一历史大局面中的关键人物除了先前的两个客观条件之外，乱步自身的两个主观条件也同样重要：

一是博览群书且经历丰富。乱步在中学时代就读完了黑岩泪香翻译并改写的西方推理小说。大学期间读英文原版，开始醉心爱伦·坡、柯南·道尔与 G. K. 切斯特顿等名家，一个具体的崇拜行为就是用埃德加·爱伦·坡的日文发音所对应的汉字作为笔名，即江户川乱步，而他本名叫平井太郎。乱步毕业后从事过近二十种职业，包括经营二手书店、开中华拉面摊、当贸易代表、小报记者、杂志编辑等等，如此杂乱无章的经历给他带去居无定所的生活之余，也为日后的创作积累了充沛的素材。

二是异于常人的思维。"我不喜欢与人对话，打小就喜欢独自任思绪天马行空。说好听些是喜好思考，说难听点儿就是热衷妄想""少年时代的我有个毛病，喜欢夜里在黑暗的城镇里游荡"，特异的气质是乱步成为大师级人物的本源力量。成年后，乱步从他最崇拜的三位作家爱伦·坡、谷崎润一郎（Junichirō Tanizaki，1886－1965）与陀思妥耶夫斯基（Fyodor Dostoyevsky，1821－1881）那里洞悉了写作与人生的关系，把文字当作交通工具，通往其在精神世界里构建的绚丽无双的堡垒，他为之命名——幻影城。

就算重读，成名作《两分铜币》与《一张收据》也是饶有趣味的，前者是关于暗号的恶作剧，后者是针对犯罪时间的精确取证。第二部短篇集《D坂杀人事件》是乱步笔下唯一的侦探明智小五郎的故事，这个集子里的作品完全体现了乱步异于常人的思维——新奇而耽美。像《天花板上的散步者》里的奇特构思，就因于乱步年轻时喜欢躺在床上盯着天花板发呆的癖好。《月亮与手套》是一则制造不在场证明的倒叙式推理作品，乱步在短篇中描写犯罪心理的能力让人惊叹。第三部短篇集《人间椅子》中的故事则更进一步滑向了怪诞世界，这在后来被定义为变格推理，像《人间椅子》《带着贴画旅行的人》《目罗博士不可思议的犯罪》这样的故事可谓匪夷所思，不是常人可以想象

《D坂杀人事件》
独步文化出版社，2017 版

的。随后在 1926 年发表的中篇作品《湖畔亭杀人事件》讲述了一个惊险的偷窥故事，猎奇氛围浓厚；同年的另一部《帕诺拉马岛奇谈》则完全脱离现实，踏入梦幻国度。前期的这些充满奇思妙想的作品彰显了江户川乱步引领那个时代的非凡气魄，无愧于"幻影城主"的名号。

乱步的第一次搁笔长达一年半，1928 年重出之后发表的《阴兽》与《孤岛之鬼》等作品是其踏上巅峰的标志，值得用更多的笔墨来慢慢叙述。

# 22 两位反侦探的幽默绅士

导言:"你知道,最好的侦探都这样。当他们准备解谜时,总是先装出完全忘掉手边案子的模样。虽然我从不明白他们为何如此,但该走的程序我们还是要走。"

——安东尼·伯克莱之《莱登庭神秘事件》

安东尼·伯克莱

反侦探的意思倒不是真的反对侦探小说,而是反对无所不能的侦探。福尔摩斯诞生后的 40 年里,推理小说的发展渐渐落入形式主义的窠臼。物证推理派靠着地上的烟灰、杯柄的指纹抑或倒着走的脚印就能构建诡计并敷衍出故事,而讲故事的人通常就是侦探那位智商堪忧的朋友"华生"。心证推理派也好不到哪里去,心理分析流于简单草率,似乎被审问的女仆一旦神色紧张,语无伦次就一定在隐瞒案情,而真相可能只是她刚刚在厨房打碎了一只精美的碟子怕被主人发现而已。

文化底蕴深厚的英国绅士们开始声讨日渐套路化的推理小说,他们的手段居然也是写推理小说!本特利的《特伦特最后一案》是这方面的先驱之作,而安东尼·伯克莱与罗纳德·A.诺克斯的出现则证明了反侦探模式也能有传世的佳作。

安东尼·伯克莱在当时是一位社会影响力很大的推理作家,他牵头创立了英国侦探俱乐部,请来 G. K. 切斯特顿担任第一任会长,会员里面包括了阿加莎·克里斯

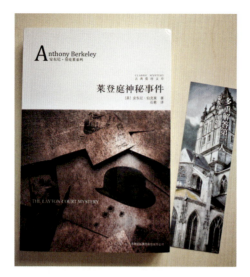 

《莱登庭神秘事件》     《陆桥谋杀案》
吉林出版集团,2010 版    新星出版社,2008 版

蒂与多萝西·L. 塞耶斯这样举足轻重的作家。伯克莱在其名作《毒巧克力命案》里尝试给同一个案件以多种不同的结论,由此确立多重解答的推理模式,对后世影响深远。他的另一部经典作品《裁判有误》把人物心理、诡计情节与叙事风格结合得相当完美,让人难以忘却。

在 1925 年推出第一部推理小说《莱登庭神秘事件》(*The Layton Court Mystery*)的时候,安东尼·伯克莱当然不会预料到自己日后的莫大成就,他只是尽情发挥在牛津大学习染的写作文风,即在古典雅致的口味里调入些诙谐的讽刺,比如"他那张可爱的红脸蛋上,要么挂着全心全意的愉快笑容,要么随时准备迸发出这样的笑"。又如"罗杰(书中的侦探)在认识三十岁以下的女士一两天后,总是直接以教名相称。还好,这和他玩世不恭的名声正好相符"。表面上看,罗杰·谢灵汉(Roger Sheringham)是伯克莱用来制造反侦探情节的笑料载体,因为谢灵汉总能用貌似严谨缜密的推理过程,推导出一个完全不存在的所谓真相。而实际上,伯克莱是在探讨推理本身的意外性,就算一个高智商的侦探把案情条分缕析之后,也完全有可能遗漏去往真相的某个存在的通道。

总而言之,福尔摩斯这样的神人侦探是缺乏真实感的,反而像谢灵汉那样喝着心爱的啤酒,吹嘘着自己的逻辑演绎能力,在遭遇失败之后也能不失绅士风度地承认"考虑到我之前的推理多么完美,这真让人沮丧,不过,事实就是事实。"有人曾说,谢

罗纳德·A.诺克斯
（from The Arthur Conan Doyle Encyclopedia）

灵汉就是伯克莱的影子，懂得自嘲的人总能赢得别人的喜爱，这就不难理解安东尼·伯克莱在侦探俱乐部里一呼百应的显要地位。

又是一位牛津才子，又是一位反侦探的先驱，罗纳德·A.诺克斯得以名传后世的功勋还不止于此，他非常大胆地提出推理"十诫"，扮演了推理界的摩西角色。无从得知有多少后来的作者受到十诫的指引，但确有无数推理作品或多或少都在恪守这些准则。至于第五条"有色人种中不可有中国人"一直以来都让人以为是歧视，但据说诺克斯只是要求武林高手不能作为罪犯出现，否则就会出现类似踏雪无痕的轻功等等，而这些确实没法运用逻辑来推理。

诺克斯的反侦探名作《陆桥谋杀案》（*The Viaduct Murder*）发表于1925年，紧接着伯克莱的《莱登庭神秘事件》之后，可谓双星联袂。案情是这样的：一个乡绅被发现从铁路高架桥上跌落而死，面目全非。在当地高尔夫球场混迹的四个闲散人员（分别是牧师、退休的情报人员、大学教师与游客）决心运用福尔摩斯的侦破手法来搜查证据推理案情。随着调查的深入，他们的自信心满溢，以为马上能一举破解真相生擒凶手，然而结局对四大名捕的打击巨大，字里行间隐现着诺克斯得意的戏谑笑容。

反侦探模式的小说只是两位牛津绅士为自己打开推理世界的敲门砖，这种英国人与生俱来的讽刺基因给当时的推理文坛注入一股新风。柯南·道尔与G. K.切斯特顿在文学维度上竖起了一座难以逾越的标杆，下一代英国推理作家不得不在文风上求变。幽默的笔调缓解了叙事上常出现的冗长之感，且可让人物的对白生动活泼，这种幽默文风在英国人这里还是学院派的，后来传到美国人那里就变得更有生活气息，与侦探本身的性情相契合，造就一种独特的叙事风格——冷硬而潇洒。

回头看安东尼·伯克莱与罗纳德·A.诺克斯在1920年代中期的写作尝试，无论是反侦探模式、多重解答、还是推理十诫，都足以让后人脱帽致敬，叹服他们那种独辟蹊径的开创勇气。

# 23 乱步体验与本格推理

　　导言:"就算现在,只要一想到这起事件,仿佛晴朗蓝天突然乌云满布,接着下起午后雷阵雨,耳中响起隆隆大鼓声,眼前一片黑暗,整个世界仿佛不对劲起来。"

——江户川乱步之《阴兽》

乱步诞生地

　　在浩如烟海的推理小说里,值得读两遍的作品真是凤毛麟角,而我读《阴兽》三次,且是不同的版本,自觉有点不可思议。独步文化出版社与新星出版社的两个版本是同一个译者(林哲逸),但独步文化版多出一篇导读,作者是江户川乱步的研究者诸冈卓真,他在文中提出了"乱步体验"这个专属名词。江户川乱步的文字呈现多种元素,包含耽美、奇幻、妖冶、嗜虐,可谓五彩斑斓,描摹不尽,于是日本评论家别出心裁

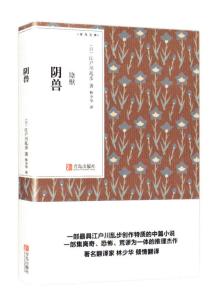

《阴兽》
青岛出版社，2017 版

创造了"乱步体验"这一笼统却饱含意蕴的词汇，以凸显乱步独一无二的精神特质。村上春树的御用译者林少华先生也出了《阴兽》的译本，似乎是其唯一翻译过的推理小说。按他自己在前言中的说法，此作品的纯文学味道与对人性的深刻探寻引发了他的兴趣。《阴兽》作为乱步最知名的代表作，在阅读上的美感享受倒还在其次，更为重要的是这部七万字的中篇本格推理作品，是乱步在第一次长达一年半的搁笔期间，对过往的潜心反思，进而求得突破的一个华丽转身。大正时期（1912 年—1926 年）发表的三部短篇集中，《两分铜币》与《D 坂杀人事件》里面的本格推理短篇是乱步追随其精神导师埃德加·爱伦·坡的致敬作品，其后的短篇集《人间椅子》转向了变格推理，以迎合日本战后国内文坛的怪诞猎奇的潮流。1928 年，蛰伏许久的乱步以《阴兽》重出江湖，实践了其在本格与变格之间寻求平衡的愿望。

本格推理的核心在于谜团的设计，《阴兽》在这个维度上无疑令推理迷体验到智力挑战的快感。商人小山田从隅田川上游的自家别墅坠河并漂到下游，不仅背部被锐器所伤且裸身戴着假发套，而之前小山田夫人静子在博物馆邂逅故事的叙述者本格派推理作家寒川，向其倾诉近来不断收到知名的变格派推理作家大江春泥的恐吓信，而大江就是静子早年抛弃的恋人，心怀怨恨来找静子复仇。读者通过寒川层层展开的推理分析，以侦探的视角逐步领略乱步精心安排的多重身份、真相反转与开放式结局等绝妙桥段。

耽美猎奇的变格元素一直是乱步的擅长，如阴兽般潜伏在暗处偷窥的段落是《天花板上的散步者》的诡异余波，雪白细嫩的颈背上残留的红痕与西洋小马鞭则透露出神秘的情色气息，而大江春泥接连发给静子的长信把故事的恐怖氛围渲染到极致。可以想象乱步在写作过程中不断在经营诡计的冷静思考与梦幻情节的酣畅体验中来回切换，在内心达到一种美妙的平衡感。他甚至刻意把自己名字中的江与川嵌入人物角色的名字中，为自己设立了两个分身，本格作家寒川代表乱步的理想境界，变格作家大江则是乱步身处的现实境地。

《江户川乱步精选典藏版》
独步文化出版社

如果不是迫于经济压力而迎合猎奇的创作风潮，乱步一定愿意沉浸在以逻辑解谜为快感的本格创作中。这一派在鼻祖爱伦·坡那里就叫推理的小说（rationcination），到了柯南·道尔才逐渐定型为以侦探（detective）为核心，融合诡计与情节的故事模式。推理小说传到日本之后，受到日本民族特质的影响，小说里对犯罪心理的描写和分析往往比侦探人物的塑造更重要，这使得早期的日本推理作家颇为自豪地认为日本的推理小说是一种不同于欧美作品的新门类，并为之命名"本格推理"，用来特指注重犯罪心理与揭示人性深层次内涵的推理小说，提出这个观点的作家是乱步的好朋友——甲贺三郎（Saburo Koga，1893-1945）。

《日本推理名作选·甲贺三郎（卷一）》
吉林出版集团，2009 版

《琥珀烟斗》是甲贺三郎最著名的本格短篇，讲的是一个歹徒大白天抢劫珠宝行未遂，但第二天在报纸上珠宝行却声明在事件中遗失一枚贵重宝石。抢劫事件后又发生一起盗窃事件与民宅杀人事件，表面上三个案子没有关联，实则由内在唯一的逻辑线串联起来。这是一篇构思精巧，罪犯与侦探难辨，结尾颇具意外性的佳作。琥珀烟斗的寓意值得玩味，它的主人未必是名侦探夏洛克·福尔摩斯，也可能是高智商的罪犯莫里亚蒂。

《日本侦探小说选：滨尾四郎·卷一》
立村文化出版社，2013 版

乱步推崇的另一位同时期的作家是滨尾四郎（Shiro Hamao，1896－1935），在成为作家之前曾先后做过检察官和律师，使得他的作品大多围绕法律与人情展开。成名作《他是杀人凶手吗》就是一部嘲讽法律的本格推理作品。法官根据证人证词与现场的牢固证据判定穷小子大寺一郎谋杀了年轻企业家小田夫妇，动机是大寺苦恋小田夫人而不得导致心怀愤懑。这个短篇里没有类似侦探的角色，只是当事人的律师作为旁观者叙述大寺一郎把自己送上绞刑架的过程，是法律的无能，还是人性的深不可测，唯有精妙的逻辑分析才能让一则匪夷所思的案件导出一个合理的真相。这类不注重侦探过程而着力探究犯罪心理与动机的作品在欧美古典解谜推理中是很少见的，可谓日本作家对世界推理文坛的极重要的贡献。

江户川乱步、甲贺三郎与滨尾四郎在大正与昭和的转换时期（1926 年前后）开创了日本独特的本格推理模式，影响了后世好几代本格作家，从横沟正史、鲇川哲也（Tetsuya Ayukawa，1919－2002）、高木彬光（Akimitsu Takagi，1920－1995）到仁木悦子（Etsuko Niki，1928－1986）与夏树静子（Shizuko Natsuki，1938－2016），再到岛田庄司与绫辻行人，本格推理一派名家辈出，蔚为大观。但幻影城主终究是一位多元化的大师，他耐不住本格世界的寂寞，也为现实生活所迫，一脚踏入变格推理的奇幻天地，闯荡了二十多年。在创作生涯的暮年，才以《恐怖的三角公馆》（1951 年）这部一流的逻辑解谜作品重回本格推理的行列。

# 24 褐衣男子引出罗杰疑案

导言:"凶手是不是不想让人看见桌上的什么东西?是不是凶手放在那儿的东西?虽然当时我还毫无头绪,但围绕这一点,却能归纳出几个有趣的条件。例如,那件东西凶手作案时不能带走;而案发之后又必须尽快将它移除。"

——阿加莎·克里斯蒂之《罗杰疑案》

《斯泰尔斯庄园奇案》卖出去近两千本,小说还在《泰晤士报》上连载,虽然只有区区 25 英镑的版税,对初出茅庐的无名作家阿加莎·克里斯蒂来说确是一种莫大的荣幸,伦敦的读者从此记住了胡须上翘的比利时小个子赫尔克里·波洛。但有趣的是,波洛并没有如大众期待的那样出现在克里斯蒂的第二部小说中,反而是一对叫汤米(Tommy)与塔彭丝(Tuppence)的年轻情侣登台上演了一出悬疑冒险剧,这一定是克里斯蒂天性里的浪漫因子发挥了关键作用。1922 年发表的《暗藏杀机》(*The Secret Adversary*)应该归为犯罪、惊悚或间谍之类的小说才更妥当,总之推理的成分很少,这或许是由于克里斯蒂耗费了太多的脑细胞来布局诡计到斯泰尔斯庄园里,她需要

《暗藏杀机》
贵州人民出版社,1998 版

一段调节身心的休整时间,在构思同样复杂的高尔夫球场命案之前,不妨来一出轻松幽默的爱情故事。

《犯罪团伙》
贵州人民出版社，1998 版

《桑苏西来客》
新星出版社，2014 版

那对小情侣在一战结束后回到百废待兴的伦敦，医院已经不再需要临时护士或药房助理（克里斯蒂在战时的职业），穷得叮当响的汤米与塔彭丝走投无路而突发奇想，在报上登了一条广告"两个年轻的冒险家待聘，愿意做任何事情，去任何地方，只要报酬优厚，不拒绝任何不合情理的提议"。这股子闯劲其实就是克里斯蒂出名前的真实写照，那时她的丈夫也没有稳定工作，窘迫的生活逼出了年轻夫妇的冒险精神，踏出扭转人生局面的重要一步。克里斯蒂在这对勇于挑战生活艰难的情侣侦探身上所倾注的感情是很容易理解的，那正是她与丈夫阿尔奇在年轻时代的影子。

汤米与塔彭丝随着克里斯蒂一同成长奋斗，历经《犯罪团伙》与《桑苏西来客》，结婚生子，告老还乡，在漫长又转瞬即逝的 46 年之后，他俩又出现在《煦阳岭的疑云》（1968 年）这个案件中。已经是老夫老妻的汤米与塔彭丝去偏僻的养老院看望更老的姑妈，在那里遇到一位有点痴呆的老太太兰开斯特，向他们诉说壁炉里面藏匿着孩童的尸体。第二次拜访的时候，老太太失踪了，只留下一幅乡间别墅的画，汤米与塔彭丝像年轻时那样充满冒险精神，按图索骥，踏入一段几乎丢掉性命的神奇之旅。令人折服的是，我们的推理女王居然在晚年还能写出那样惊悚到让人背脊发凉的故事，她的创作热情并没有被岁月侵蚀。可以想象当她再度为自己钟爱的角色走笔如飞的时候，定然会感慨，倘若时光能倒流那该多好。

《褐衣男子》
人民文学出版社，2008 版

《煦阳岭的疑云》
新星出版社，2019 版

推理味浓厚的《高尔夫球场命案》之后，阿加莎·克里斯蒂又把兴趣切换回小女生的冒险故事。这次是一个叫安妮的孤儿，身上只有做考古研究的父亲留下的 35 英镑遗产。在伦敦地铁站，安妮偶遇了一次意外事件，有人受惊吓倒地而亡，人群中有个自称医生的高大男子检查了死者，在他离开的时候，从大衣口袋掉出一个纸卷，上面写着一串数字与一个名字。善于观察与推理的安妮从纸卷上破译出重要信息，那是轮船名字与发船日期，于是安妮毅然决然地用所有剩下的钱买了这班开往南非的海轮的船票，如她所期待的那样，那个帅而高的男子也登上轮船，一身褐色大衣。在1924 年的非系列作品《褐衣男子》里，克里斯蒂肆意展露着她的幽默天分，文笔诙谐洒脱，情感浪漫充沛，这些几乎不可能在波洛的故事里看到。最重要的一点应该是这本书的叙述方式，分别从主人公安妮与次重要人物尤斯塔斯·佩德勒爵士的角度，以第一人称交叉阐述案情的发展。这样的叙述模式具有欺骗性，这点不能道破，读完自知。多视角叙述模式早在前黄金时代的名作《月亮宝石》里就被运用到，但是从结果的意外性来看，克里斯蒂做了颠覆性的独创设计。显然她的自豪感意犹未尽，在随后的《罗杰疑案》里她又更加彻底地运用了这一深具诡计性质的叙述模式。

1926 年发表的《罗杰疑案》是比利时侦探波洛系列的第四部作品，是阿加莎·克里斯蒂真正的成名作，在前三部作品里面呈现出的诸多毛病如布局过于复杂，情节流于穿凿等都得到根除，我们读到的是一个主线清晰，逻辑合理的故事，核心诡计非常

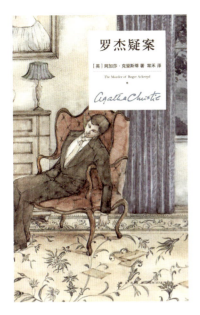

《罗杰疑案》
新星出版社，2020 版

经典，叙述模式与《褐衣男子》如出一辙。这类依靠独特的叙述手段来欺骗读者的模式在后来 S. S. 范达因的推理小说写作二十条，与罗纳德·A. 诺克斯的十诫中都被纳入禁止之列，当然女王不会在乎这些规则。以第一人称叙述两个命案的谢波德医生忠实地记录了波洛的侦查手法，也记录了凶手的最后一句话："如果赫尔克里·波洛没有退隐到这里来种西葫芦就好了。"《罗杰疑案》可以看作克里斯蒂的第一部五星级别的推理作品，布局一流，叙事紧凑，让人欲罢不能。如果要为从未读过克里斯蒂的读者推荐第一本读完就能感受到女王魅力的作品，我认为《罗杰疑案》应当位列《无人生还》与《东方快车谋杀案》之前。

波洛的严谨与刻板在某种程度上限制了阿加莎·克里斯蒂本性中的调皮与幽默，所以在几十年的波洛系列的撰写间隙，克里斯蒂从未停止过非系列故事的写作，从作品总量上比较，要超过第三条创作主线，即马普尔小姐探案系列。当然，汤米与塔彭丝也可算一个系列，只是作品不多而已。克里斯蒂在长达半个世纪的写作生涯里，在不同的写作风格的切换中获得了完美的平衡，当灰色脑细胞使用过度的时候，浪漫爱情与幽默调侃像一股清泉那样灌溉心田，要不就是在乡间老太太做针线活的下午茶时光里，编织出一个个引发邻里热议或骚动的奇妙故事，并交给大家信任的马普尔小姐（高智商老太太）去完成真相的发掘。新星出版社的阿加莎·克里斯蒂全集比人文版与贵州版在三大系列的标识上醒目得多，蓝色、红色与黄色的封套分别属于波洛系列、马普尔小姐系列与非系列。

《褐衣男子》中尝试的诡计性叙述模式在《罗杰疑案》里面配合更精妙的布局让克里斯蒂声名鹊起，但仅从改编剧本的成果来看，非系列的《暗藏杀机》《褐衣男子》与《犯罪团伙》等浪漫冒险故事，从默片年代、彩色电影、到电视剧时代反复被搬上银幕，成为后世的谍战片与犯罪片的滥觞。克里斯蒂用《褐衣男子》所得的 500 英镑稿费，买了一部小汽车，那辆灰色的、有大鼻子的莫里斯考汽车（Morris Cowley）。按她在自传中的陈述，这是她毕生最开心的两件事情中的一件。而另外一件则是大约 40 年后，在白金汉宫与伊丽莎白女王共进午餐。

# 25 日本推理系谱

> 导言："侦探小说与被称为纯文艺的小说相比，是一种读者更加稀少、同好更只有一小部分的类型文学。侦探小说所描写的并非艺术，也非科学，而是类似二者混合的东西。"
>
> ——江户川乱步之《侦探小说是大众文艺吗?》

今天我们能够对日本推理小说的发展脉络有一个大纲式的认知，全得益于作为评论家的江户川乱步所撰写的理论文字，在他的日本推理小说的系谱里，乱步梳理出如下四个时期：

第一个时期从乱步在《新青年》杂志上发表处女作《两分铜币》开始，贯穿整个 1920 年代，代表作家有本格派的甲贺三郎与滨尾四郎，以及变格派的小酒井不木与梦野久作（Kyuusaku Yumeno, 1889－1936）。乱步把自己归于变格派，但从他的整个创作生涯来看，最巅峰的作品如《阴兽》《孤岛之鬼》等都属于以解谜为主旨的本格作品。但无可奈何的是，就算天赋异禀的推理作家也难以持续不断地构想出完美的诡计，

《江户川乱步的推理写作课》
天津人民出版社，2022 版

乱步多次陷入灵感枯竭的境地不得已而封笔，进入 1930 年代之后，几乎断绝了本格推理的创作，全面转向变格推理与少年推理的领域，同时身兼评论家、杂志主编与社团负责人等多种社会职务，成为日本推理界的旗帜人物，时至今日依旧地位崇高。

第二个时期从小栗虫太郎（Mushitaro Oguri, 1901－1946）在 1933 年发表《完全

横沟正史

松本清张

犯罪》开始，由他与木木高太郎（Takatarō Kigi，1897－1969）携手引领。小栗虫太郎受美国推理先驱 S. S. 范达因的影响，结合自己的超合理主义，写出《黑死馆杀人事件》这样引发狂热支持与争议的伟大作品。木木高太郎走的是精神分析的路子，配以纯文学的写作技巧，可谓别开生面。这时期的重要作品还有大阪圭吉（Keikichi Osaka，1912－1945）的短篇集《银座幽灵》。

　　第三个时期以横沟正史为领袖，重现大正时期本格推理的氛围。正史比乱步更早发表短篇小说，但基本都是变格类作品，直至二战后受到密室之王狄克森·卡尔的影响才开始发表纯粹的解谜类作品，从 1946 年的《本阵杀人事件》发轫，陆续推出《蝴蝶杀人事件》《狱门岛》《女王蜂》等系列名作，塑造了一位超越明智小五郎（乱步笔下的侦探）的业余侦探金田一耕助，为日本推理小说史贡献了一个足以比肩福尔摩斯

《银座幽灵》
新星出版社，2009 版

《本阵杀人事件》
独步文化出版社，2020 版

的伟大主角。受横沟正史的鼓励,许多新生代作家如高木彬光、鲇川哲也等以《宝石》杂志为基地发表了很多高水准的本格推理作品。高木彬光的《刺青杀人事件》与《能面杀人事件》是这个时期的巅峰作品,而坂口安吾(Ango Sakaguchi,1906-1955)的《不连续杀人事件》则是本格推理中的异类,表现出欧美推理名作的精髓。

第四个时期以社会派推理大师松本清张(Seicho Matsumoto,1909-1992)的出道为始,日本推理小说史进入一个不同于以往的全新时代。在《点与线》《零的焦点》与《砂器》这些作品里,日本读者感受到一种深层次的立意与表述、直抵人心深处的拷问、与对社会阴暗面的反思,同时也不缺少推理小说应有的悬疑气氛。这股完全脱离本格或变格约束的创作风潮,日本文坛以"清张革命"来称颂之,与当时已经在美国崛起的冷硬推理派遥相呼应,形成分庭抗礼的局面。清张之后,土屋隆夫(Takao Tsuchiya,1917-2011)、森村诚一等知名作家先后出道,推动社会派推理小说创作的不断前行。这个时期本格派的主流地位虽然逐渐被替代,但也出现了仁木悦子、西村京太郎、夏树静子等实力派作家。仁木悦子的《只有猫知道》率先成为十万本级别的畅销小说,夏树静子的

《点与线》
独步文化出版社,2019 版

《占星术杀人魔法》
新星出版社,2022 版

《倒错的死角》
新星出版社,2011 版

《一朵桔梗花》
新星出版社,2017 版

《W 的悲剧》等解谜佳作甚至得到了大洋彼岸的推理国王埃勒里·奎因的赞赏。

幻影城主因脑溢血病逝于 1965 年 7 月 28 日,他当然无从知晓日本推理小说史在其身后的发展。如果只是大略地将乱步之后的 50 年做一下划分,我认为至少可以续上如下三个时期:

第五个时期以推理之神岛田庄司的横空出世为标志,笔下有御手洗洁与吉敷竹史两大名侦探系列,前者奇思妙想,天马行空;后者深邃曲折,张力十足。很难以纯粹的本格派来限定岛田,他思想前卫,笔调幽默,驾驭故事的能力超凡脱俗,在日本推理小说史上的地位足以比肩乱步、正史与清张三巨头,是一位担当承上启下重任的关键人物,代表作如《占星术杀人魔法》《斜屋犯罪》《异邦骑士》与《奇想天动》等都值得看上两遍。同期的赤川次郎(Jirō Akagawa,1948 - )著作等身,三色猫系列发行量巨大;连城三纪彦(Mikihiko Renjo,1948 - 2013)以《一朵桔梗花》赋予社会派推理以更多的文学色彩;折原一则发扬了克里斯蒂的叙述性诡计模式,他的名作"倒错三部曲"成为日本推理界的独特风景线。

第六个时期汇聚了年龄相近的众多名家,蔚为大观。倘若以作家的出生之年来排列,东野圭吾正好居于时间轴的中央,向前有打造超现实推理世界的山口雅也、日本冷硬派代表大泽在昌(Arimasa Osawa,1956 - )、继承清张风格的心理悬疑派作家横山秀夫(Hideo Yokoyama,1957 - )以及科学推理小说家森博嗣(Hiroshi Mori,1957 - );向后则有新本格派的两大旗帜人物绫辻行人与有栖川有栖(Alice Arisugawa,1959 - )、密室推理鬼才贵志佑介(Yūsuke Kishi,1959 - )、被岛田庄

《放学后》
南海出版公司,2010 版

《钟表馆事件》
新星出版社,2016 版

《魍魉之匣》
上海人民出版社,2009 版

司推崇的妖怪推理作家京极夏彦(Natsuhiko Kyōgoku，1963－ )与哥特推理作家二阶堂黎人(Reito Nikaido，1959－ )、以及有"清张之女"称谓的宫部美雪(Miyuki Miyabe，1960－ )、行文风格俏皮诙谐的西泽保彦(Yasuhiko Nishizawa，1960－ )。东野圭吾自 1985 年发表处女作《放学后》，到 1996 年的杰作《恶意》之间基本以创作本格推理作品为主。发表名作《秘密》与《白夜行》之后创作风格趋向多元化，既有获得直木奖的偏本格类小说《嫌疑犯 X 的献身》，也有《解忧杂货店》《祈祷落幕时》这样的温情之作，可谓岛田之后又一位集大成的名作家。

第七个时期以 70 后作家为主，包括大山诚一郎、三津田信三(Shinzo Mitota)、伊坂幸太郎(Kotaro Isaka，1971－ )、凑佳苗(Kanae Minatc，1973－ )、道尾秀介(Shusuke Michio，1975－ )、与乙一(Otsuichi，1978－ )等，还有不断涌现的更年轻的作家如今村昌弘(Masahiro Imamura，1985－ )、早坂吝(Yabusaka Hayasaka，1988－ )、白井智之(Tomoyuki Shirai，1990－ )与青崎有吾(Yuugo Aozaki，1991－ )等，在此无法尽举。这些当代的年轻一辈，在情节与诡计，叙事与语言风格上不断突破既定模式，天马行空不受拘束，以挑战读者的想象力为乐趣，作品的主旨向内体察人性的细微，向外探索宇宙的神秘，非三言两语可尽述的。

正由于以上七个时期的接力发展，日本推理在百年来与美国、欧洲形成的鼎足之势，时至今日也未曾动摇。

《全员嫌疑人》
河南文艺出版社，2021 版

《华丽人生》
新星出版社，2021 版

《夏天、烟火和我的尸体》
南海出版公司，2019 版

《尸人庄谜案》　　　　　　《无人逝去》　　　　　　《体育馆之谜》
北京联合出版公司,2019版　尖端出版社,2022版　　人民文学出版社,2017版

岛田庄司

# 26 彼得·温西勋爵的魅力

导言："出生就很恶心，死亡也是，要这样说起来，消化也是。有的时候我一想起那些美味的奶油比目鱼、鱼子酱、面包片、薯条之类的东西在我的身体里会变成什么样子，我都要哭起来了。"

——多萝西·L.塞耶斯之《贝罗那俱乐部的不快事件》

单就相貌看，前一百年的推理小说史里英俊优雅的名侦探屈指可数，倒是长相奇特、性情古怪的角色组成了一个庞大的阵营，里面有顾长的身材搭配鹰钩鼻子的夏洛克·福尔摩斯、挂着一把破伞蹒跚而行的布朗神父、长得像外星人似的"思考机器"凡杜森教授、身材矮胖胡子上翘的赫尔克·波洛、晃晃悠悠的无业游民明智小五郎、说话结结巴巴的金田一等等。实际上，帅气的侦探早在推理鼻祖爱伦·坡手里就诞生了，虽然他没用太多笔墨勾勒杜宾的形象，但读者还是可以感知到这位整天泡在图书馆里的法国少爷有一种优雅的颓废之美；S. S. 范达因笔下的菲洛·凡斯学识广阔且具艺术家的品位，而本篇要讨论的主角彼得·温西勋爵（Lord Peter Wimsey）的身上则混合了这些唯美的要素，加之与生俱来的贵族气质，以及偶尔显露的亚森·罗平似的侠骨柔情。显而易见，塞耶斯是完全按照她的理想标准来塑造笔下的名侦探。

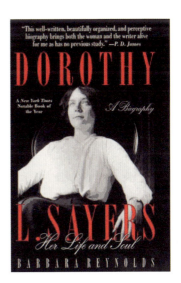

《Dorothy L. Sayers》
St. Martin's Press. 1997

所以彼得·温西勋爵必须是牛津血统的,与推理作家本人是校友。牧师之女多萝西·L.塞耶斯在英国推理三女杰中学历最为辉煌,阿加莎·克里斯蒂几乎是自学成才,约瑟芬·铁伊则是在苏格兰当地的学校里求学,而塞耶斯的学院派气息是她的两位竞争者所不具备的。显然,她和克里斯蒂都是 G. K. 切斯特顿的信徒,总体上都继承了心证推理的衣钵。"一个紧张不安的人是不会坐下来享受睡前一支烟的美妙滋味的,而且还小心谨慎地不留下烟灰。"这种颇具切斯特顿风格的断语,塞耶斯与克里斯蒂都能纯熟且精妙地点缀在她们的推理过程中。

《谁的尸体》
群众出版社,2008 版

实际上,切斯特顿的这两位完美的继承人更多展现出的是她们的差异性。克里斯蒂更喜欢创造情节与诡计结合得恰到好处的经典布局,而塞耶斯则更擅长以生动活泼的语言舒缓地叙述有趣的故事。这种差异性在两人处女作的对比中能清晰地见出,克里斯蒂的《斯泰尔斯庄园奇案》人物众多,线索繁杂,毒杀的诡计也不走寻常路,读者看完结局很可能需要静下心来重新梳理整个犯罪过程,才能回味出情节安排上的匠心。塞耶斯在1923 年发表的《谁的尸体》(Whose Body)中铺陈的主线就那么一条,即查找无名尸体的真实身份,究竟是不是在同一时间失踪的那位金融投资界的富商。最终当富商与无名尸体的唯一关联被贵族侦探察觉出之后,诡计就失去了咀嚼的味道,但是全书掩卷之后,彼得·温西勋爵风趣可爱的语态,举手投足间散发的魅力反而比案件本身更让人印象深刻。

"哦,见鬼!"这是年轻的彼得·温西勋爵出场的第一句台词,性情率真带点玩世不恭的味道。在 1926 年出版的第二部作品《证言疑云》(Clouds of Witness)的开头,彼得·温西勋爵在温暖的被褥中伸了一个舒服的懒腰,他意识到对于一个 33 岁的男人来说,报纸的头条新闻已经没有足够的吸引力,投入到科西嘉大自然的怀抱中,才能让人精神为之一振。这一年塞耶斯也刚好 33 岁,她似乎有意在写一个志趣相投,可以长久相伴的同龄人的浪漫故事。《证言疑云》里,彼得·温西已经是一个临危不乱有担当的成熟男人,为了搭救即将被判绞刑的哥哥,不惜冒险坐飞机穿越暴风雨赶回伦敦参加庭审,并且力挽狂澜一举洗刷哥哥的罪名。塞耶斯小说的文学气息让读

《贝罗那俱乐部的不快事件》
新星出版社，2009 版

者在流畅的阅读中得到愉悦的享受，或许就不那么计较推理本身的精彩程度，安排几个意外的巧合对最终真相产生干扰，确实显得简约幼稚了些，如果把在同一年发表的《罗杰疑案》放在一起比较，塞耶斯的诡计创造能力绝对完败给年长她三岁的克里斯蒂。

塞耶斯在当时之所以能比肩克里斯蒂，除了文学才华之外，就是她笔下的彼得·温西勋爵让读者感到温和可亲，是一个伸手可及的人物。温西勋爵常出入绅士聚会的俱乐部，与各个阶层的人物都能聊上几句；有个喜欢摄影的男仆（兼做华生的角色），与一位后来成为他妹夫的苏格兰场的侦探；温西喜欢品酒看画，在自由市场淘书，在皮卡迪利大街上扬招出租车，在聚餐时总要调侃朋友的口味或厨师的水准……他像一个真实存在的英国贵族绅士，充满生活乐趣。相较而言，赫尔克里·波洛就太过智慧，气场太过强大，极少失手，在克里斯蒂的生活圈中不可能看到如此神一般存在的人物，而彼得·温西则是塞耶斯理想中的伴侣，可能就生活在她自己的街区。据说，多萝西·L.塞耶斯的小说在经济大萧条时期是罗斯福总统的枕边减压书，这必归因于彼得·温西勋爵极具真实感的生活情趣与人格魅力。

在第三部作品《非常死亡》（1927 年）与第四部作品《贝罗那俱乐部的不快事件》（1928 年）里能看出塞耶斯在结构布局与人物情节的结合方面有了较大的提升。尤其是"贝",讲述的是一个关于在死亡时间上动手脚的诡计,场景发生在上流社会的俱乐部里,借此也能了解那个年代英国绅士的生活状态。推理味道比之前两部作品更为浓厚的同时,小说的语言风格更接近纯文学的作品,人物的对白如电影中一样的精致,我还读到温西勋爵说了这样一句话:"本特(男仆)今天晚上又投入他的摄影工作中了,我没有地方待了。我一个晚上都在东游西荡,就像你们说的那种什么鸟,没有脚的那种……"是不是有点耳熟?

塞耶斯最精致成熟的作品如《杀人广告》《五条红鲱鱼》《丧钟九鸣》与《俗丽之夜》等,在三巨头(克里斯蒂、奎因与卡尔)争霸的整个 1930 年代里,并没有被遮盖光芒,而成就了一种把人物描摹得最丰满,行文风格最接近纯文学的推理小说派别,为西方推理小说史的巅峰十年贡献良多。

# 曲线、地狱、黑死馆

导言："这天，因为前晚下了一场冬雨，厚厚的云层低垂，可能再加上气压的变化，感觉上有一股很奇妙的暖和感。时而闪电轻掠，紧接着抱怨似的雷鸣闷响。在这样的暗郁天空下，黑死馆巨大的双层建筑，特别是中央的教堂尖塔与左右两侧的瞭望台，均被抹上一笔笔的淡黑色，全部形成泛亮的黑白画作。"

——小栗虫太郎之《黑死馆杀人事件》

小酒井不木

《恋爱曲线》
吉林出版集团，2010 版

从江户川乱步开启日本推理文学的序幕，到二战后横沟正史再展本格推理大旗的中间，还有几位风格独特的推理作家值得了解，包括以"残酷与浪漫互相奇妙交错"著称的小酒井不木，让人陷入地狱氛围难以自拔的梦野久作，以及犹如图书馆那样储

梦野久作

《少女地狱》
东京创元社,2016 版

藏海量知识并尽情炫耀于人的小栗虫太郎。

恋爱曲线,从心脏检测仪上显示出来,优美波动,仿佛在传递着浪漫的爱意,但倘若知悉这颗心脏已经从女人的胸腔里取出,那就不是浪漫而是恐怖了。身为医学博士的小酒井不木在《恋爱曲线》这部短篇集里面,几乎讲的都是医生遇见的奇异故事,读者必会感知到在第一篇故事里那颗离开身躯的心脏在仪器上所呈现出的波动曲线,在其后的每个故事里都存续着同一种韵律。凭借诡异的叙事,梦幻的场景,与不平淡的结局,小酒井君的变格推理小说不需要精妙的诡计,也同样可以让人惊叹不已,久久回味。

小酒井不木是江户川乱步的伯乐,在尚未与乱步会面之前就促成其处女作《两分铜币》在《新青年》杂志上的发表,并亲自撰文力荐乱步的作品。在 1925 年(乱步成名两年后),乱步造访不木先生的宅邸,两人才第一次正式结识,并促膝长谈结为知音。或许是那次会晤给了不木以更多的创作热情与灵感,第二年他发表的《愚人之毒》《谜一样的咬痕》与《斗争》等短篇,更具智慧与灵气,并仍旧保持医学与推理结合而生的那种神秘感。比如《愚人之毒》,如果不是女人,投毒者通常是医生或药剂师,但用亚砷酸这种毒药杀人,很容易在解剖尸体的时候被查出来,不言而喻,亚砷酸可谓"愚人之毒",具有专业知识的医务人员必不会做愚人,那投毒的一定是普通人,但如果顺着这个逻辑去找凶手,岂非正中凶手之下怀?

瓶装地狱、少女地狱、疯狂地狱与脑髓地狱,扑面而来的一股地狱妖冶之风。打

小栗虫太郎

《完全犯罪》
吉林出版集团，2010版

算阅读梦野久作之前必须做好足够的心理准备，奇幻恐怖的地狱图景可能超出你的想象力与逻辑思维能力，倘若你认为脑髓是人类认知世界的思考场所，那梦野君告诉你："脑髓本身努力设法不让脑髓了解其自身的功能。"这样的句子反复读真的能让人癫狂！

1926年，在写处女作《妖鼓》的时候，我相信梦野君的脑髓在布局情节的时候还是愿意让普通读者能读懂他的文字。一个家族的几代人被一只音色诡异的妖鼓所迷惑，虽然内容离奇但可读性较强。随后的《瓶装地狱》就开始展现梦野的那种无以名状的怪诞风格，被困孤岛的兄妹俩向大海先后扔出三个漂流瓶，但依次读了三个瓶中的文字，却有种时间错乱的感觉，难道是在暗示人性的错乱？错乱再上升一层就是荒诞，即没有逻辑或者逻辑超出普通人的理解上限，比如梦野君的名作《少女地狱》。这部中篇小说分为三个部分，第一部分"实在没什么"讲的是一个自学成才的女护士不断编织她的谎言世界，来博取前后两任诊所医生的信任。第二部分"连续杀人狂"写的是两位巴士女车掌之间的通信，揭露巴士司机的犯罪行为。第三部分"来自火星的女人"由一个已成焦尸的高校女运动员的视角，叙述她对校长、女教员的精心报复。每个故事本身都很新奇丰满，但究竟为何要放在一部小说里？至少从表面上完全看不出三个部分之间存在任何关联。读完《少女地狱》，一抬头仿佛面对一堵白刷刷的墙，巨大的逻辑空白让人不知所措。这种感受与梦野君在文章近末尾处的一句话颇为贴合："我内心深处流过的虚无，与宇宙间流过的虚无，两者逐渐地相互融合……"

当然，梦野久作最具荒诞感的作品无疑是出版于1935年的长篇《脑髓地狱》，天意安排,就在同一年,小栗虫太郎发表炫学巅峰作品《黑死馆杀人事件》。同列日本推理四大奇书中的这两部极具争议的作品仿佛约好似的,一起向日本推理文坛掷出震天响雷。依我看,两部奇书并没有什么可比性,《脑髓地狱》是一个精神病患者找回自我的历程,"黑死馆"则是一个心理扭曲者疯狂复仇的故事,前者逻辑荒诞,难以名状;后者逻辑炫奥,无从置喙。倒是在读者的角度或许可以找到一点相同之处,即在打开这两部书的读者里,百分之九十的人很可能会在阅读的中途放弃。

旁征博引本来就不适合推理小说,如果平均每两页里就要征引前人书籍中的语录,并且那些书籍里只有小部分如《浮士德》这样在普罗大众认知范畴内的作品,更多的则是像《维基格斯咒语法典》《古代乐器史》或《希伯来语略解》等闻所未闻的专著,

日本推理四大奇书

就算一个偏爱文史哲的推理爱好者,也必望而生畏。小栗虫太郎的炫技特质在"黑死馆"里达到顶峰,如果对炫学难以接受的读者倒还可以在其早期的短篇集《完全犯罪》,以及后期的短篇《圣阿雷基赛修道院的惨剧》与《梦殿杀人事件》等作品里体验介于本格与变格之间的解谜趣味,在这点上,他基本接过了江户川乱步的旗帜,成为日本推理小说史第二个时期的扛鼎之人。

曲线、地狱与黑死馆,对应着耽美、荒诞与炫奥,共同组成日本推理文学独特的精神内核,举世无双。

# 绝无仅有的 1929 年（上）

> 导言:"当我向他解释埃勒里只不过是通过帽子遗失这一事实而做出的一系列推导时,他完全惊呆了……现在你们明白了吧,他作案时唯一的基本缺陷并非疏忽或错误,而是出现了他不可能预见到的事情。这迫使他采取行动,于是产生了连锁反应。"
>
> ——埃勒里·奎因之《罗马帽子之谜》

一战(1914—1918)与二战(1939—1945)之间的 20 年左右的和平时期正是推理小说的全盛阶段,这其中的 1929 年绝对是值得浓墨重彩记上一笔的关键年份。首先,日后许多殿堂级的推理小说大师们如埃勒里·奎因、约翰·狄克森·卡尔、达希尔·哈米特、约瑟芬·铁伊与滨尾四郎等,仿佛事先商量过的那样凑巧,都在这一年撰写或发表了各自的处女作,回头看真有一种梦幻般的奇妙。此外,那些已经成名的作家包括 S. S. 范达因、阿加莎·克里斯蒂与江户川乱步等也纷纷在这一年推出高水准作品,其中安东尼·伯克莱的《毒巧克力命案》因其对推理模式赋予了惊艳的创新,而被视为划时代的不朽之作。推理爱好者应该铭记这绝无仅有的 1929 年,在推理小说史上这是这极具使命感的一年,距今已过 90 余年了。

达希尔·哈米特
(from Encyclopædia Britannica)

单论处女作的成熟度,达希尔·哈米特的《血腥的收获》(*Red Harvest*)是最高

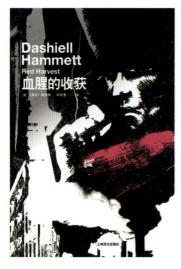

《血腥的收获》
上海译文出版社，2015 版

的。这一年哈米特已是 35 岁的成熟年龄，他在平克顿侦探社的八年私家侦探的职业生涯，以及其后各种丰富多彩的人生历练，让他能以一种从容不迫且现实感很强的笔调来铺陈侦探故事。情感内敛思维果断、谈吐明快身手矫健、富于正义感又不乏幽默，这些元素最终糅合成推理小说史上的一种全新的风格，即冷硬派（Hard-boiled），或叫硬汉派。当大陆侦探社的无名探员站在"毒镇"污秽的大街上，感受着镇上盘根错节的各派势力合围而成的一种无形的惊悚氛围，他沉着应对，使用计谋挑起各派之间的矛盾，最终完成对"毒镇"的清扫。

如果要给日后的好莱坞电影中的个人英雄主义情结探寻一个源头，冷硬派鼻祖哈米特是始作俑者，事实上他本人就从事过电影编剧的职业，而紧随其后的雷蒙德·钱德勒为这种冷硬风格添上了精致潇洒，罗斯·麦克唐纳（Ross MacDonald，1915－1983）则引入了心理聆听，再到劳伦斯·布洛克（Lawrence Block，1938－　）赋予了更深更广的社会内涵。一众大师接力，使得冷硬派推理文学成为美国文化中极为重要的流派，对美国社会生活与美国民众的性格塑造产生了深刻的影响，在这一点上，可能只有日本的社会派推理文学可以相提并论。

这一年，一对性格迥异的表兄弟决定合作写一部能够扬名美国的推理小说，表哥曼弗雷德·班宁顿·李（Manfred Bennington Lee，1905－1971）冷静沉稳，擅长写作；表弟弗雷德里克·丹奈（Frederic Dannay，1905－1982）热情飞扬，喜欢构思。真是天作之合的一对完美搭档。丹奈的天才大脑迸发出的灵感，创造了一个绝妙的诡计，这无疑是一部推理小说的精华部分，但要把诡计置于饶有趣味的情节之中，就得靠一支善于编排故事，描摹人物的笔，这是班宁顿·李的工作。两位表兄弟的一热一冷的性情互相融合，造就了可能是推理小说史上最重要的一个名字——埃勒里·

埃勒里·奎因

奎因。这不仅是处女作《罗马帽子之谜》所用的笔名，也是书中侦探的名字。埃勒里·奎因在推演案情的时候冷静缜密，在与身为警官的父亲理查德·奎因的互动中则流露出满满温情，这正是奎因这个人物的动人之处。

罗马剧院上演着歌舞剧，在第二幕落幕前一个社交关系比较复杂的律师被发现死于座位上，有趣的是死者周围都是空位，更怪异的是死者的与晚礼服相配的高顶帽不在现场，凶手必有拿走帽子的理由，但如此一来凶手不得不留下自己的帽子（那时的观众都戴帽子），找到凶手的帽子就是破案的关键，而且是唯一的途径。埃勒里·奎因一出场就给1929 年的读者带去了智力上的超高挑战，这是一部推理严谨，情节紧凑的作品，不负推理国王的名号。

《罗马帽子之谜》
新星出版社，2014 版

阿加莎·克里斯蒂曾经这样评价约翰·狄克森·卡尔："如今的侦探作家很少有作品可以让我困惑，卡尔先生却总能做到。"发表在大学杂志《哈维弗人》上的处女短篇《山羊的影子》就充分展露了卡尔在密室这一个神秘题材上无人能及的天赋。为了不必记住外国人的长名字，不妨用"ABCD"指代出现在这个故事中的四个人物。A和 B、C 打赌，自己可以在城堡的某间点着蜡烛的密室中消失。赌约生效，于是 A 独自进入此房间，另三人在外面值守，当然还有其他无需具名的客人与仆人。十分钟后房间内有枪声，大家一拥而入，到处寻找却不见了 A。诡异的是，没过多久在不远处的另外一座宅院里，D 被谋杀，这与凭空消失的 A 到底有无关联？最终破解密室与凶杀之谜的是卡尔世界里的第一位主角班克林先生，巴黎警察局头头。难以置信，这是 20 岁的大学生写的推理故事，谜团骇人，动机深邃，几乎不可能猜到真相。

约翰·狄克森·卡尔
（from Encyclopædia Britannica）

卡尔在大学杂志上共发表了四个短篇，其中《四号包间的谋杀》是水准最高的，这个故事的场

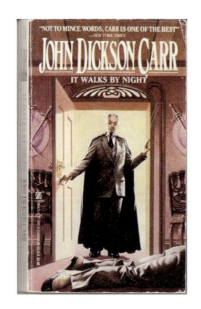

《夜行》
Kensington Pub Corp. 1986

景发生在一部快行的列车上，这或许与卡尔此前在欧洲大陆坐火车游历了五个月之久不无关系。不知是否受到卡尔的刺激，克里斯蒂也竟然在同一年发表了佳作《蓝色列车之谜》，仿佛刻意在铁道上与一位后生较量。进入 1929 年，卡尔用以证明可以靠写书来养活自己的一篇更为出色的密室故事，即《恐怖的活剧》（Grand Guignol）发表在杂志上。灵感来自于卡尔在巴黎生活时经常光顾的大木偶剧院，那里上演夸张的恐怖剧。在这个故事里，有一具人头落地的尸体，凶手同样在密室蒸发，班克林依旧发挥惊人的想象力以及合理的逻辑推演来破解迷局。1930 年，卡尔把这个故事扩充成了长篇小说，且终于找到愿意发行的出版社，并赋予它一个更具文学味道的名字——《夜行》（It Walks by Night）。

从源头上看，埃勒里·奎因是福尔摩斯与"思考机器"凡杜森教授的结合体，并安放了一颗更年轻的心灵；狄克森·卡尔继承了 G. K. 切斯特顿的绝妙想象力，并立志为加斯顿·勒鲁续写几十篇全新的《黄色房间的秘密》；而达希尔·哈米特创立的冷硬派推理小说风格，纯粹是美国式的，此前从未出现在欧洲大陆的推理界。三位真正超一流的推理文学大师竟然在同一年出道，这只能归结为——天意。

# 绝无仅有的 1929 年（下）

导言："'你们知道的，这真是奇怪，凶手总是不愿见好就收，不是吗？'他屏息说道，'这种事情经常发生。我相信如果凶手照着完美的计划适时罢手，我就绝无机会挖掘到整个事情真相，但 TA 却试着要嫁祸于他人，真可惜……'"

——安东尼·伯克莱之《毒巧克力命案》

同在 1929 年出道的约瑟芬·铁伊虽然不如先前三位男作家那样耀眼，但也是位列英国推理三女杰中的人物。铁伊的有趣之处在于处女作《排队的人》（*The Man in the Queue*）发表之后，在长达 18 年里就只发表了一部小说《一先令蜡烛》（1936 年），似乎有意在回避推理三巨头争霸的 1930 年代。直至二战后的 1947 年，年过半百的铁伊才登上属于自己的创作高峰，到她 1952 年去世之前接连发表了 6 部水准颇高的作品，其中包括为其带来巨大声誉的《时间的女儿》，此书位列美国推理作家协会的百部推理小说排行榜第四位。

铁伊的人文主义情怀与对纯文学风格的追求在处女作《排队的人》里就得以充分展露，诡计本身并无出彩之处，凶手身份与作案动机才是匠心所在。剧院门口的购票队伍里，有一个年轻男子突然

《排队的人》
新星出版社，2012 版

倒下,背上插着一把精致的匕首,排在死者前后的人都不知道他何时遇害。格兰特探长展开实地调查与审问之后锁定了嫌疑犯,但最终凶手却另有其人,动机也出乎意料。如果这个故事让克里斯蒂来写,她有可能把剧院的首席女歌唱家设定为凶手;如果是奎因的话,保不准他会让死者在别处身负重伤,然后缓缓走入排队的人群里倒毙。总之,精巧的诡计构思不是铁伊的强项,格兰特探长这个角色也似乎不如塞耶斯的彼得·温西爵士那样魅力四射,但无论如何铁伊的作品都值得一读。

在同一年成名的作家还有日本的本格派推理作家滨尾四郎,他的短篇集《他是杀人凶手吗》虽然不是首次把 SM 引入推理小说的作品,但氛围渲染得极为惊悚且具意外性。因变态心理而导致的冲突乃至杀戮,作为日本推理文学的特色深深植根于几代日本作家的文字之中。短篇集中的其他作品也完全展现了日本作家在刻画犯罪心理上的无比细腻,例如《恶魔的弟子》,以第一人称讲述一个杀错人的诡异故事,期间的心理描摹曲折深幽,怪诞难言,这类日式文风很少出现在欧美的推理作品里。

此时已名扬本土的江户川乱步在前一年发表名作《阴兽》之后,决定不再写短篇推理,而在 1929 年奉献了或许是乱步的写作生涯中最好的一部长篇推理小说《孤岛之鬼》,也可以认为,他其后的那些长篇故事在解谜这个层面上看都算是不合格的,因此评论家一般都把乱步中后期的长篇故事归于通俗长篇的范畴,贴上奇情、荒诞等标签。乱步也承认,自己不善于本格长篇的布局,一方面是个性使然,不喜欢持久做一件复杂的事情;另一方面也是因为原创的诡计就像宝藏那样难觅。在《孤岛之鬼》前

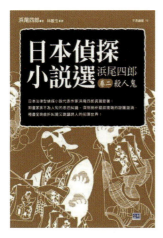

《日本侦探小说选:滨尾四郎》
立村文化,2013 版

《孤岛之鬼》
新星出版社,2011 版

《主教谋杀案》
重庆大学出版社,2013 版

半部的密室案件中，或多或少可以体会到乱步绞尽脑汁谋划新颖诡计的苦思，只是用力太甚反而显出生硬之感。包括乱步在内的大多数日本作家在密室题材中倾向于创造机械密室，而欧美作家则往往偏爱心理密室，前者的凶手会实实在在置身于密室中，而后者的凶手基本都在密室之外。《孤岛之鬼》的后半部里有一两处借鉴了前人小说的诡计或情节，终究而言，乱步是一位重述的高手，原创的才华基本在前三部短篇集中消耗殆尽，晚年的名作《恐怖的三角公馆》也是对一部不太知名的欧美推理小说的改写。总体上而言，乱步对于推理世界的贡献主要在于短篇创作、后期大量高水准的评论文章、以及对新生代推理作家的无私提携。

把视角从东瀛拉回太平洋的彼岸，1929 年里最重量级的两部推理作品应是《主教谋杀案》(*The Bishop Murder Case*) 与《毒巧克力命案》(*The Poisoned Chocolates Case*)，足可位列推理小说史上 Top 20 的名作队伍。

"谁杀了小知更鸟？

"'是我。'麻雀回答说。

"'用我的弓和箭，射死了小知更鸟。'"

《格林老宅谋杀案》与《主教谋杀案》是 S. S. 范达因最著名的两部五星级别的推理小说，前者的精彩在于作案手法的不可复制，后者则是凶手的难以猜度，智商极高又怀有一颗童心，他的每次谋杀都依照鹅妈妈童谣中的歌词来实施。笼统地把范达因归于心证推理的阵营不一定合适，但他确实注重心理层面的分析，在这个案件里，他借由书中的侦探菲洛·凡斯之口，讲出这样一个精妙的论断："唯一我认为没有嫌疑的是某某（身为数学家的嫌疑犯），因为他的心理状态相当平衡——也就是说，他在专业研究中积累下的负面情绪一直通过其愤世嫉俗的生活态度得到了宣泄。他习惯于冷嘲热讽、尖酸刻薄，这恰恰是心理平衡的现象。这样的人通常不具有威胁性，因为他们已经得到了宣泄。"阿加莎·克里斯蒂经常展现类似的心理分析，埃勒里·奎因则是偶尔为之。

严格意义上讲，安东尼·伯克莱不是第一个为推理小说的谜团提供不止一个解答的作家，早在前黄金时代，具有浓郁反讽意味的《特伦特最后一案》就在侦探的完美解答结束之后，由真正的凶手主动承认犯罪事实，从而达到让人瞠目结舌的反转效果。也就是说，如果没有凶手的坦白，侦探的前一种解答（推定死者为自杀）也可以成立。伯克莱的贡献在于把多重解答的模式捏合成型，剔除戏谑的成分，用心打造了一部教科书式的经典作品。相隔若干年后我重读《毒巧克力命案》，再度折服于伯克莱那种大师级的整体布局，他仿佛气定神闲似的站在半山腰，打量着布置在山脚下的精致复杂的巨型迷宫,胸有成竹地告诉玩家一共存在六条路线通往不同的出口。

《毒巧克力命案》
吉林出版集团,2009 版

《毒巧克力命案》的谜面是这样的:在一家体面的俱乐部里,中年人尤斯特爵士收到一个包裹,里面是一家巧克力公司送给他的试吃新品,他并不喜欢巧克力,正好聊天的时候听闻年轻的班迪克斯先生与其太太因某事打赌输了,得买一盒巧克力作为赌注送给他太太,于是爵士做了个顺水人情把巧克力送与年轻的绅士。后者把巧克力带回家,他太太吃了六颗之后毒发身亡,他本人由于只吃了两颗而侥幸存活。警方认为尤斯特爵士是凶手的目标,而班迪克斯太太只是偶然事件的牺牲品。由于迟迟无法破案,苏格兰场的总探长参加了一次由推理小说家罗杰·薛灵汉(Roger Sheringham)任主席的"犯罪研究学会"的活动,并向现场的六位会员陈述案情。在之后的一周里,每晚由一位会员给出自己的解答。小说的精妙之处在于,后一晚宣讲的会员先行推翻前一晚会员的推论,然后给出自认为逻辑更合理的解答,如此层层递进,直到最后一位木讷口拙的会员区特威克先生(Chitterwick),他画了一张表格,把前五种推论按动机、重要依据、推论方法、推定的凶手等多个维度汇总在一起,并以谦逊的姿态陈述他的方法:"你们看,我的任务是相当简单,我只要从各位的推论中,把对的和错的区分开来,那么真相就自动显现了。"显现的结果震惊了在场的会员,也包括读者,因为凶手就在六个会员里面。

推理女王阿加莎·克里斯蒂在这一年相对显得沉寂,大侦探波洛没有遇到神秘的案件,而乡间老太太马普尔小姐还没有登台,但《七面钟之谜》这部略带间谍题材的非系列作品仍旧具备较高的水准。这部作品中的原创诡计如当事人自残的障眼法在其后的名作《尼罗河上的惨案》得到重用。凶手究竟是谁,直到最后揭晓之前依然能困惑住读者,总之,女王终究没有很枯燥的故事。这部情节动人,人物丰满,节奏明快的作品我认为还在平均水准之上,绝不会令读者失望。

　　整个推理小说史上恐怕找不出像 1929 年这样特别的一个年份，太多的名作问世，太多的作家开始崭露头角，整个 19 世纪 30 年代作为推理小说史上最高的一段峰峦在开启处就站在 1929 年这样一座雄峰之上，由此迈入绚烂神奇、伟岸恢弘的至高境界。

# 30 巅峰之战——国名系列

导言:"多重解答常常是侦探作家想要刻意营造的一种'噱头',它是小说结构的主导,很多时候小说中的其他因素必须为它服务。而在《希腊棺材之谜》中,它对于故事情节反而做出了相当大的贡献。奎因的功力可见一斑。"

——摘录自《奎因百年纪念文集》

埃勒里·奎因

在推理小说世界,每个读者都有自己痴迷的侦探,埃勒里·奎因这个名字必定无数次出现在最受欢迎的侦探列表的第一位。奎因首先是一个纯粹的逻辑学家,这会让人联想到那些超高智商的侦探前辈如福尔摩斯与凡杜森教授(杰克·福翠尔笔下的侦探);但同时他又有梦想家与艺术家的气质,在这点上近似菲洛·凡斯(S. S. 范达因的小说主角)。但埃勒里·奎因不是这些人物的结合体,他饰演了一个全新的活生生的人物。虽然在父亲理查德·奎因的30多年从警生涯的熏陶下,见惯了各种谋杀与犯罪,但他还是会晕血,避免让自己在血腥的凶杀现场逗留太久;他有绝对的自负,经常挂在嘴边的一句话是:"每一个问题,我都会给你绝妙的回答。"但在遭逢巨大挫折之际,也会怀疑自己是否拥有足够的智慧来看穿另一颗脑袋中所蕴藏的秘密;每当逻辑推理陷入死胡同的时候,他都想立刻回到纽约的奎因老宅,把烦恼通通埋在马塞尔·普鲁斯特的小说里。总之,埃勒里·奎因虽然不是一个真实人物,但可以被读者充分感知到他的立体存在,这正是两位表兄弟合作者的伟大之处,尤其彰显了执笔的表哥班宁顿·李的文学才华。

"国名系列"有九部作品,发表在六年间(1929—1935),与悲剧系列的四部作品一起被推理界视为解谜类推理小说的巅峰作品。这九个神奇的案件在内容上与国家的名字其实并无实质性的关联,本可以叫帽子之谜、粉末之谜、棺材之谜等,但作为书名未免简单了些,于是埃勒里·奎因动了一番脑筋,在每个案件的关键词之前添上一个国名,既能让书名丰满些以吸引读者,又可以形成一个名义上的系列,可谓一举两得。所以在罗马剧院发生的案件就叫《罗马帽子之谜》;在弗兰奇(French)百货公司的命案称为《法国粉末之谜》;而在希腊裔美国人身上发生的以开棺验尸为始的离奇案子被定名为《希腊棺材之谜》。

"国名系列"的谜面都经过精心的设计,放在一处展示有种精彩纷呈之感:

《罗马帽子之谜》:一个声名狼藉的律师在戏剧上演的时候被谋杀,他的高顶礼帽不见了,现场的保安确信没有任何人在头戴帽子的同时手里又拿着一顶帽子离开剧院,所以如果凶手拿走了律师的帽子,必然得用一种不引人怀疑的方式留下自己的帽子。凶手的帽子究竟在哪里?

《法国粉末之谜》:弗兰奇百货公司的老板娘的尸体在中午被发现隐藏在面向马路的展示橱窗里。由于现场没有太多血迹,死者被枪杀的第一现场一定不在橱窗内部,经过勘察,命案发生在午夜时分的百货公司楼上的寓所。由于展示橱窗在正午才会被打开,凶手费劲地移尸到橱窗必是为了推迟尸体被发现的时间。凶手为自己赢得的时间到底用做何事?

《荷兰鞋之谜》:荷兰纪念医院的创立者道恩老夫人准备动手术,她的教子即主刀的外科医生杰尼来到手术台准备开始手术的时候惊奇地发现老夫人已经死亡至少20分钟,死因是勒毙。包括值班护士在内的不止一人声称在凶案发生前看见跛脚戴着口罩的杰尼医生出现在手术准备室查看老夫人的状况,但却有另一个医院外的拜访者坚称当时自己与杰尼医生正在会客室谈话,从而让后者有了完美的不在场证明,

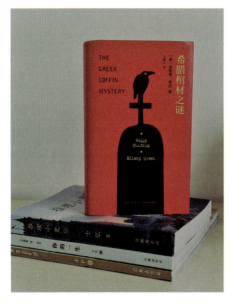

《希腊棺材之谜》
新星出版社,2017 版

杰尼医生难道有分身之术?

《希腊棺材之谜》:艺术品商人卡尔基斯的葬礼后,保险箱内的遗嘱被盗,由于立即封锁了公馆与相邻的墓地,警方认为遗嘱尚在现场并展开地毯式搜查,但结果一无所获。跟着做探长的父亲来调查的埃勒里·奎因经过逻辑推理判定遗嘱只能在唯一的地方,即卡尔基斯的棺材里。然而棺材重启之后的意外发现让包括埃勒里在内的所有现场人士都震惊万分。

《埃及十字架之谜》:在《血字的研究》里的复仇天使最多在墙上留下"RACHE"(德语"复仇"的意思),而这个故事里的凶手残忍地把尸体砍去头部后,用绳索绑在了柱子上,形成一个 T 字型,仿佛古埃及的十字架。凶手果真是为了复仇,何必带走人头? 无头尸的案件通常是为了隐藏被害人真实的身份,但此后的其他被害人由于身体上的确定特征又无法被混淆,凶手究竟动机何在?

《美国枪之谜》:一场宏大的马戏团演出,老一代的牛仔电影明星巴克老爹驾驭良驹,领衔一群西部牛仔,手持猎枪策马绕场飞奔。看台上的包厢里坐着他的女儿、兄弟、朋友、演出的组织者、还有受邀而来的奎因父子等宾客。突然悲剧发生,老巴克被斜刺里飞来的子弹击中心脏,落马而亡,现场乱成一团。剧院立即被封锁并展开地毯式搜查,怎奈那把作为凶器的手枪不翼而飞。

《暹罗连体人之谜》:一场突如其来的山林大火把旅行中的奎因父子逼入山顶的一所陌生豪宅。身为外科医生的主人热情接待了他们,宅中尚有几位神色紧张的客人,包括一对连体少年。

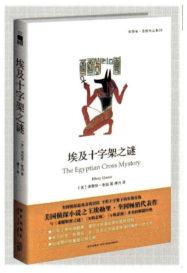

《埃及十字架之谜》
新星出版社,2016 版

第二天凌晨医生在书房被人枪杀,凶案现场散落着一副扑克牌,而医生的右手紧紧握住半张黑桃六的纸牌,另一半则被揉成一团扔在近处。奎因认为半张黑桃六是死亡留言,透露了凶手的名字。

《中国橘子之谜》:奎因拜访邮票收藏家朋友柯克,两人来到在酒店高层的办公室,男助手奥斯本告知柯克有一位陌生的矮胖男士在隔壁的会客室等候多时。三人进入会客室发现男士倒毙在地板上,房间里呈现仿佛龙卷风过境后的可怕场景,细看之下更是诡异,因为所有的东西都倒转过来,包括书架反转、壁画面墙、台灯底朝天,最匪夷所思的是死者反穿着衣裤,身上所有可能显示身份信息的东西都被带走,另外,桌上的果盘里少了一颗中国橘子。

《西班牙披肩之谜》:死亡现场弥漫着异域风情,神秘且带些唯美色彩,不如直接看小说中的原话:"死了的约翰·马尔科坐在露台上的一张桌子边……一件歌剧式黑色披肩搭在他的肩膀上,由一个有穗带装饰的金属环扣在脖子处,除此之外,一丝不挂。"凶手为何拿走死者的包括鞋袜在内的所有内外衣裤,唯独留下披肩?

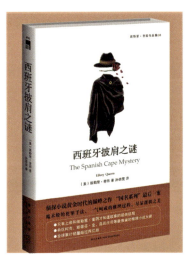

《西班牙披肩之谜》
新星出版社,2015 版

奎因在国名系列的创作上呈现出一种渐入佳境的上升曲线。处女作《罗马帽子之谜》在推断凶手的帽子必在剧院的桥段中初次展现奎因的逻辑之美,只是其他情节略显平淡,可评为三星半,略高于解谜类推理小说的平均水准。1930 年发表的《法国粉末之谜》具有戏剧性的开场,奎因设计了一个近似荒诞的命案场景,即百货公司的老板娘的尸体在临街的展示橱窗里被发现。故事线索众多但奎因都留下合理的解释给读者推导凶手指明方向,比如凶手对指纹粉的使用揭示了他不同于普通人的身份。在这第二部作品里,奎因的奇妙想象力弥补了语言陈述上的生硬之感,因此可评为四星作品。

1931 年的《荷兰鞋之谜》彰显了奎因的求变能力,故事开局不再显得信息庞杂,而是从奎因的视角慢慢展开。奎因去拜访荷兰纪念医院的医生朋友,目睹了发生在手术台上的意外事件,于是主动展开调查。故事情节的发展很像一部电影,使得读者有种身临其境的感受。埃勒里·奎因不像在前两部作品里那样料事如神,由于他的推理陷入停滞让他无法及时避免第二起命案的发生,这种深深的自责与无力感缠绕着他。在这部作品里展现的诸多诡计如伪装术、命案现场的物证意外消失、互为不在场证明的陈述等,经由缜密的逻辑绳索串联起来,又一次完美凸显了奎因的独一无二的推理特色,这是一部可以打四星半的高水准作品。

在1932年发表的《希腊棺材之谜》在解谜推理世界是一部可以排入前三的伟大作品,或许奎因的悲剧系列作为一个整体可以略微胜出,但在纯粹的逻辑推理这个维度上,没有任何一部推理作品可以超越《希腊棺材之谜》。要成为一部四星级的推理佳作,通常只需在局部段落上展现出缜密的推理过程,再配合动人的情节就已经足够,但一部五星作品必须得让读者有一种开读之后就舍不得放下的情愫。奎因在这部小说里呈现的逻辑推理不是局部的,而是整体衔接的。从推定遗嘱的所在,到根据三个茶杯与水壶水量的异常关系来论证凶案现场的人数,再从领带的颜色来推导死者的盲人伪装等,可谓环环相扣,高潮迭起。然而在欣赏了这些极度烧脑的推理桥段之后,读者等来的不是破案的曙光,而居然是奎因彻头彻尾的失算,这就是《希腊棺材之谜》的绝妙之处。奎因的这第四部作品从故事本身的时间顺序来说是埃勒里·奎因在大学时代的案子,如此则奎因的推理失败也较容易被人接受,这同样也是作者两兄弟的高明所在。

在所有推理小说的主题里,柯南·道尔爵士无疑最痴迷复仇的故事。仅有的四部长篇里的三部都是关于复仇的,短篇里也有《驼背人》这样的经典。为了致敬这位前辈,埃勒里·奎因构思了《埃及十字架之谜》这个关于追杀与逃亡的惊悚案件,又巧妙地融入无头案、连环杀人、结局反转等推理模式,以及古埃及、图腾、裸体主义这些神秘元素,使得这部作品超越了道尔爵士在复仇这个题材上的最佳作品《恐怖谷》,可评为五星级。虽然没有《希腊棺材之谜》里面那种华丽的多重推理,但奎因懂得不去挑战读者的耐心,避免把所有真相都放在末尾做解答,而是在前半部就揭示了无面尸诡计(无头尸也是同样目的,即混淆被害者的身份),又在随后对西洋跳棋的精彩推理中透露凶手是熟人的讯息。最后,在千里追凶这样好莱坞电影式的场面里擒获了让所有人惊掉下巴的罪犯,当然除了曾一度陷入困境的奎因探长的儿子。

奎因在1933年的《美国枪之谜》里尝试了一出宏大的开局,巨型的演出看台,两万多名观众,策马飞奔的鸣枪牛仔,以及在如此群情亢奋的局面下的闪电谋杀,更为诡异的是在剧场被封锁后的地毯式搜查中却始终找不到凶器,即一把小型的点二五自动手枪。用好莱坞大片似的手法来铺陈推理小说算是一种冒险,因为剧情的发展可能沦为一部带有悬疑氛围的惊险电影。好在奎因毕竟不会让人失望,虽然没有《希腊棺材之谜》里那些一浪高过一浪的推理桥段,凶手身份被揭示后的那种意外的震撼感受,也足以让人大脑空白几秒钟。并且,最后的一大段逻辑严密的真相推演也让读者极为过瘾。惊动一座城市的社会大案在奎因后期的名作《九尾怪猫》里被设计得更为扣人心弦,这也体现了奎因在驾驭复杂情节方面的能力不断在提升。凭借宏大的场面与绝妙的诡计,《美国枪之谜》可以评为四星,尽管在叙事上略显得拖沓。

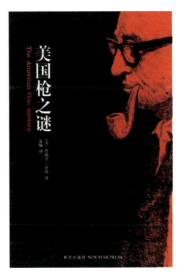

《美国枪之谜》
新星出版社,2010 版

在同一年,奎因在孤岛推理模式上施展了高超的才华,把《暹罗连体人之谜》的场景设置在被森林大火包围的山顶孤宅之中。孤岛模式也叫暴风雪山庄模式,即包括侦探与几位嫌疑犯在内的一群人被困在一个孤绝之地,与外界完全阻断。然后在压抑、惊悚与互相猜忌的极端氛围下接连安排多起谋杀或意外事件,最终由侦探借助环境与心理的双重因素运用推理揭示真相。莫里斯·勒布朗的《三十口棺材岛》(1919 年)与江户川乱步的《孤岛之鬼》(1929 年)是这个题材上的先驱作品,但奎因在此案中的布局无疑更为高妙,让人掩卷之后回味无穷。奎因以死亡留言的诡计(在此案中即死者手上紧握的扑克牌)作为主线,先后展开四段推理,形成四重解答,最后在真相揭露的时候又加入林火烧宅的骇人场面,凶手在内外交迫之下身心崩溃,冲入山火自杀。下一部孤岛模式上的知名作品要等到 1939 年的《无人生还》,两部名作相比较而言,克里斯蒂在渲染童谣声中的恐怖气氛上游刃有余,而奎因在纸牌暗示上的逻辑推理令人叹为观止。总体上看,《暹罗连体人之谜》的推理趣味近似《希腊棺材之谜》,可评为四星半作品。

推理迷在 1934 年的《中国橘子之谜》里看到了国名系列中最华丽的谜面,借用书中描写命案现场的语句:"这个房间看起来好像被一只巨手从这栋楼房中拽出去当骰子杯拿起,用力摇撼过,再塞了回来。"房间内所有的东西都被倒转了,包括死者反穿的衣裤,这必是为了掩盖某个原本就倒转的特征,在死者身上,还是凶手身上? 奎因在这部小说中引入了不少以前没有用过的元素,其中有大谈中国文化的段落,那是他与书中来自中国的一位女士的对谈,涉及到中西方文化的差异,比如欧美朋友见面总是去握对方的手,而中国熟人见面却是握自己的手(即抱拳)。我们甚至还能看到奎因侠肝义胆的一面,那是他帮助朋友从一个蛇蝎美人那里夺回珠宝和文件的桥段,像极了冷硬派的作风,事实上奎因在本书中就提到了达希尔·哈米特的名字,这绝非闲笔。《中国橘子之谜》不能算是真正意义上的密室诡计作品,而且其中的机械作案手法也略显生硬,但无论如何,倒转诡计足够迷人,因此至少是一部四星作品。

1935 年,埃勒里·奎因发表《西班牙披肩之谜》,这是国民系列的压轴之作,称得上四星半级别的解谜佳作。在奎因的探案生涯里遇到死者是坏蛋的情况很少见,这位全身赤裸死在海滩别墅的门廊下的魔鬼男人就是少见中的一位,那是否意味着凶手反倒是好人了呢? 一开场的诡异绑架案引发了读者的阅读兴趣,紧接着的裸死美男又很博人眼球,然后就是讨论凶手的来去踪迹,来自外部的公路,别墅屋内,还是潮汐涨落的海上? 环环相扣的逻辑推演会让解谜爱好者再次体验到《希腊棺材之谜》里的那种过瘾感受,当想到这是最后一部国民系列的作品时,也会有一种意犹未尽的惆

"国名系列"
脸谱出版社,2014 版

怅。留在死者身上的黑色长披肩最终成了奎因的逻辑推理上的最大障碍,真相的浮现只在一瞬间。

总结一下对国名系列的星级评分:

三星半作品:《罗马帽子之谜》。

四星作品:《法国粉末之谜》《美国枪之谜》《中国橘子之谜》。

四星半作品:《荷兰鞋之谜》《暹罗连体人之谜》《西班牙披肩之谜》。

五星作品:《希腊棺材之谜》《埃及十字架之谜》。

国名系列是解谜推理世界的珠穆朗玛峰,后世无数的作家与无数的作品,唯有仰望的份。

# 巅峰之战——悲剧系列

导言："如果我能够保护这件作品，巡官，我知道我的朋友会永远记得我的好处。就像难于免俗之人的自大，我会想即使在我生命的最后阶段，我仍能为人类尽点儿心力。"

——埃勒里·奎因之《哲瑞·雷恩的最后一案》

推理小说迷的大脑里可能都存在一个挥之不去的谜团，为之倾倒的究竟是案件本身的绝妙布局，还是书中主角的人性魅力，抑或走笔叙事的文学味道？G.K. 切斯特顿占了布局与文学这两项，多萝西·L.塞耶斯则把自己的文学才华与彼得·温西勋爵的人格魅力融合得恰到好处，而能把上述三个要素调和至完美境界的，除了大众痴迷的夏洛克·福尔摩斯的故事之外，就得数当时以巴纳比·罗斯之名发表的"悲剧系列"，这个由四部一流小说构成的有机整体在推理小说史上堪称独一无二的存在。

1932 年埃勒里·奎因的"国名系列"推出了最具分量的《希腊棺材之谜》以及水准接近的《埃及十字架之谜》，一时洛阳纸贵，举世无两。此前

《X 的悲剧》
东京创元社，2019 版

名不见经传的巴纳比·罗斯居然在此时携《X 的悲剧》横空出世，大获好评。同一年，罗斯又推出情节更加精彩的《Y 的悲剧》，气势直逼奎因。随后，这两位人气作家的举

动让读者们瞠目结舌,他们在报刊上撰文条分缕析地揭发对方作品之中的逻辑漏洞,开启了旷日持久的精彩笔战,直至四部"悲剧系列"与九部"国名系列"悉数问世之后才终结。当然,现在我们已经知道,巴纳比·罗斯就是埃勒里·奎因本人。确切地说,这是班宁顿·李与弗雷德里克·丹奈这一对表兄弟演绎的双簧戏,据说最夸张的场景是两人各戴面具站在一个讲台上互相辩论,可谓入戏甚深。这在当时可以看成一种颇具戏剧感的营销手段,留给整个推理小说史的则是一段绝无仅有的佳话。1932年可以看作黄金时代最为重要的一个年份,此后的漫漫岁月里再也没有出现过一名作家,能在同一年内发表三部以上五星级别的推理小说,伟大的阿加莎·克里斯蒂与约翰·狄克森·卡尔也不曾做到。

"悲剧系列"比"国名系列"更出彩的地方不在于诡计和情节,而在人物。在近200年内涌现出的千奇百怪的推理主角里,找不出与"悲剧系列"中的主人公哲瑞·雷恩(Drury Lane)近似的人物。昔日戏剧界的王者由于双耳日渐失聪而离开舞台,你会惊叹他退隐闲居的所在:"从深秋的一片红色树林的缝隙里看过去,美好如神话故事中的古堡。"这座位于纽约哈德逊河边的城堡被赋予一个戏剧味十足的名字——哈姆雷特山庄。庄内仆人们的名字——如化妆师奎西、管家福斯塔夫、驾驶黑色林肯的司机德罗密欧等——都取自莎翁戏剧中的人物名字。雷恩先生在《X的悲剧》(以下简称为《X》)中出场的时候已经60岁了,却有着青壮年般的身材与皮肤;他通过读唇语来与人交流,凭借在戏剧生涯里练就的人性洞察力来协助警方侦破罪案。纽约警局萨姆巡官与布鲁诺检察官怀着半信半疑的心态大老远来到哈姆雷特山庄,仿佛苏格兰场的雷斯垂德拜访伦敦贝克街221B那样,唯一的区别是,雷恩先生的宅邸如同一座恢弘而梦幻的戏剧舞台,诗意氤氲,时空迷离。

这位仿佛一生都沉浸在莎士比亚戏剧中的老演员在《X》中遇到的对手也很独特,仿佛一生都在等待复仇的隐忍中度过,这是一个拥有钢铁般意志,冷静且精准无比的凶手,虽然本质上并非恶人。《X》作为"悲剧系列"的第一幕大戏,在整体布局与诡计的精妙程度上都高于国名系列的平均水准。我的印象中,在设计凶手的多重身份的核心诡计方面,黄金时代虽然有不少名作,但都无法与《X》抗衡。这个案子里最具画龙点睛意味的桥段,是最后一位死者受到雷恩先生的启发,在人生最后的几秒钟时间里做出的两手指交叉的死亡留言。借用雷恩在书中的总结即:"在这件谋杀案中,真正让我感兴趣的是,死者临终前所展现的那种不可思议的精神力量。他没办法也没时间在那一刻像平常人一样思考、行动,而是面对死亡,某种特殊的力量引发他脑中一闪的灵光,让他能在不容延迟的一刻生死一搏,成功留下这个指明凶手的线索。因此，我们可以明白，在生命结束的那个独特时刻，人类心灵所爆发出的瞬间力量多么神奇强大，几乎可以说是无限的。"感谢《X》的译者唐诺先生，我们至始至终可以读到如此流畅而华丽的中文句子。

在此系列的第二部《Y的悲剧》（以下简称为《Y》）里，萨姆巡官拜访哈姆雷特山庄时的感受已经不是初次时的惊奇与疑惑，变得轻松愉悦，甚至有些流连忘返般的享受。虽然换了译者，我们依然能读到文学味道浓郁的句子："映入眼帘的是一片由城垛、护卫墙、绿叶攀升的尖塔和蓝天白云交织而成的人间仙境，而远远之下与其相映的，是哈德逊河的熠熠波光和层层蓝波上的点点白帆……巡官拼凑警句似的想：有或者没有犯罪，这美景仍令人感觉活着是件快事。"未曾料想的是，这几乎是《Y》这个故事中唯一让人感觉舒适的场景，此后的一幕幕剧情浸染在由恐怖、癫狂与仇恨这些极端情绪所混合而成的压抑氛围内，甚至连洞若观火、心怀慈悲的哲瑞·雷恩先生都无从释怀。

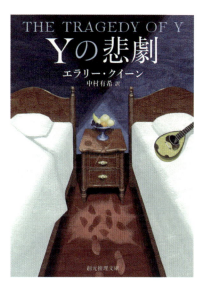

《Y的悲剧》
东京创元社，2019版

《X的悲剧》主线清晰，逻辑严谨，运用到的诸多诡计如多重身份、无面尸与死亡留言等都为这一类型的诡计树立了完美的模板，让后世的作家得以模仿或借鉴。但《Y的悲剧》似乎只能让后人做局部的参考而无法照搬全局，因为情节实在非常特殊，凶手很特别，动机很无奈，做案过程既幼稚又成熟，既怪诞又合理，在此无法泄底，只有读过的人才会明白。所能为后世复制的部分，在很多作家的小说里经常能看到，比如古老而疯狂的家族，一个个心怀鬼胎且行为异常的子女，加上一个专横跋扈的老太太；还有接连而至的命案，由于各种不可道明的理由而出现的几个外来访客，当然，还少不了被虚假线索牵着鼻子走的巡官与检察官。《Y》的不可复制处在于无懈可击的推理之后，我们面对这样一个凶手，怀着震惊、悲哀、遗憾与同情的复杂情愫，并完全能理解哲瑞·雷恩的举动，他在应该揭晓真相的当口，转身而去，带着一身疲惫与落寞的心绪退回到与世无争的哈姆雷特山庄。

《Y》超越《X》的地方不在于诡计，而是读者心理受到的震撼。《X》里的那个X即是凶手，而《Y》里的那个Y一开始就自杀了，他是犯罪大纲的设计者，凶手则另有其人,这种安排更能引发阅读的意外感。此外还有那些只能属于《Y》的诡异而经典的桥段,比如那位又聋又哑又瞎的善良女孩,在命案发生的时刻,站起身向前伸直手臂,指尖在黑暗中划过凶手那一张光滑而柔嫩的脸颊。如此难以名状的奇特场景会长久地定格在推理小说迷的记忆中。可以下的论断是,《X》与《Y》尽管都属于五星级别的作品,但在逻辑推理的维度上还是无法超越《希腊棺材之谜》。但幸运的是,我们接着就能读到《Z的悲剧》与《哲瑞·雷恩的最后一案》,由这个系列的后两部作品所引出的动人情节,让读者从解谜的趣味中走出,踏上一个台阶,在情感体验上获得更丰盈的满足,最终使得"悲剧系列"成为一个绚丽多姿、旨趣高远的整体,足以比肩由九部一流小说构成的"国名系列"。

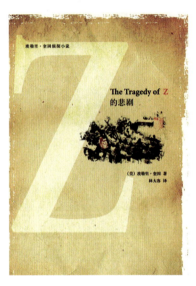

《Z的悲剧》
新星出版社,2009版

萨姆巡官的女儿佩辛斯,一个古灵精怪的漂亮女生,走入了《Z的悲剧》,成为戏剧皇帝哲瑞·雷恩先生在这个案件中的奇妙搭档。"我天生一双水灵灵的蓝色大眼睛……我有一个灵活而清晰的脑袋……我发现自己在观察和推理方面,具有一种超凡的直觉。"如此自诩的佩辛斯当然不会放过在与偶像哲瑞·雷恩先生初见时展露才能的机会,她与雷恩握手之后就抛了个媚眼,然后不假思索地说:"我想您正打算写回忆录!"雷恩的反应是"抬了抬眉毛,目光凌厉地盯着我的脸好一会儿"。在书中以第一人称叙述的佩辛斯随后在雷恩的鼓励下讲出了自己的推理过程:雷恩双手的四个指甲都磨损得厉害,唯独拇指完好无缺,这显然是在练习打字。一个年近70人生充满传奇的老先生辛苦地在键盘上敲打,可以大胆猜测一下,他很可能在准备撰写自己的回忆录了。

在《X的悲剧》与《Y的悲剧》这样两部无与伦比的解谜经典之后,再要构思更绝妙的诡计哪怕对于推理大师而言也是难以胜任的。诡计终有穷尽之时,而对人性的探索与人生意义的探讨则可以在一个更宽广的领域内展现作者的才思。安排佩辛斯的出现无疑成为这个伟大系列的一个重要转机,给到读者的是新奇、欢快与温情等诸多感受,给到主角雷恩先生的则是一种莫大的理解、宽慰、与寄托,尤其在他毅然决然地退出戏剧舞台、侦探舞台以及人生舞台的最后时刻,佩辛斯小姐成为了感情最充沛,理解最透彻的见证者。《Z的悲剧》没有前两部中那样超强的逻辑推演,在故事本身的时间顺序上发生在《Y》之后的第十年,雷恩先生已是古稀之年的老人,因此情节的铺陈更像是一出充满温情味的电影。佩辛斯有一股初生牛犊不怕虎般的闯劲,萨姆巡官对他的宝贝女儿甚是担忧,而哲瑞·雷恩先生则因为这样一个头脑伶俐的女孩的出现与陪伴而散发出更为立体的人性魅力。案情本身当然也很跌宕起伏,在《X》的复仇故事与《Y》的家族内战之后,我们在《Z》里面读到了一个以官场争斗为背景的惊险故事,结合《最后一案》的护卫文化遗产的主题来看,奎因对于《悲剧系列》故事题材的统筹设计是极具匠心的。

　　"悲剧系列"的前三部里埋下的伏笔在《哲瑞·雷恩的最后一案》中成为了关键因素,比如雷恩的失聪(《X》),让佩辛斯像看到闪电一般清晰地洞察到:为何凶手在深夜的命案现场到处寻找书信却不去关掉突然响彻屋子的闹钟;再比如在万般无奈下结束凶手生命的决心(《Y》),雷恩再度面对这样的艰难抉择。还有就是不得不服药以对抗疾病的侵扰(《Z》),成为《最后一案》的最后一个场景的预演;至于贯穿整个系列的浓郁经久的莎士比亚情怀,则是"悲剧系列"超越一般推理小说的基石所在。文学的魅力与人性的光辉,是"悲剧系列"给到读者在更高层次上的一种震撼内心的享受。《最后一案》要解决的谜题并不复杂,唯有悲壮。莎士比亚留存于世的亲笔书信是无价之宝,但一个学者为了

《哲瑞·雷恩的最后一案》
新星出版社,2009 版

家族荣誉必须销毁它,而一生贡献于莎翁戏剧的老演员哲瑞·雷恩则必须保护它。他在留给佩辛斯与其父的绝笔信中坚定而凄美地表述:它(指莎翁的亲笔书信)在法律上是英国的财产,在精神上属于全世界……我亲爱的巡官,我又老又累,好像没有什么……我很快就要离开,我想去长久地休息。因为我离开时无人在旁边,你又不知道,我就对自己说了这些美丽的话以道别:

　　他们说他安然地离开,尽了他的职责,所以,愿上天与他同行!

　　推理小说毕竟不是纯文学作品,有时候可以被情节所感动,但不太会为之落泪。安娜·凯瑟琳·格林在《金色的拖鞋》里阐述高贵的斯特兰奇为了姐姐而做侦探,那

样纯粹的动机实在令人动容。阿加莎·克里斯蒂的《长夜》与安东尼·伯克莱的《裁判有误》曾让我掩卷唏嘘，但唯有"悲剧系列"驱策我产生一种难以克制而泪盈眼眶的内心情愫，这样深刻的阅读体验，也只在学生时代读《约翰·克利斯朵夫》，以及之后的每一次《红楼梦》的重读中遇到过，再无其他。

"悲剧系列"特别纪念版
新星出版社，2017 版

# 巅峰之战——从蓝色列车到东方快车

导言:"我看到了一幅完美的镶嵌图案,每个人都扮演着分配给他或她的角色。一切都安排得如此巧妙,要是有任何人受到怀疑,其他一个或几个人就会为他澄清,并把问题搅乱。"

——阿加莎·克里斯蒂之《东方快车谋杀案》

东方快车

"火车真的是冷酷无情的东西,您说是吗,波洛先生? 人们在火车上被谋杀,在火车上死去,而火车却照样奔驰……"富人专列"蓝色特快"从伦敦启程驶向法国的第二大城市尼斯,百万富翁的女儿在中途被人勒毙,所携带的无价宝石"火焰之心"被盗,包括丈夫、情人、女仆与老板男秘书在内的各个心怀鬼胎的人物似乎都在车上留下踪迹。6 年后,从土耳其出发的"东方快车"开启横贯欧洲大陆的三日旅程,目的地是伦敦。富人雷切特夜半时分被砍死在包厢内,身上有 12 处刀伤,整个车厢里那些来自社会各阶层的人们似乎都有杀人动机,却都恰有洗脱犯罪嫌疑的证词。当然,那位胡

《东方快车谋杀案》
人民文学出版社，2006 版

子硬邦邦的比利时小个子侦探，赫尔克里·波洛先生，恰巧搭乘了蓝色列车与东方快车。

阿加莎·克里斯蒂的 80 部推理小说里，最常见的犯罪现场是室内场所，如别墅、庄园、酒店或公寓，此外如轮船、大街、幽巷、地铁站等等女王都有尝试，对火车上的犯罪则似乎情有独钟，除了上述的《蓝色列车之谜》(The Mystery of the Blue Train)与《东方快车谋杀案》(Murder on the Orient Express)之外，还有马普尔小姐的《命案目睹记》(4:50 from Paddington)。小说家往往在不经意间会重复自己熟悉或钟意的写作模式，但大师级别的作家必会在每次重复的时候展现出变化。三个火车谋杀案的相同点是犯罪的精心预谋与动机的合情合理，不同之处则非常有意思：凶手是东方快车的乘客，凶手不是蓝色列车的乘客，凶手是对面列车上的乘客。

当然，发表于 1928 年的《蓝色列车之谜》与 1957 年的《命案目睹记》在整体水准与知名度上都无法与《东方快车谋杀案》相提并论，后者属于西方推理黄金时代的名著，对于克里斯蒂本人意义非凡，因为在 1932 年与 1933 年这两个属于埃勒里·奎因的伟大年份之后，女王终于在 1934 年扳回一局。《东方快车谋杀案》至少四度被搬上银幕，1974 版当然是无可争议的经典，肖恩·康纳利与英格丽·褒曼参演，后者还凭此片获得奥斯卡最佳女配角奖，平了凯瑟琳·赫本三度斩获奥斯卡的记录。2010 年的电视剧版也比较忠于原著，大卫·苏切特 (David Suchet) 的大半辈子演艺生涯都与波洛联系在一起，没有任何一个其他演员可以超越他。2017 年的版本在场景上有不少改动之处，视觉与音响效果更符合当代人的口味。

在"蓝色列车"与"东方快车"之间，其实还有两本非常出色的作品，只是在奎因的"国名系列"与"悲剧系列"的光芒掩盖下，似乎没有"东方快车"那样引

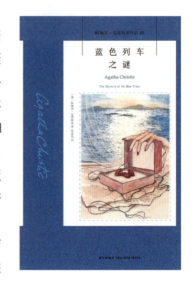

《蓝色列车之谜》
新星出版社，2016 版

人注目。如果想在克里斯蒂的众多人物角色中找出两位女性代表,《悬崖山庄奇案》(*Peril at End House*)与《人性记录》(*Lord Edgware Dies*)无疑是最佳选择。《人性记录》的书名翻译值得商榷,贪婪冷酷、工于心计与铤而走险当然是对人性的如实记录,只是这个书名加在其他克里斯蒂的小说上也完全能套用,因为女王最擅长刻画与揭示的就是人性,从这个角度讲,不如直接用《艾奇维尔男爵之死》。"End House"这个名字则很值得咀嚼,任何胆敢在赫尔克里·波洛面前要小聪明,企图愚弄或利用比利时大侦探的罪犯,其结果必将结束(end)自己的犯罪人生。

凭借诡计的精彩程度与人性的深刻描摹,《悬崖山庄奇案》与《人性记录》都可列为四星级别的作品,《蓝色列车之谜》在诡计与情节上稍弱一些,但是小说里有不少心理层面的书写,完美体现了阿加莎·克里斯蒂作为切斯特顿的继承人,对于心证推理模式的卓越贡献。比如,书中有这样一段描写,是那位被勒死的百万富翁之女在列车上结识的来自乡村的女孩凯瑟琳,在她的两位追求者离开之后:"凯瑟琳这时突然产生了一种异样的感觉,宛如一种幻觉。她仿佛觉得此刻不是她一个人在这个赌场公园的椅子上坐着,身边好像还站了一个人。而这个人正是那位已经死去的女士,露丝。她有种特别强烈的感觉,露丝非常急切地想要告诉她什么。她几乎能肯定,露丝的灵魂想要向她传递一些生死攸关的信息。"这样的心理书写几乎不会出现在埃勒里·奎因的笔下。

不知有意还是无意,克里斯蒂提到这位叫凯瑟琳的女孩是从一直居住的圣玛丽米德村走出来,然后踏上开往法国的蓝色列车。而从两年后的1930年开始,克里斯蒂陆续写了14部同一系列的作品,故事的发生地就在圣玛丽米德村,主角是一个完全不同于波洛的乡村老太太,名叫马普尔小姐(Miss Marple)。

《人性记录》与《悬崖山庄奇案》
新星出版社,2014版,2013版

# 33 巅峰之战——短兵相接

> 导言："戏剧，威露斯小姐，你应该能够了解这一点，用凶手所不明白的东西把他包围起来，迷惑他，使他在心智上混乱，然后挥出致命的一拳，让他应声倒地……呃，那是我邪恶一面的聪明智慧，这我承认。"
>
> ——埃勒里·奎因之《疯狂下午茶》

英国乡村

"短兵"在这里指代短篇小说，这是1930年代的前一个五年时间里，隔着大西洋的两位顶尖推理大师的另外一个交锋战场。在长篇小说这个战场里，尽管阿加莎·克里斯蒂握有《东方快车谋杀案》这样的旷世奇作，但总体上看，站立在由九部"国名系列"与四部"悲剧系列"构建而成的逻辑王国里，埃勒里·奎因像君王一般俯视着所有同时代的作家，包括女王。幸而克里斯蒂那种女性特有的第六感让她探察到在短篇小说这个新战场上的用武之处。于是，那些蕴藏在女王脑海中许久的奇思妙想化作一篇篇玲珑剔透的精巧故事，为她在这场大师级别的巅峰之战中找回了平衡。

克里斯蒂对于英国乡村以及村里人物有种与生俱来的无限偏爱，1926年发表的

成名作《罗杰疑案》的故事场景就在这种充斥着
八卦气氛，却又风光怡人、生活舒缓的小村落
里。主人公谢泼德医生有个叫卡洛琳的姐姐，
具有挖掘信息的惊人天赋，并且热衷于推测和
评论，在那个案子里她接近真相的程度甚至引
发了医生的忧虑。毫无疑问，卡洛琳这个角色
是马普尔小姐登场前的预热，因为最初的六篇
马普尔小姐的短篇故事就是写在《罗杰疑案》之
后的两年内。此后几年，克里斯蒂又陆续创作
了七篇类似的故事，并在 1932 年结集出版，命名
为《十三个谜团》(*The Thirteen Problems*)。在
国内，新星出版社采用的书名则是《死亡草》，直
接借用了其中一个短篇故事的名字，这似乎是
一种为短篇集取名的惯例，尽管不甚合理。

《死亡草》
新星出版社，2018 版

　　《十三个谜团》在美国出版的时候改名为
《星期二俱乐部谋杀案》(*The Tuesday Club Murders*)，这更加贴合了书中的实际场
景，因为这些精妙的小故事就是一种围炉夜话的产物，在每个星期二晚上参与轮流讲
故事的人除了马普尔小姐之外，还有身为现代派画家的年轻女郎、身材干瘪瘦小的精
明律师、年长的本地牧师、苏格兰场的退休警察总监以及马普尔小姐的外甥，一位前
卫的年轻作家。建议在一天内读完这 13 个短篇，会咀嚼出 13 种不同的味道，几乎没
有重复的犯罪手法与动机，至少有一半的故事可以引起惊叹，比如《阿施塔特的神舍》
里的电光石火间的犯罪灵感，《四个嫌疑人》里从书信文字中提取的杀人暗号，《圣诞
节的悲剧》里借助身份互换诡计而构建的不在场证明，《死亡草》里令人唏嘘的谋杀动
机，《小木屋事件》里出人意料的犯罪彩排，以及《沉溺而亡》里隐匿在人性深处的情
感。当然，所有故事都有一个共同点，即马普尔小姐的天赋直觉。倘若真相在对岸，
这种直觉就像小舟，穿过人性而非逻辑的深河。克里斯蒂这些洞察人性的故事完美
承袭了她的导师 G. K. 切斯特顿的风格，心证推理的妙处无疑在短篇作品上更能挥
洒自如。

　　自视颇高的女王显然要挑战以上这样的论断，她果真尝试在长篇里安排马普尔
小姐做着针线活出场，那是 1930 年的《寓所谜案》(*Murder at the Vicarage*)，这确是
一个有趣的乡村案子，但核心情节的复杂程度并不比先前那些短篇更高，换言之，这

是一部被刻意扩展成长篇的短篇故事。从一顿午餐开始,村里的人们聚集在一起家长里短,整整 35 页翻过去了才轮到命案发生,这样的慢节奏叙事方式似乎与乡村老太太的身份相契合,但对大多数的读者而言则是在承受一种煎熬,就连克里斯蒂自己也在自传中承认:"当时我肯定没打算在以后的写作生涯中继续以她为主人公,我没想到她会成为赫尔克里·波洛的劲敌。"让马普尔这个名字能真正与伟大的波洛相提并论的则是此后的那些名作如《藏书室女尸之谜》《谋杀启事》《黑麦奇案》等,《寓所谜案》显然不能算是马普尔小姐的代表作,但如果要对马普尔赖以破案的所谓"直觉"做一番解释,这个故事里的某个桥段倒非常合适。

美丽的少妇安妮缓慢且安静地走过马普尔小姐的花园,被细心的马普尔看到,两人短暂聊了两句,随后安妮继续走去隔壁的牧师家,几分钟后安妮的丈夫在牧师家被枪杀。首先是细致的观察,在匆匆几句聊天的时间里,马普尔的脑海里留存了安妮身无一物的印象,也就是说安妮身上一定没有携带着手枪;其次,日常的经验让马普尔产生疑虑,即一位体面少妇在出门的时候总该带着她的小包,但重视形象的安妮却偏偏在这天什么都没带着,似乎刻意让路人观察到她无处藏匿手枪的事实;随后,马普尔小姐意识到她本人的敏感性格是广为人知的,安妮知道自己就算是静悄悄地走过马普尔的花园,也必然会被细心的老太太觉察到,并成功留下身无一物的印象。由此反推,安妮必是按着精心谋划的剧本在必须有人见证的时刻走过马普尔小姐的花园。

克里斯蒂与奎因这样的大师级作家虽然在推理流派上分属心证派与物证派,但在一部长篇小说里会混用各种推理模式,并不受流派的限制。赫尔克里·波洛也会基于物证做出论断,埃勒里·奎因也经常分析罪犯的心理,不过在短篇这种题材上,却没有展示多样性风格的余裕,只能依靠最熟悉的创作方式来驾驭紧凑的案情。在前黄金时代(也可称为短篇黄金时代),代表心证派的 G. K. 切斯特顿与代表物证派的杰克·福翠尔上演过一次巅峰对决,算是打个平手。由于福翠尔的早亡,他们正面交锋的时间并不长,而两人的忠实信徒克里斯蒂与奎因在这个辉煌的 1930 年代同样"短兵相接"了一次。克里斯蒂在短篇上产量丰厚,1929 年的《犯罪团伙》、1930 年的《神秘的奎因先生》、1932 年的《十三个谜团》、1933 年的《死亡之犬》与 1934 年的《金色的机遇》这五部短篇集的数量之和就差不多赶上了导师切斯特顿,这迫使奎因在 1934 年发表了第一部短篇集《疯狂下午茶》,颇有一种应战的姿态。

就算在 30 页不到的故事里,奎因依然能够驰骋逻辑的天赋。在 11 则案件里,物证的呈现清晰而公平,逻辑推演丝丝入扣,满满的福翠尔似的阅读享受,甚至可以读到媲美《逃出 13 号牢房》与《幽灵汽车》那样的绝妙作品。在《非洲旅客》里，奎因似乎有意在致敬《毒巧克力命案》的作者安东尼·伯克莱，竟然在短篇里安排多重解答，四个推理过程都能自圆其说，读来极为过瘾。《有胡子的女人》中的死亡留言很有趣，作画的人死前在画中女士的脸颊上加了一抹胡子，意味着凶手是男人还是女人？在《三个跛子》的命案现场，女客被勒死，男主人被绑架且现场留有要求赎金的字条，三个来自不同鞋子的脚印，还有地板上的长长划痕，有时候现场的物证越多反而越可疑，答案却往往极为简单。集子里最出彩的一篇就是与短篇集同名的《疯狂下午茶》，这则短篇里的核心诡计一定会镌刻在推理迷的记忆中。做客在朋友大宅里的奎因夜半偶然推开一间书房的门，里面漆黑一团。隔天早上，他再

《奎因现代侦探小说集》
群众出版社，2001 版

次进入这个房间，房门正对面的墙上有一面顶天立地的镜子，而门框上方的时钟有夜光的数字与指针，拉上窗帘之后，在黑暗里时钟在对面的镜子里反射出亮光，但前一

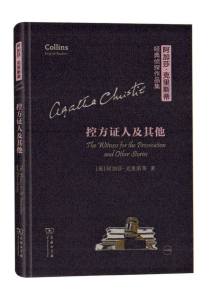

《控方证人及其他》
商务印书馆，2020 版

晚奎因却什么都不曾看到，这令他困惑不已……

阿加莎·克里斯蒂无意在短篇里谋划复杂的诡计，她甚至不想让真正的侦探出场。在《金色的机遇》里读到的大多是浪漫的悬疑故事，浓浓的温情，甜蜜的结局，总之有助于睡眠。《神秘的奎因先生》里的那位奎因（Quin，不是埃勒里·奎因的 Queen）总是飘然而至，仿佛来自天外或梦中，神秘得让人无法确信他的存在，这应该是克里斯蒂心目中的智慧之神，只需通过几个案件当事人的交叉陈述便能洞悉真相，这种天赋般的洞察力与"角落里的老人"相仿，或许这也是克里斯蒂向推理前辈的致敬。《死亡之犬》里的故事就更出格了，战争的创伤、多重人

格、潜意识、高明的欺骗与灵魂附体等等，显露了克里斯蒂对怪诞与神秘素材的钟情。如果要从这些悬疑类的短篇故事里选出一部在精彩程度上不输于《疯狂下午茶》的作品，我认为那无疑是《控方证人》。这部心理拿捏细腻、情节不断反转的五星级别的作品被多次搬上银幕，2016年BBC的版本丰满了人物的背景，并在结尾处添加了戏剧化的桥段。就算没有波洛先生或马普尔小姐出场，推理女王依然能让读者心醉神迷。

# 34 巅峰之战——哥特式的夜行

导言:"你看菲尔博士,戴了一顶宽边白帽,在他的地盘上闲逛,昏昏沉沉却很友好的样子,聚精会神地啥也不做。"

——狄克森·卡尔之《女巫角》

几乎所有推理作家与其笔下名侦探之间的关系都存在一种共性:要么把自己或亲近的人写入了角色,要么把自己的偶像或推崇的人性赋予了角色。马普尔小姐边做针线活边给乡村八卦事件下断语的情景不仅是外婆和舅婆们的形象记忆,也是阿加莎·克里斯蒂在憧憬自己的晚年生活;而年轻情侣汤米与塔彭丝的冒险生涯差不多就是克里斯蒂夫妇在动荡岁月的真实写照。埃勒里·奎因的理性、睿智、与愈挫愈勇的性情无疑来自两位表兄弟作家的自身特征,而他们对莎士比亚的崇敬借助哲瑞·雷恩这位戏剧式的人物得以淋漓尽致地表达。黄金时代三巨头中的另外一位约翰·狄克森·卡尔也自然而然地创造了两个栩栩如生的人物。

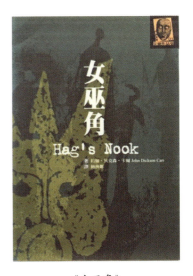

《女巫角》
脸谱出版社,2014 版

基甸·菲尔博士的原型是卡尔的偶像——英国文学家 G. K. 切斯特顿(这是他与克里斯蒂的交集),而亨利·梅利维尔爵士的形象则有点像卡尔尊敬的英国首相温斯顿·丘吉尔。菲尔博士出场的第一部小说《女巫角》(*Hag's Nook*,1933 年)在文风上明显承袭了切斯特顿的典雅与幽默,整个第一章的铺陈几乎就是纯文学的调子,例如:"基甸·菲尔博士庞大的体积塞满一张深深的皮椅,他一边正弹着烟斗把烟草填进去,一边好像愉快地思索着烟斗刚才对他说的什么话似的念念有词。菲尔博士不算太老,但无疑地,他属于这老房间的一分子。他的这位访客认为,这房间就像狄更斯小说里的一幅插画。"又如:"菲尔博士连装烟斗这一点活儿也做得微微喘息。他块头很大,走路通常要拄两根拐杖。衬着书房前方窗户透进来的光,他那掺了一撮白毛、满头蓬松的黑发波浪迭起,像一面军旗似的。这霸道而无边无际的乱发一辈子都领在他前头飘舞。"活脱脱一幅大文豪切斯特顿的写真。

亨利·梅利维尔爵士在隔年的《布拉格宅邸谋杀案》(*The Plague Court Murders*,简体版翻译为《瘟疫庄谋杀案》)中登场,卡尔是如此勾勒他的形象的:"我又想起那个极懒惰、极多话、粗枝大叶的人影,带着困倦的双眼坐在那儿咧着嘴笑;他的双手抱在腹部,双脚抬起靠在桌子上。他的阅读品位是华丽惊悚洒狗血的故事;他主要抱怨的是人们总不认真对待他。他是有执照的律师和内科医生,但他说话的方式却很粗俗。"卡尔笔下的两大侦探在形象上有不少重叠之处,区别点主要在于个性,菲尔博士具有傲慢的学究气,而梅利维尔爵士则有些神经质。两者的差异相较而言是细微的,如果你把赫尔克里·波洛与马普尔小姐的差异拿来衡量的话。卡尔赋予这两个系列的不同特色更多在于推理模式上,菲尔博士处理的案件往往沉浸在自中世纪形成的哥特式氛围之中,而梅利维尔爵士要面对的则是不可能犯罪的种种奇特场景。

《宝剑八》
吉林出版集团,2011 版

哥特文学中的要素如暗黑、恐怖、超自然、巫术、诅咒与死亡等等被卡尔统统搬进了《女巫角》,用华丽且风趣的文字编织成故事,然后嵌入推理小说的核心元素即诡计,包括不在场证明、身份互换、凶手的意外性等等。卡尔在出道时的野心甚至超越了女王克里斯蒂,在那部情节错综复杂的处女作《斯泰尔斯庄园奇案》里也没有如此庞杂的元素。凶手最后的自白书桥段也有些刻意与《罗杰疑案》一较高低的意味,不难察觉到卡尔的好胜心气。这种心气在《宝剑八》(*The Eight of Swords*)里得以延续,这次命案现场从传说中女巫被绞刑的现场转到普通的书房,但死者手上紧握的代表神秘学的塔罗牌让陈尸现场弥漫着类似的恐惧与诡异的气氛。

《女巫角》与《宝剑八》在谜团的解答上都不如卡尔的处女作《夜行》，原因主要在于《夜行》改编自班克林系列的中篇《恐怖的活剧》，围绕谜团层层展开推理，没有太多的枝蔓，文学技巧的显露也相当克制。但到了真正的长篇，卡尔在平衡诡计与文采上有点摇摆不定，把更多的笔墨渲染在历史学问、气氛铺陈以及与案情无关的人物对话里，这让读者很难心无旁骛地享受诡计推理的终极乐趣。在三巨头的成名阶段，对于展露文学才华的自制力方面，无疑奎因比卡尔与克里斯蒂做得更好，处女作《罗马帽子之谜》虽然有点冷硬，但始终以谜团推理为中心。总之在整体的风格上，菲尔博士的故事糅合了哥特式的氛围、华丽的谜面、复杂的诡计、与浓郁的文采，这些综合而成的卡尔味道，让黄金时代的读者突然在某一天顿悟到一个事实，即一个在风格上完全不同于推理女王克里斯蒂与推理国王奎因的大师级作家已经横空出世。

真正让狄克森·卡尔得以位列黄金三巨头之列的成就，是"不可能犯罪"的创作，这在早期的"班克林短篇系列"里已经呈现，到了梅利维尔爵士登场，卡尔开始在长篇故事中打造密室题材。《瘟疫庄谋杀案》可能排不进卡尔的十大密室之作，但在作品成熟度上胜于《女巫角》。一个两百年前死于大瘟疫的刽子手是否已经回来寻找他失落的匕首？降灵会后，灵媒被谋杀在反锁的房间内，凶器就是那把传说中的鬼魂之刀。华丽的谜团配上合理的解答，尽管不是卡尔更擅长的心理密室，但在哥特式氛围的烘托下，加上凶手的神秘身份与诡异的作案手法，从头到尾加给读者一种扣人心弦的逼迫感，只有一气呵成地读完才能解脱，这无疑是一部四星级别的佳作，不够完美的地方仅在密室的构造上。

还有一部留下遗憾的作品就是卡尔的处女长篇《夜行》，至今没有推出简体中译本。事实上，仅就处女作的整体水准而言，《夜行》超过了《罗马帽子之谜》与《斯泰尔斯庄园奇案》。我拜托在伦敦的亲戚帮忙淘到了企鹅出版社的《夜行》，还有一本同样心仪已久的安东尼·伯克莱的《枪响二度》，两册合计 100 英镑，在我收藏的千余本推理小说中算是投入最高的了。翻开略略泛黄的书页，感受着一种时空赋予的缘分，它们经历了岁久年

《瘟疫庄谋杀案》
吉林出版集团，2013 版

深,又漂洋过海,终于飞来我的书案,这份内心的愉悦难以名状。

《夜行》
企鹅出版社,1961 版

# 巅峰之战——不可能犯罪之王

导言:"啧啧!你的谜底比谜面还天马行空。我宁可相信有人能踏雪无痕,也不认为有谁可以分秒不差地预知何时降雪。"

——狄克森·卡尔之《三口棺材》

以下这六部发表于两年间的推理作品见证了约翰·狄克森·卡尔从渐入佳境到踏上巅峰的历程,"不可能犯罪之王"的头衔得到举世公认。同行的评价往往更具分量,阿加莎·克里斯蒂曾说:"现今的侦探作家很少有作品能困惑我,但卡尔总能。"这六个故事的真相我在阅读过程中没有一个能勘破,因此每每在末了章节享受菲尔博士或 H. M. 爵士对案情的复盘之际,匪夷所思与叹为观止这两种情绪必定接踵而至。

狄克森·卡尔
(源自 The Arthur Conan Doyle
Encyclopedia)

精力旺盛的卡尔在 1934 年发表了四部推理小说,《宝剑八》之后,切斯特顿的化身基甸·菲尔博士接受了发生在一艘海轮上的偷窃案件,即《盲理发师》(*The Blind Barber*)案;性格近似丘吉尔首相的 H. M.(亨利·梅利维尔)爵士则卷入了气氛诡异的《白修道院谋杀案》(*The White Priory Murders*),还有一本非系列的作品《弓弦谋杀案》(*The Bowstring Murders*)尚未引进简体中译本,暂存缺憾。

《盲理发师》的书名有些让人困惑,理发师怎么能是盲人? 卡尔要了一个噱头,实

《盲理发师》
吉林出版集团,2010 版

际上盲理发师不是一个人,而是人形雕像,镌刻在一把黑檀木长柄的刮胡刀的一侧刀面上,被发现的时候刀刃上带有血迹,所以那是凶器,卡尔用以指代凶手。这个案件最出彩的地方是"隐身的线索"。在卡尔之前的所有推理小说里,犯罪现场的种种线索被侦探捕捉到并作为证据以推演案情,这是常有的正向发展的情节,但在这个故事里发生了类似倒带那样的逆向情节。四个证人同时发现了一个受重伤卧床的年轻女子,其中一个证人还用毛巾擦拭了她脸上的血迹,但当四人出去处理一桩紧急事件后再度返回现场时,那个昏迷女子竟然消失了。更让人吃惊的是她先前所卧的床铺变得干净整齐,甚至没有褶皱,挂在架子上的白毛巾没有一丝血迹。所有线索都被隐去了,没有人相信证人们的证词,如果不是凶手意外在现场遗落的那把刻有盲理发师人形的刮胡刀被人最终发现,那个一开始就被排除在嫌疑之外的凶手是不会现形的。

"隐身的线索"是一种意图明显,逻辑清晰的诡计,因为线索必须被抹去,否则必然会直接指向凶手,这种诡计能让人惊叹,但还算不上能让人惊叫的不可能犯罪,踏雪无痕的谋杀才是。《白修道院谋杀案》里被谋杀的女子陈尸在离开主屋有一段距离的水榭里,前晚雪止之后,水榭的四周铺满积雪,清晨只有一行证人(尸体发现者)的足迹从主屋通往水榭。看似只有两种可能,凶手还在水榭里,或者证人就是凶手,否则凶手来去水榭,踏雪无痕,这在物理上是绝不可能的。卡尔是此类诡计模式的开创者,多次为读者呈现这样奇绝华丽的场景,并给出令人信服的解答,不可能犯罪之王的称号由此而来。

《白修道院谋杀案》
吉林出版集团,2009 版

时间来到 1935 年,学究气十足的菲尔博士在《索命时钟》(*Death-Watch*)里再度出场解决了一个极度复杂的案件。卡尔有个明显的偏好,喜欢在书名里面透露凶器或凶手的信息,前面提到的《盲理发师》暗指作为凶器的刮胡刀,《索命时钟》则说的是指针,锋利程度足够刺入死者的要害。这个故事里最大的诡计是虚假谋杀的桥段,背后的动机自然是掩盖一场提前发生的真正谋杀。往往在半途中就被洗脱嫌疑然后站在一侧冷眼旁观的角色最后都会让人大跌眼镜,奎因《暹罗连体人之谜》中的别墅女主人就是一个极为经典的案例,卡尔自然不遑多让,把提前洗脱嫌疑与一桩复杂的虚假谋杀结合在一起,烧脑的程度已经超越了奎因的设计,当然问题也同时显露,正是所谓的过犹不及,情节设计得过于复杂在解答上就难免有穿凿的痕迹。可心气高傲的卡尔依然我行我素,甚至让书中的叙事者说出这样的话:"我们当中的几个人总是把这个和表盘相关的案子当作菲尔博士最出色的案子。"可实际情况则是,菲尔博士最

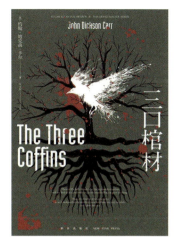

《三口棺材》
新星出版社,2019 版

出色的案子,哦不,应该说是狄克森·卡尔最出色最伟大的案子是下一本在同年出版的《三口棺材》(*The Three Coffins*)。

脸谱版的《三口棺材》的导读是唐诺先生写的,文中他用了"最魔术的一种诡计"来形容密室杀人,这实在是高见。在我看来,卡尔的这部位列推理小说史十大密室小说之首的作品简直就是一出最华丽的魔术表演。《三口棺材》的书名就显露了卡尔这个魔术师的狡诈,再配以叛乱、黑死病与棺材逃脱作为故事的历史背景,充满哥特气息的魔术舞台已然呈现。尽管对开场魔术期待甚高,谜面的震人心魄的程度完全超出预期。别墅外的门径与街道铺满积雪,门铃声划破夜晚的沉寂,女管家赶去应门,门口站着一位戴着面具身穿奇装异服的访客,他背后的雪地上并没有一行足迹,仿佛是从天而降的鬼魂。在女管家与男秘书的双重注视之下,骇人的访客与站在卧室房门口的主人葛里莫教授无言对视,访客闪身进入房内随即上锁,之后的二十分钟里房内传出枪声与家具撞击声,等到菲尔博士一众人破门而入后,发现葛里莫教授已经横卧在血泊之中,神秘访客则踪迹全无。窗户紧锁,壁炉通道也绝无逃脱的可能,而教授也绝非自杀,难道读者与现场的观众一样,看到的是一出幻象纷纷的魔术?

《三口棺材》既然是卡尔的扛鼎之作,单一密室的诡计肯定不够过瘾,紧接着读者就欣赏到了比《白修道院谋杀案》更绝妙的踏雪无痕的诡计。一个魔术师被射杀在积雪覆盖的街心,法医断定是遭近距离开枪,且手枪就落在咫尺之外的雪地里,诡异的是在街道旁听到枪声的三个目击证人都声称并无看到任何人曾接近死者,可以佐证

的事实是死者四周的雪地上没有任何其他人的足迹。貌似在同一时刻被谋杀的葛里莫教授与他的以魔术为职业的兄弟一直承受着来自棺材的诅咒,在遥远的黑死病横行的战乱时期,他们以诈死的方式逃脱死刑,从盖上土的棺材里爬出升天。三十年后,前来讨债的凶手是否就是那个被抛弃在第三口棺材里的兄弟? 隐现在《三口棺材》背影里的,是魔术师打扮的狄克森·卡尔,妙手翻飞之间,神秘的历史事件、恐怖的民间传说,召之即来;踏雪无痕的身影、密室杀人后蒸发的凶手,挥之即去。卡尔对营造哥特式氛围的熟稔、语言风格的诙谐洒脱都在这部伟大的作品里得到淋漓尽致的发挥。最让读者意外的桥段,或许是整个推理小说史最让人印象深刻的画面,就是在第 17 章里,基甸·菲尔博士向他的朋友们发表洋洋洒洒的密室讲义,纵论从古至今的密室种类、构建技巧、与经典案例等,卡尔的这份满满自信,时隔 80 多年后依旧跃然纸上。《三口棺材》的问世,标志着黄金时代的推理小说界真正形成了三足鼎立之势。

纯粹个人观点上来看,埃勒里·奎因在 1932 年发表了《希腊棺材之谜》《埃及十字架之谜》《X 的悲剧》与《Y 的悲剧》这四部超一流的作品,在单一年份的写作成就上开创了一个前无古人的伟业,感谢狄克森·卡尔的出现,否则这个成就也必定是后无来者。伟大的 1935 年,除了《索命时钟》略略逊色之外,《三口棺材》《独角兽谋杀案》与《红寡妇血案》都堪称超一流的作品。如果 1932 年是整个推理小说史上的珠穆朗玛峰,那 1935 年就是乔戈里峰。

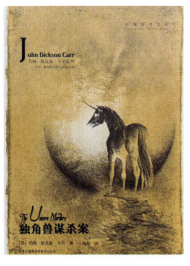

《独角兽谋杀案》
吉林出版集团,2009 版

卡尔的两大侦探里,我更偏爱 H. M.(亨利·梅利维尔)爵士,英国情报部门的小头目,身形高大,行动迟缓,易冲动爱咆哮,但每每在迷雾笼罩之中总能射出刺破幻影直抵真相的锐利眼光。他手下的一个正义感十足脑子却不太好使的特工与他的美女搭档莫名其妙地卷入一场跨国缉凶案,H. M. 不得不飞去巴黎扮演拯救天使的角色,就此陷入一出敌我难辨的复杂案件之中。卡尔又不自觉地把凶器嵌入书名《独角兽谋杀案》(The Unicorn Murders)里,一座孤宅的主楼梯中段的平台上,被害者双眉间的深洞似乎是被独角兽的角刺入造成的。更不可能的情形是,楼梯顶部与底部的几个目击者都坚称,死者在楼顶突然双手捂住前额并翻滚下去的时候并没有人靠近过。何况就算凶手曾经出现,在短短十几秒中内也无法完成狼命的刺杀,夺取死者身上的文件然后人间蒸发的行动。小说开头的冒险情节似乎是卡尔有意在向亚森·罗平致敬,故事跌宕起伏又夸张可笑;后面的暴风雪山庄模式,配上多重身份的悬疑让故事又平稳自然地回到了推理小说的领域。当然,核心诡计绝对是卡尔式的,道破的时候感到很简单,但在此之前任凭烧死无数的脑细胞也无法猜透。

《红寡妇血案》(*The Red Widow Murders*)的谜团更加华丽而惊悚,动机单纯却隐藏得很深。简单地说,谋杀 B 是为了陷害 A,而一上来牺牲掉 C 则是为了给 B 制造死亡陷阱,什么样的死亡陷阱可以营造恐怖氛围呢? 没有比一间在两百年里曾有四个人被毒杀的古老房间更合适的了,这就是红寡妇之屋。某个夜晚,老宅的主人召来了包括 H. M. 在内的几位客人,大家玩牌比大小,谁最大就进入那间鬼屋独自待上两个小时,且每 15 分钟须回应外面人的呼喊以确保无事。C 拿到了黑桃 A 于是进入房间。在两个小时内他都从里面按时应答,但钟敲零点之后,大家进入房间看到的竟是一具仰躺在地上的尸体,死于一种融入血液立即发作的马钱子毒。更诡异的是,

《红寡妇血案》
吉林出版集团,2009 版

在场的医生判断 C 至少死了 1 个小时以上,那么零点之前在此间密室中回应众人的声音究竟是人是鬼?《红寡妇血案》是卡尔自创作推理小说以来,把氛围、诡计、情节、动机与语言风格结合得最完美的一部作品,如果《三口棺材》是凭借无以伦比惊世骇俗的诡计而取胜,那《红寡妇血案》则显露了一种从容不迫的均衡之美。

简约的总结是,"推理三巨头"在 1930 年代的上半场未分出绝对的胜负,埃勒里·奎因稍占上风,他的国名系列与悲剧系列贡献了更多的五星级别的作品,此后推理小说史的漫漫长河中将不会再有单个年份比 1932 年更加辉煌了。阿加莎·克里斯蒂的《东方快车谋杀案》被多次搬上银幕,你无法再找到另一部推理小说有如此广泛的影响力,或许只有冷硬派的作品能拿来比较。女王在短篇领域的贡献明显胜出,像《控方证人》《小木屋事件》这样绝妙的构思只能出自女性作家的独特心理。狄克森·卡尔的语言风格使阅读推理小说成为一桩让人心情愉悦的趣事,我隐隐感觉到卡尔是特意用这种叙事方式来缓冲哥特式的暗黑氛围与诡计的惊悚骇人给读者心理造成的压迫。三巨头星光闪耀,各擅胜场,在 1930 年代的下半场继续他们的巅峰之战。

# 36 巅峰之战——燃烧的法庭

导言："正是他把这女人带入了毒药的世界，教给她毒剂的美。他死在她前头，死在自己的实验室，自己的毒剂瓶旁边。幸好他先死了，要不然也挺不过拷问，或者被毒杀犯专用法庭处死——就是所谓的燃烧的法庭。"

——狄克森·卡尔之《燃烧的法庭》

《半途之屋》
内蒙古人民出版社，2009 版

时间转入黄金时代的下半场，推理三巨头之间的缠斗进入了白热化的状态，丝毫没有停歇的意味，倒呈现出一种名作纷至沓来的节奏。1936 年，埃勒里·奎因发表了兼具推理趣味与好莱坞电影情节的《半途之屋》(*Halfway House*)，从此走出国名系列的耀眼光环，在创作道路上尝试新的方向；阿加莎·克里斯蒂在同年推出著名的《ABC 谋杀案》与奎因一较高下。有趣之处在于，这两部作品都在"身份"上着力，《半途之屋》是死者有两个身份，而《ABC 谋杀案》则是凶手似乎有两个身影。

《半途之屋》中有一出推理缜密的桥段，即通过六根火柴棒推导出凶手特征的过程，因此这部作品差点被叫作《瑞典火柴之谜》，这就延续了国名系列的取名风格。但奎因最后用了《半途之屋》这样一个更具深远意义的名字，在事实上开创了一种新的诡计模式，被后世不断地借鉴。生活在不同城市不同家庭里的社会阶层完全不同的两个人，在两个城市之间某个荒僻小镇的一所不显眼的小屋里互换了身份,哦不,从物理上来说不是互换,而是改变,从一个人摇身一变为另一个人。当某个夜晚此人被谋杀在半途之屋中时,来自两个生活圈中与死者关系密切的人都必然成为嫌疑犯。双重身份的悬疑性与趣味性可以铺陈出花样繁多的故事,奎因的《半途之屋》无疑开了一个好头,且从整体布局上看,称得上一部四星级别的佳作。

具备同样水准的《ABC谋杀案》在诡计模式上则更为经典。系列谋杀案的三个受害者 A、B 与 C 彼此毫无关联,实际上他们中只有一个人是凶手的真正目标,其他都是无辜的幌子,用来误导警察把此案定性为疯子所为。永远衣冠楚楚一尘不染的赫尔克里·波洛当然能辨识这种犯罪模式的本质,但当某个真正的疯子浮出水面的时候,波洛才需要开动他的灰色脑细胞,揪出假凶背后的真凶。在故事中真凶胆大妄为地以书信方式挑战侦探的桥段也是被后世反复借鉴的经典模式,而 BBC 电视台在2018 年重拍的三集英剧中居然也挑战了阿加莎一把,加入了较多原著中所没有的戏份。似乎在编剧看来仅仅一个经典的诡计恐怕无法满足现代观众对于情节跌宕起伏的感官诉求,然而他们恰恰忽略了,经典之所以成为经典,正是在于本身的不可篡改性。

《三口棺材》的巨大成功让狄克森·卡尔成为密室之王,这一定程度上刺激到了另两位推理巨头。心高气傲的阿加莎·克里斯蒂在隔年就发表了密室长篇《古墓之谜》(*Murder in Mesopotamia*),这是一个发生在巴格达郊外小镇上的匪夷所思的故事,考古队首领莱德纳博士的美貌妻子在一个不可能有陌生人进入的营地房间内被杀。凶手必定来自考古队内部,但似乎包括博士在内的每个人都有不在场证明。多封匿名信、第二个受害者、"那扇窗户"的死亡留言等等扑朔迷离的情节一一呈现之后,波洛站在营房的楼顶,眺望着被朝霞渲染得无比壮美的田野,以及蜿蜒流过的底格里斯河之际,突然洞悉了密室谋杀的关键手法以及不在场证明的红鲱鱼(即误导信息)。毕竟是女王,偶一为之的密室作品也是上乘之作,尤其是作案手法和凶手身份,堪称绝妙。

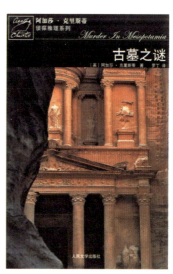

《古墓之谜》
人民文学出版社,2006 版

隔年,埃勒里·奎因以《生死之门》(*The Door Between*)加入三巨头之间的这场密室推理大战。知名女作家卡伦死在日式的卧室内,现场留有半把小剪刀,从残留在脖颈伤口内的剪刀碎片来看,凶器应该是另一半剪刀,但却不翼而飞。凶案发生前后养女伊娃一直在隔壁的起居室,她坚称没有任何人经由唯一的过道出入过;卧室的窗户有铁栅栏,人根本无法通过,而卧室通往阁楼的门则被锁上。对于这个完美无缺的密室,奎因探长不得不把养女认定为凶手,但他的儿子埃勒里则判断案情比眼前所见的更复杂,有两个摆在面前的难题无法回避:如果伊娃是凶手,她何必处理掉带血的半把剪刀,反而应该抹掉自己的指纹,放回死者手里布置成自杀现场不是更好? 如果伊娃不是凶手,那么凶手做案后如何从密室逃脱? 更令人不解的是,凶手为何要打开鸟笼放走主人心爱的鸟,岂非多此一举?

如果有谁连续读完《三口棺材》《古墓之谜》与《生死之门》,定能体味到三位顶尖推理大师在密室这个题材上所展现出的迥异风格。波洛对于真相的洞悉是顿悟式的,人性和心理的因素比脚印和烟灰更要紧。如果有人在你楼下的庭院内放了一枪,你的第一反应自然是走到窗边探出头去张望。G. K. 切斯特顿首先使用了这样的心理诡计,他的女信徒只是安排了一个致敬的桥段。当然克里斯蒂不会依样画葫芦,她把诡计与密室相结合,又把现场搬到了神秘的巴格达;奎因则保留了一贯的渐进式推理风格,密室的阁楼藏着什么秘密,鸟为什么被放飞了,如果把所有的悬疑集中在最后一章给出解答,无疑是在挑战读者的耐心,这不是奎因的写作理念。与国名系列所不同的是,这个密室故事的犯罪动机被隐藏得更深更曲折。此外,如果奎因想玩剧情反转,真得也可以让人惊掉下巴。克里斯蒂与奎因的深厚功力使得他们在密室题材上也能玩出足够的高度,只是他们的对手卡尔过于强大罢了。密室推理比得就是在不可能犯罪的维度上让读者从目瞪口呆开始,以心悦诚服离座,尚能在很久之后回味到情节的动人心魄。三巨头在语言风格方面的差异性也是显见的,克里斯蒂明快爽朗,波洛很少玩幽默;卡尔学识渊博、辞藻漂亮又极尽诙谐之能事;而奎因折衷一些,文学情怀克制得恰到好处,彰显理性的光芒。

1936 年至 1937 年,奎因处在转型期间,《半途之屋》《生死之门》与《恶魔的报酬》都是可读性很强的平稳作品。克里斯蒂则明显开足了马力,尝试了多种题材的创作,《ABC 谋杀案》里的双重身份,《古墓之谜》中的密室;犯罪场景则不停地切换,让读者充满新鲜感,《底牌》的谋杀现场是在富豪别墅的桥牌室,《沉默的证人》发生在风景如画的英格兰小镇,《尼罗河上的惨案》是在一条行驶的大船上;故事篇幅上也有变化,《幽巷谋杀案》是四个玲珑剔透的中篇故事,其他五部都是长篇。可能克里斯蒂自己也未曾料想到,这些多姿多彩的作品日后通过电影这个新媒介为更多的观众带去无穷的享受,例如 1978 年版的《尼罗河上的惨案》,还获得过第 51 届奥斯卡金像奖的最佳服装设计奖。如果回归到推理小说本身,克里斯蒂尽管名作纷呈,但卡尔在同期写出了更让人叹为观止的作品,这场角力谁胜谁负,还真的是一个见仁见智的局面。

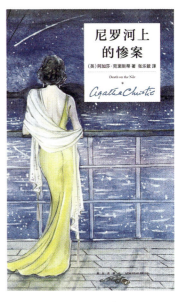

《尼罗河上的惨案》
新星出版社,2018 版

用"妙趣横生"来概括《阿拉伯之夜谋杀案》(*The Arabian Nights Murder*)再贴切不过。一桩在深夜的博物馆内演砸的恶作剧,换来的是临时演员的被杀,再由其身份牵扯出当事人之间的复杂纠葛。总探长博采众人的证词推演出完美的犯罪过程,还没来得及向菲儿博士炫耀就被一个强大的不在场证明无情地击败。最后菲尔博士仅仅根据前三位办案人员的陈述,就点出了案情的本质,但却无意缉拿凶手。卡尔的魔幻想象力以及编织故事的才华在这个案件中再一次得到充分印证。并且在推理模式上这也是一部堪称集大成的作品,多角度叙事、安乐椅侦探、身份扮演与多重解答等等,在哥特式的神秘舞台上尽情挥洒。角色的神态与心理的描摹更是淋漓尽致地凸显了卡尔独有的特色。

尼罗河上的船

"她以降落伞之姿瘫倒在椅子上""女人沉不住气的时候,不会喘气或口吃""她有一张宛若灵魂觉醒的脸蛋,或者可以说她长得像是复活节卡片上面的天使"。倘若是无感于文学的读者会被这些俯拾皆是的夸张句子弄得烦躁难耐,而喜欢的人则会沉醉其中。

这两年间三巨头贡献了总共 13 部佳作,如果只能选出一部来代表这个时期推理文学的最高水准,我个人会毫不犹豫地推荐卡尔的《燃烧的法庭》(The Burning Court),并乐意把此作与《三口棺材》《女郎她死了》一起选入卡尔最伟大的三部作品之列。时隔多年后我再度翻阅这部几乎完美的作品,里面的情节恍如昨日般的清晰。墓室棺材里的尸体不翼而飞、70 年前被砍头的毒杀女犯复活于人间、一个穿古装的女子从一扇两百年前就封死的门里走出去……没有菲尔博士与 H. M. 爵士(因为是非系列作品),也就没有掉书袋似的高谈阔论与连珠炮似的咆哮,狄克森·卡尔以一种适度克制的文学笔调去铺陈人物对白与情节,至于侦探嘛,实际上我确实无法言表,倘若你认为克里斯蒂在《罗杰疑案》里可以让凶手那样忽悠读者,那么卡尔比女王同学做得更绝,既绝情又绝妙。《阿拉伯之夜谋杀案》秉承《毒巧克力命案》那种封闭式的多重解答模式,即最后的解答须推翻前面所有的解答,而《燃烧的法庭》开创了一种开放式的结尾,留给推理爱好者绵延不尽的思索、争论与喟叹……

《阿拉伯之夜谋杀案》
脸谱出版社,2015 版

《燃烧的法庭》
吉林出版集团,2010 版

# 37 巅峰之战——无人生还

导言:"我写的东西已接近尾声了。我将把它装进瓶子里,把瓶口封好,然后把瓶子扔进大海。为什么?因为我一心想制造一起无人能破解的神秘谋杀案。但是我意识到,任何艺术家都不会满足于单纯的艺术创作。他希望自己的艺术得到世人承认也是人之常情。"

——阿加莎·克里斯蒂之《无人生还》

伟大的对手是激发创作热情最好的兴奋剂,狄克森·卡尔在黄金十年的下半场持续不断地为推理世界贡献经典,在某种程度上可以视作对埃勒里·奎因在上半场表现的隔空回应。从 1935 年的《三口棺材》开始,到 1936 年的《阿拉伯之夜谋杀案》、1937 年的《燃烧的法庭》与《孔雀羽谋杀案》、1938 年的《歪曲的枢纽》与《犹大之窗》,最后到 1939 年的《绿胶囊之谜》,可谓高峰迭起,连绵不绝,这些魔幻神奇的作品在整体上同国名系列与悲剧系列处于等高的水准。埃勒里·奎因在下一个高峰(莱特镇系列)到来之前处于一个韬光养晦的时期,《红桃 4》与《龙牙》都只是转型期的有益尝试。三巨头的另外那位显然不愿让卡尔独舞,阿加莎·克里斯蒂在 1930 年代的最后两年为这场旷世无双的鏖战继续提供强劲的火力。《死亡约会》与《波洛圣诞探

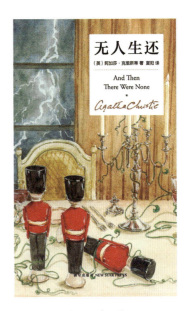

《无人生还》
新星出版社,2019 版

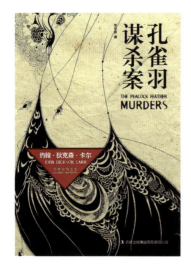

《孔雀羽谋杀案》
吉林出版集团，2010 版

案记》都足以彰显心证推理的功力，非系列的《无人生还》是最具代表性的孤岛推理作品，成为推理小说史上的赫赫名著。就作品整体的数量与质量而言，卡尔绝对占优；如果只论单部作品的伟大，《无人生还》是比肩《希腊棺材之谜》与《三口棺材》的五星作品，是整个黄金时代的帷幕降下之前的最强音。

　　小说家须以文采为基本依托，倘若文字枯燥或滞涩则再绝妙的诡计也难以施展，克里斯蒂的简约明快、奎因的精密严谨与卡尔的诙谐疏朗都奠定了一种独特的阅读体验。当然，更为独特的是创作上的强项，题材也好，风格也罢，得有不同于竞争者的绝活，比如克里斯蒂的人性洞察、奎因的逻辑推演与卡尔的密室谋杀。在巅峰之作《三口棺材》之后，卡尔在同一个水准上又接连发表了《孔雀羽谋杀案》(*The Peacock Feather Murders*)与《犹大之窗》(*The Judas Window*)这两本位列推理小说史十大密室之作的名篇。对于一个密室案件，到底是动机还是作案手法更吸引人？《孔雀羽谋杀案》在这两个维度上都让读者叹为观止。画有孔雀羽毛的典雅桌布上，按时钟的布局放置着十只黑色的茶杯，在这个密室里似乎上演着一出神秘的宗教仪式，但参与者竟然只有一个人。当他从背后被近距离开枪射杀之时，警察们正在外面盯着门与窗户，现场必然得有开枪的凶手，但却如空气一般消失不见了。只有沉浸在这个故事的发展脉络里才能真正体味到我们这位天纵奇才为读者奉献的莫大乐趣。卡尔在《犹大之窗》里的密室设计同样匪夷所思，但我更欣赏 H. M. 爵士在法庭上的雄辩桥段，难以想象作风散漫的大胖子穿着不合身的法庭服在陪审团面前口沫飞溅的模样，因为我们看惯了他懒靠着椅背，两脚翘到办公桌上，抽一口雪茄，灌一口威士忌，时不时偷瞄一眼门口的金发女秘书，然后对着闯进来的"华生"咆哮道："马斯特斯，这下麻烦算是把我的茶杯填满了，你一进门可就要溢出来喽，呸！"

　　白雪覆盖四周的犯罪现场，凶手没有留下脚印就凭空消失了，类似这样异乎寻常的开锣戏出现在一半以上的卡尔作品里，这就是卡尔驾轻就熟的写作套路。除了以博人眼球的场景或阴差阳错的情节来引逗读者的阅读兴致之外，卡尔还惯用以下这些有迹可循的路数。涉案的人物角色足够丰富，有时候会多到让人应接不暇，这样卡尔就很容易把诱人的红鲱鱼（误导读者的线索）放置在这些角色身上；接着，嫌疑犯或受害者必定有刻意隐匿的历史，而菲尔博士或 H. M. 爵士也必定会让苏格兰场设法挖掘出来，而这段历史也极可能成为凶案与动机之间的接榫；最后的高潮部分，嫌疑人的不在场证明须被完美的攻破，说穿了就是一个制造时空幻象的手法，但绝大多数的诡计都要比拨快或拨慢时钟来得高明；此外，卡尔会故意把画龙点睛之处堂而皇之地放在书名里。如果我们用以上总结的几点来梳理《唤醒死者》，不难看清卡尔挥洒自如的标准舞步。

《唤醒死者》
吉林出版集团，2011 版

　　生活无忧的年轻人肯特在践行一个赌约时由于饥饿难耐冒充一位酒店住客骗吃了一顿早餐，没想到由此卷入一场凶杀案，死者正是那位住客的太太，被一个身穿貌似酒店制服的男子勒死在客房内。这无疑是一个颇具戏剧效果的开局，比直接呈现惨烈的凶案现场要来得更有趣。卡尔总喜欢弄出两个连环案子，于是肯特被告知，他所冒充的那位房客，也就是被杀女子的丈夫早在一周之前就被谋杀了，地点在一所大宅内，手法也是勒毙。然后，卡尔开始烹制美味亮眼的红鲱鱼，一位喝得酩酊大醉的证人（大宅的旧主人）出场，他用模糊的意识供述了一个穿着制服的凶手剪影，然后几位在大宅做客的人物粉墨登场，经过证词的交叉验证，大宅新主人成为嫌疑人。至于不在场证明，恐怕没有比案发时被关在警察局里更稳妥的了，但我要抱怨的是，并不是每一次卡尔都对读者那么公平，为何不能暗示一下越狱也是有存在可能的？最后我们回到封面，"唤醒死者"（To Wake the Dead）这个书名着实很妙，死人是无法被唤醒的，除非原本就没死……

　　日子过得悠闲的庄园主人芳雷爵士突然被一位闯入者逼入绝境，因为后者声称自己才是真正的爵士。黄昏时分庄园主人死在花园的池塘边，证人们都表示不曾有人接近过死者，但他却以一种仿佛被人拽倒的奇特姿势跌入池中。这部作品除了故事性很强之外，核心诡计即谋杀手法也相当特别。"人可以改变这改变那，可是有一样东西人乔装不来——身高。"这个乔装犯罪上的常识在读完这个故事之后将被彻底颠覆，当然这唯一的可能是拜歪曲的枢纽所赐。《歪曲的枢纽》（The Crooked Hinge）这个的书名其实暗示了一个极为恐怖的犯罪场景。Hinge 应该翻译为铰链，在故事里面是一扇门，在泰坦尼克号上的某扇防水舱的门。船触冰山将沉之际，两个男孩在舱内打斗，一个男孩逃了出来，他推上舱门阻止另一个男孩逃脱，海水迅猛地灌进船身,舱门的铰链在重压之下裂解,巨大的不锈钢门倾倒下来,而没有出舱的男孩就躺在地上。当然,两个男孩都没有葬身海底,于是才有 25 年后的一出惨烈的复仇故事。最后忍不住要感叹的是,卡尔的浪漫主义情怀略有些泛滥,因为他不止一次让菲尔博士在最后放走那些并非坏人的凶手,尤其当有一位年轻貌美的女子牵扯其中,结尾不是两情相悦就是远走高飞。

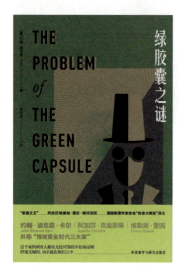

《绿胶囊之谜》
外语教学与研究出版社,2020 版

快手作家通常都有自己娴熟的写作套路,否则一年内要发表三四部长篇是不可能的。但真正的大师必然得经历一种突破自我的内心挣扎,卡尔在 1939 年发表的《绿胶囊之谜》(*The Problem of The Green Capsule*)无疑给当时的读者以一种焕然一新的体验。卡尔试图让读者观看一出悉心彩排过的表演剧,然后警告读者他们所见所闻者并非真实的存在,这真是一种心理迷宫似的体验。卡尔以一种魔术表演般的技巧来调动观众的情绪、欺骗他们的眼睛、动摇证人的信心,很少有一部推理小说能营造出这样一种身临其境的沉浸感,仿佛你就坐在电影院的前排,看着一出导演无法掌握的谋杀剧正在上演。死者是百万富翁马库斯,他本想在自己的别墅里导演一出戏,让现场的三位观众在看完之后回答他预先写下的十个问题,例如:"我从桌上拿起什么物品?""当时是几点钟?""从落地窗进入者的身高是多少?""他让我吞下什么?""什么人说话了?"等等。看似简单的问题,三个证人居然没能给出相同的答案,他们对于时钟所呈现出的时间竟然给出三个完全不同的说法,这可是卡尔精心创造的奇妙诡计,只适合在这样魔幻的舞台上展现。不得不感叹,只有具备鬼斧神工般的才能方可打造同样精巧的谜面与谜底。再加上毒杀、连环命案、唇语、犯罪现场重建等等漂亮桥段,使得《绿胶囊之谜》与《无人生还》联袂上演了黄金时代最华丽奇幻的谢幕剧。

乐于标新立异的特质是每个推理大师所必备的,不按常理出牌对玩牌者而言必定内心充满刺激,看牌的观众就难免有被愚弄的怒意。推理世界出现过太多让人百感交集,难以名状的意外桥段。我看过侦探第一个破门而入在瞬间刺死昏迷中的受害人,然后扬言凶手从密室中消失了;也有人以第一人称"我"文采卓然声情并茂地记叙谋杀案的侦破过程,并积极同侦探一起出谋划策,可到临末却告诉大家"我"就是那个凶手;有个故事里的侦探在尚未完全揭露真相之前就先死掉了,作为读者的我也记不清是以怎样一种惶恐不安的心态撑到最后一页的;还有个让人心潮澎湃的复仇故事,整个车厢内的十二个人都是凶手;但要问哪一部是最让人叹为观止的非常规推理作品,第一个跳入我脑海的名字必是《无人生还》(*And Then There Were None*)。凶手死了,侦探也死了,侦探就是凶手;受害者死了,罪犯也死了,受害者原本就是罪犯,总之就是:无人生还。书里有一首十个小兵人的童谣,小兵的数量不断在减少,各有各的诡异死法,一种在劫难逃的恐怖气氛弥漫在整个孤岛的上空。

And Then There Were None

狄克森·卡尔

# 38 女神、牧师与心理医生

导言:"我认为世界上没有一群人比英国广告专家们更加人畜无害、遵纪守法。广告公司里可能发生凶案的点子只会出自一名侦探小说家天马行空的想象,这种人经过长期训练,喜欢把罪行安置在最不可能的人身上。"

——多萝西·L. 塞耶斯之《杀人广告》

如果我们把英伦推理三女杰的照片放在一处鉴赏,审美能力正常的人都应该看得出三人之中唯有多萝西·L. 塞耶斯具备女神气质。阿加莎·克里斯蒂这个名字总让人联想到无穷无尽的谋略、令人胆寒的毒杀与隐匿深邃的人性,因此克里斯蒂的影像里,哪怕嘴角浅浅带笑的模样也有一股逼人的女王气场。约瑟芬·铁伊与女神的形象就隔得更远了,她从小就喜欢体育,并且第一份工作就是体育学院教师,之后能阴差阳错成为推理作家实属奇迹,怎能再要求一个女汉子去扮演淑女作家呢? 于是大众对于推理女神的期待,完全寄托于牛津毕业的塞耶斯身上了。牧师的女儿、名校的才女、浪漫

多萝西·L. 塞耶斯

的情怀与对生活五光十色的憧憬,这些因素单独来看并非很特别,但经由诗意的笔调糅合在一处,就能化出感人的角色与情节。毫无疑问,塞耶斯是整个推理小说史上最唯美的作家。

阅读多萝西·塞耶斯会自觉出一种充满幸福的美感,我认为这就是塞耶斯的与

阿加莎·克里斯蒂

众不同之处。她从英伦三岛的民间生活里汲取了充沛而真实的素材，然后让她笔下的人物回到生活中去，发挥他的爱心与智慧回报世人。塞耶斯无疑是用自己的审美观来塑造理想中的那个男人，给他爵位与财富，给他帅气的外形与真挚的内心，给他睿智与幽默，还有忠心耿耿的仆人，以及与自己相同的牛津气质，他的名字叫彼得·温西勋爵（Lord Peter Wimsey）。塞耶斯瞧着自己在纸上勾勒完的主角素描，我猜她必然会心一笑，那个男人仿佛似曾相识，心仪已久。

倘若我们把彼得·温西勋爵与赫尔克里·波洛放在一处打量，不仅能明显看出两位大侦探的性情差异，也能同时辨识出两位女性作家对于小说创作的不同理念。在 1931 年发表的《五条红鲱鱼》（*Five Red Herrings*）这个案件中，优雅的温西勋爵来到苏格兰的乡村小镇加洛韦，"进入这个钓鱼和绘画社群的时候，温西勋爵受到友好，甚至是热烈的欢迎。他可以在人们钦佩的目光中将鱼线轻松地抛出，而且他并不假装自己会画画……"塞耶斯似乎认为比展现推理才华更为要紧的是展露温西勋爵与生俱来的儒雅气质；而克里斯蒂对波洛的寄托更多是智慧的彰显，尽管由于名声在外，波洛所到之处也会受到尊敬与称颂，但他最多点点头陪笑两句，然后退到一边静静地观察人们的言行举止。在 1938 年的《死亡约会》（*Appointment with Death*）里，他并没有融入观光客中，而从一开始就冷眼旁观神秘的博因顿一家，并敏锐地感受到一种无形的危险在逼近。总之，克里斯蒂看重的是智力，而塞耶斯偏爱的是魅力。两位女性大师在推理风格上的差异也同样显著，《死亡约会》就是一个极佳的范例，充分展现了克里斯蒂在心证推理上的才华。博因顿一家的两男两女，以及大儿子的媳妇都在博因顿老夫人的严酷掌控之下毫无自由可言。在一次观光的途中，老夫人突然死亡，波洛被邀请来调查这桩疑似谋杀的事件。波洛迅速掌握了这一家人的不同性格特征，有完

约瑟芬·铁伊

全自我封闭性格的长子,有叛逆且精神亢奋的次子和长女,有歇斯底里症状的次女,还有疲惫不堪、犹豫不定的长媳妇。波洛(也就是克里斯蒂)的观点是在研究嫌疑人的动机和不在场证明之外,更需要分析嫌疑人实施犯罪行为在心理学方面的可能性。有的嫌疑人就算有强烈的动机,但受到个性的制约不见得就会真正去执行谋杀。而有些人看似没有明显的动机,但可能存在自卫的需要,他们杀人只是为了不被杀死而已。波洛在这个案子里做了大量的问询,甚至还使用一些心理小诡计来衡量证人在记忆力与观察力上的可靠程度。

塞耶斯在心证推理上也有所表现,《五条红鲱鱼》中的画家坎贝尔在河岸上作画的时候失足跌入河中而死,在上午十点有人从远处看到坎贝尔,但法医认为死者也存在已经死去 12 小时的可能。如果凶手是冒充死者在作画从而达到推迟死亡时间的目的,唯一的原因就是在真正的谋杀时间点上凶手没有不在场证明,而恰恰在被误认的死亡时间点上,他有完美的不在场证明。从这

《五条红鲱鱼》
新星出版社,2010 版

个心理因素出发,如果嫌疑人里面有谁积极提供牢不可破的不在场证明,那此人很可能就是凶手。这类巧妙的心理分析是塞耶斯师从切斯特顿的证明,这与克里斯蒂相仿,但塞耶斯似乎更擅长的是物证推理的手法。

红鲱鱼有较强烈的气味,猎犬训练者会把它放到狐狸出没的地方,考验猎犬能否抵抗气味的干扰,继续寻觅狐狸的踪迹。在推理小说里,用红鲱鱼这个词代表迷惑对手与读者的伪造证据或错误线索。五条红鲱鱼就是五个嫌疑人及其线索,而真正的罪犯是第六个人。温西勋爵在排除干扰洞悉真相的过程中更多借助的是物证推理,比如对于消失的白颜料管的推理就极为精妙。死者坎贝尔作画的地方发现了九管颜料,独缺铅白色,但那是基础展色剂,可以与其他不同的颜色调和形成不同的色彩明暗度,属于画家必备的颜料管。如果它不见了,只有一种可能即被凶手带走了。但凶手只刻意带走一管颜料看似毫无意义,除非同为画家的凶手在冒充死者作画的时候是按平时的习惯在作画,他用完一管颜料就顺手放入自己的口袋,而有这个作画习惯的人很可能就是凶手,如果他还在被误认的死亡时间点上提供了强大的不在场证明,就加重了他的可疑程度。

《杀人广告》
上海译文出版社，2014 版

《五条红鲱鱼》可能是塞耶斯最具推理味道的作品，布局宏大，五条假线索营造出层层迷雾混淆视听，最后温西勋爵以话剧般的犯罪现场重建的游戏，带着凶手与警察一起推导真相。显然至少在黄金时代的初期，塞耶斯努力做到了推理与文学的并驾齐驱。然而，女神总有一种独断专行的自傲，她要把自己的推理故事写成纯文学小说，那不是读者与出版社能拦得住的。随后我们就读到了那些披着推理小说的外衣，内核却是悬疑类文学读物的浪漫之作，包括 1933 年的《杀人广告》、1934 年的《丧钟九鸣》、1935 年的《俗丽之夜》与 1937 年的《巴士司机的蜜月》等等。阅读塞耶斯之前有必要先弄清自身的期待才能避免心理上的落空，假设某位推理迷原本期待看到狄克森·卡尔式的梦幻开局而翻开《巴士司机的蜜月》，当他耐着性子读完 26 页的序章看到的唯有温西勋爵的浪漫婚礼，而没有一丝诡计或凶杀的踪影，恐怕他会当场爆粗口并把书撕了。顺便说一下，我确实没有再读到过哪位作家为笔下的侦探如此细心操办婚礼的，女神的特权就是她的人生愿望可以在自己的书里面实现。

时间与心境，是阅读塞耶斯所必须的两件东西。以《杀人广告》（*Murder Must Advertise*）举例，在皮姆广告公司发生了一个意外事件，一个叫迪安的职员滚下旋转楼梯摔断了脖子，奇怪的是死者的腋下始终紧紧夹着一本书，而正常的反应本该是伸出胳膊去抓楼梯的栏杆。公司老板觉得蹊跷，于是请来温西勋爵假扮新职员暗中调查。塞耶斯在铺陈主线（即调查每个嫌疑人的不在场证明与动机）之际，以身临其境般的熟稔笔法描绘了伦敦小广告公司的日常情形，我们可以随处读到这样的文字："设计室美工的伟大目标是把广告从版面上挤出去，与之相反，文案是个狡猾的家伙，处心积虑地用废话充斥版面，不给插图留出空间；版面设计人员就像夹在两座大山之间的一头温顺的毛驴，为了调解对立的双方，过着悲惨的生活。""从事三年如此炙烤灵魂的行业还没有让我完全丧失人类的情感，不过总有那么一天的。"我可以理解曾经在广告公司担任过文案的塞耶斯把写回忆录的素材不自觉地写入了推理小说，因为我原本就端正了阅读的心态。我顺便在此建议读者,当你打算翻开 465 页的《俗丽之夜》(*Gaudy Night*)之时,请适当检点一下彼时自己的时间与心境。

罗纳德·A.诺克斯与塞耶斯一样出身于牛津大学,同样成名于 1920 年代,并同样在 1930 年代发表了自己的巅峰作品。《筒仓陈尸》(*The Body in the Silo*)也记录了当时英国人的生活,只是笔墨相对节俭,不像塞耶斯那样率性。诺克斯更希望在犯罪模式上展开深入讨论,比如诡计的意外性。假设凶手的对象是 A,并制造假象嫁祸给 B,同时把 C 作为备胎,以免嫁祸 B 不成功。如果一切顺利,则 B 与 C 将成为警察调查的对象,因为他们不仅存在作案的动机也有被指认的物证。诺克斯的观点是,凶手的完美设计在执行过程中有时候会出现足以致命的差错,在《筒仓陈尸》这个奇妙案件中,凶手居然杀错了人,代替 A 被害的是 D,而 B 与 C 根本没有杀害 D 的动机,这下可好,一切都变得匪夷所思般的混乱了,

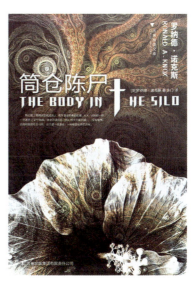

《筒仓陈尸》
吉林出版集团,2010 版

逼得凶手不得不再次铤而走险去纠正前一次的错误,也因此露出了更大的破绽。诺克斯 30 岁出头就担任天主教牧师,据说他开始写小说赚钱是因为牧师职业的收入不足,当然充裕的闲暇时间也是一个诱因。从 1925 年的成名作《陆桥谋杀案》、1928 年的《闸边足迹》再到 1934 年的《筒仓陈尸》,再加上早年发表的理论文章《推理十诫》以及开创的福尔摩斯研究学,诺克斯无疑是一位理论与实践结合得相当成功的大家,但从另一个角度看,似乎也成了一个不务正业的牧师。晚年的诺克斯或许是幡然悔悟,又重新致力于《圣经》的研究了。

在以《利文沃兹案》与《金色的拖鞋》闻名于世的安娜·凯瑟琳·格林之后,美国推理界在长达 20 年里都没有再出现有分量的女性推理作家,直到海伦·麦克洛伊(Helen McCloy,1904 - 1994)在 1938 年发表成名作《死亡之舞》,这种情况才得以改变。在英伦推理三女杰风靡全世界的黄金时代,麦克洛伊的脱颖而出靠得完全是实力,她笔下的心理医生威灵博士完全不同于波洛、马普尔小姐、温西勋爵这些角色,冷静、深刻且不乏情趣,他的口头禅是"每一个罪犯都会留下心理学的指纹,他没办法戴上手套遮住它"。《死亡之舞》(*Dance of Death*)比任何一部黄金时代作家的处女作都

《死亡之舞》
吉林出版集团,2009 版

更适合拍成电影,一对长得很像的表姐妹凯蒂与安在成年舞会之前互换了身份,表妹安代替表姐凯蒂出席了华丽的舞会,几乎与此同时表姐被谋杀在冰雪覆盖的街头。奇异的是第二天表妹醒来之后,宅内所有人都认为她是凯蒂,只有凯蒂的狗与安自己不这么认为,于是安逃出大宅,向威灵博士求助。麦克洛伊,这位日后美国推理作家协会的第一位女性主席,凭借心理诡计与电影化的故事情节,在黄金时代的末段强势出道,代表美国推理界在大西洋两岸的推理文学竞争的天平上添加了厚重的砝码,而此后美国冷硬派的陆续登场才最终使得这个巨大的天平趋向平衡。

# 从马耳他之鹰到长眠不醒

导言:"如果我放走了你,被抓了起来,我会确定我就是傻子;相反,如果我让你被抓起来,我会伤心后悔,彻夜难眠,但那都会过去的。"

——达希尔·哈米特之《马耳他之鹰》

"你需要看事情光明的那一面,即使它并不存在。"

多年之前我曾为冷硬派的作家写过一则小文,文中有那么一句:"在一天的惊涛骇浪之后,拖着疲惫不堪的身躯回到冷清的公寓,他都要犒赏自己一杯加冰的威士忌,活着就当如此。"这里面的他,是塞缪尔·斯佩德,是菲利普·马洛,也是马修·斯卡德,总之就是这么一伙可以在这一刻被猛烈击倒,但下一刻必会忍痛站起来的硬汉。他们机智果断,冷峻诙谐;他们嗜酒如命,也爱女人;他们没有伟大的抱负,只守着人性的底线。如果非得给他们配上一句古老中国的传世名言,我想到的是:智者不惑、勇者不惧。

"我对未来没有计划,不过我想,事情通常都有自己的解决方式。"

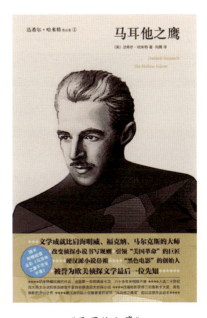

《马耳他之鹰》
新星出版社,2012 版

倘若当初我对推理小史这个笔记系列有严谨的书写计划,那么最迟在第十篇我就会安排冷硬派作家出场,达希尔·哈米特、雷蒙德·钱德勒、罗斯·麦克唐纳与劳伦斯·布洛克等等,我知道这群人对于推理文学史意味着什么。可书写这件挺个性化的事情往往让人始料未及,在将近几万字的拉杂之后,我才等到时机从满满的书架上找出《马耳他之鹰》《长眠不醒》《移动飞靶》与《八百万种死法》等。我对这些传世名作的感言也并没有计划,不过我想,灵感通常都有自己的闪现方式……

想着如何为塞缪尔·达希尔·哈米特写几笔之前,我以一种跳跃般的阅读方式又捋了一遍哈米特的五部长篇,然后发现了一个贯穿其中的巧妙设计。1929 年的《血腥的收获》(Red Harvest)与《戴恩家的祸祟》(The Dain Curse)都是用第一人称"我"来叙事,我的职业是大陆侦探社的雇员。哈米特开始写小说的时候把自己代入主角那是再自然不过的举动了,因为他从 1915 年开始为当时著名的平克顿侦探事务所工作了约七年。完全可以理解,当从"我"的视角看出去,小说里的那些调查情节如同现实回放般的自然流畅。到了 1930 年,当哈米特提笔开始写那本将给他带来巨大声誉的《马耳他之鹰》(The Maltese Falcon)时,他似乎特意把"我"的视角改成了上帝视角(即第三人称),为何如此?

如果仔细留意《马耳他之鹰》里的种种细节,就不难发现,哈米特凭借出色的情节设计让主角塞缪尔·斯佩德(Samuel Spade)陷入一段又一段的内心煎熬之中,如果以"我"的视角去阐述就会过于直白,而用第三人称视角就得观察眼神与表情、安排动作与话语再结合环境与气氛,无疑在文学上的腾挪空间更为充分。哈米特在书写的过程中,能从容地以一种立于客位的心态,与读者一起沉浸在外表平静内心起伏的主角情绪中,他既是创造者,也是欣赏者。顺便提一句,哈米特把自己的名字塞缪尔(Samuel)给了斯佩德,在某种意义上他也成了故事的参与者。

冷硬派的风格明快简约,潇洒利落,当然也不是一两句话能完全涵盖的,我们且举《马耳他之鹰》的开头这个场景为例感受一二。在半夜里接到电话得知搭档阿切尔惨死街头,斯佩德放下电话,光着脚坐在床沿,眉头紧锁,缓缓铺开烟丝为自己卷一支烟;到了命案现场查看时与当值警察的冷静对话,"声音平板得听不出任何含义";不久回到家里,警察紧接着登门拜访,告知谋杀阿切尔的嫌疑犯瑟斯比在斯佩德离开现场 35 分钟后就在所住酒店的门口中枪殒命。当警察边咆哮边用手指敲打斯佩德的胸膛逼迫他承认为友复仇的行为时,我们读到这样的回应方式——斯佩德用同样的语调一字一顿地说:"把你那该死的爪子拿开。"

紧接着在 1931 年发表的另一部名作《玻璃钥匙》(The Glass Key)里,哈米特再次启用上帝视角,这次的主角叫内德·博蒙特。内德在夜晚的街头发现一具尸体,恰是本地参议员的儿子,而与他称兄道弟的老板保罗则被认为是嫌疑犯。麻烦的是,保罗还追求着参议员的女儿也就是死者的姐姐珍妮特,而保罗的女儿则暗恋着内德,总之关系复杂到纠缠不清,使得作者无法用第一人称,那样会过早透露主角的内心直觉,不如让读者跟着他敏捷干练的行动节奏去走一趟冒险之旅。这部作品与《马耳他之鹰》像是姐妹篇,同样悬疑强烈的犯罪情节、同样酷到极致的对话、同样描绘了美国大萧条时代中的光怪陆离的人性。所不同的是,仅对爱情而言,《马耳他之鹰》的末尾是一出悲剧,斯佩德在埋葬他的搭档之时内心就已发誓要亲自逮到凶手,就算爱情横插进来,也不能动摇做人的原则;《玻璃钥匙》的结局则是一双情侣远走高飞,内德可以为兄弟两肋插刀,却没有义务奉献挚爱的女人。

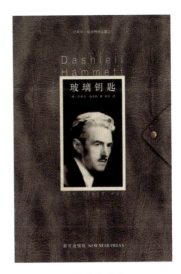

《玻璃钥匙》
新星出版社,2012 版

我认为哈米特在小说的叙述视角上呈现出一种独具匠心的变化手法,前四部作品使用"我"的视角与上帝视角各两次,到了 1933 年创作第五部作品《瘦子》(*The Thin Man*)的时候,他做了第三次改变,采取了一种混合视角的新颖模式。主人公侦探是一对名叫查尔斯的夫妇,"我"(尼克·查尔斯)携太太回到纽约,随即被牵扯进前雇主魏南特先生的女秘书之被害事件,随后"我"又发现魏南特始终不肯露面,于是"我"与这些涉案的当事人开始一一过招,包括曾经的旧情人魏南特太太(咪咪)、对自己从小有爱慕之意的魏南特女儿多萝西、有崇拜之心的魏南特儿子吉尔伯特、魏南特财产管理人兼律师的麦考尔以及女秘书的情人、地方检察官与探长等等,在攻防之间"我"的内心世界毫无保留地袒露在读者面前。与此同时,查尔斯太太(诺拉)也享受着案件调查的乐趣,与丈夫经常交换看法,某种意义上她与他是一体的,于是读者又可以通

《瘦子》
上海译文出版社,2001 版

过上帝视角观察到诺拉的眼神、表情、举止与语态,如此一来,这对侦探夫妇的内心思想(主位)与外在表露(客位)都被读者感知到,这种主客位融合的视角体验只有在文字阅读及其引发的想象中才能获得,在电影这样的媒介上必然要打折扣。

当然,电影推动小说被更广泛的人群所喜爱这是毫无疑问的。《马耳他之鹰》在1931年和1941年两度被搬上银幕,后者还获得了三项奥斯卡金像奖的提名。电影忠于原著,人物对白几乎照搬哈米特的原文,刚出道不久的好莱坞影星亨弗莱·鲍嘉(Humphrey Bogart)在形象气质上与斯佩德高度吻合,犀利的眼神、冷酷的点烟动作都为后世所不断地模仿。冷硬派侦探小说为美国电影注入了新生元素,直接拉开了黑色电影的序幕,具备硬汉形象的鲍嘉只是凑巧搭上了这趟顺风车。正是由于饰演斯佩德获得巨大成功,他才有幸与英格丽·褒曼一起领衔主演了《卡萨布兰卡》(即《北非谍影》),这部获得1944年奥斯卡三项大奖的经典名片。哈米特曾为派拉蒙公司创作电影剧本,但自己从未参演,他的形象后来出现在电影里,是缘于他的情侣莉莲·海尔曼的自传体小说。这部作品在1977年被改编为电影《茱莉亚》(Julia),由贾森·罗巴兹饰演哈米特,简·方达饰演海尔曼,这又是一部奥斯卡获奖名作,此时哈米特已经离世16年。哈米特与海尔曼的半生情缘,有点像萨特与波伏娃的罗曼史,陪伴到人生终点的正是一生所爱,夫复何求?

《长眠不醒》
新星出版社,2008版

现在回望1930年代,既有解谜派的三巨头,又有冷硬派的双子星,这正是黄金时代的伟大内涵。哈米特与奎因、卡尔在同一年出道(1929年),20世纪30年代的上半段就完成了毕生所有的长篇作品,而下半段的巨大空白全赖雷蒙德·钱德勒的适时出场才得以填补。1939年,钱德勒发表的《长眠不醒》(The Big Sleep)与克里斯蒂的《无人生还》、卡尔的《绿胶囊之谜》一起,为黄金时代画上了一个太过完美的句号,最终使得这十年在整个推理小说史上成为独一无二、至尊无上的时期。

当年我打开《长眠不醒》,看了30页之后我就预感到这个作家必能列入我最钟爱的五位推理大师之列,简直就是文学升级版的哈米特,不是说哈米特不够好,只是钱德勒更棒而已。哈米特当然也有让人心醉的文学段落,斯佩德得知搭档的噩耗之后,独坐在窗外袭来的冷风与雾角声里默默为自己卷

《长眠不醒》
电影剧照，1946 年

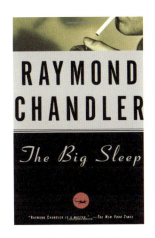

《The Big Sleep》
Vintage Crime & Black Lizard, 1988

出一支烟的场景，这种与内心波澜对抗的极度克制，真是绝妙。而在钱德勒的小说里，如此文学味道浓郁的桥段，就像每天清晨的咖啡与煎蛋一样平常。私家侦探菲利普·马洛先生首先是一个诚实的人，"我是这么财迷心窍，所以每天有二十五块钱外加一笔报销费——主要是报销汽油费和威士忌酒钱，我就把脑筋开动起来，如果我还有一点点儿脑筋的话。"其次，他对委托人时有超出委托范围的责任心，"或许还多做一些为了保护一位身心交瘁、病魔缠身的老人血液里还残存的一点儿自尊心。"再然后，他虽然好色但并非来者不拒，他曾经对着横陈的玉体说出这样的话："我给你三分钟时间穿好衣服出去。如果到时候还不行，我就动用武力把你扔出去。就让你这个样子，光着屁股。"

时光最是无情，80 年前的读者们应该都跟随达希尔·哈米特与雷蒙德·钱德勒长眠不醒了。但文字的神奇之处在于，每一代的读者都能有幸在各自的时空里遇见塞缪尔·斯佩德、菲利普·马洛、还有后来的马修·斯卡德，想象着他们挺拔但倦怠的身影，在一天的刀光剑影之后，藏进嘈杂酒吧的一隅，稳稳地点燃一支烟，然后抿一口双份威士忌……

# 40 梅格雷在十字街头

导言:"梅格雷探长的破案方法几乎总是设法再现罪犯作案时的氛围,并着意加剧这种气氛,逼迫罪犯的神经濒于崩溃,在探长的'神经战'中,感到无力再坚持隐瞒下去,坦白交代是获得精神解脱的唯一出路,从而水落石出。"

——乔治·西默农之《十三个谜》导读

乔治·西默农
(源自 Encyclopædia Britannica)

巴黎黄昏的轻霭,抚遍十字街头的红男绿女;塞纳河上的汽笛声,与落日的余晖一起,闯入梅格雷探长(Maigret)的办公室。此处总是灯火通明,又一个彻夜审讯嫌犯的夜晚。巴黎的雾气远没有伦敦来得厚重,但乔治·西默农(Georges Simenon,1903－1989)对于巴黎民众的意义,与柯南·道尔爵士之于伦敦市民是地位等同的;同样,梅格雷探长就是巴黎的夏洛克·福尔摩斯。

英美与日本是推理小说史上出产作家与作品最多的三个国度,呈鼎足之势,排在第四名的应该就是法国。埃米尔·加伯里奥的《勒沪菊命案》是一个灯塔般的伟大存在,考虑到该书的诞生年份是 1863 年,不得不感叹这是一部很前卫的作品。如果保留该书的核心诡计,删去旁枝末节,用更洗练的语言去重写一下,准能混入黄金时代的一流作品行列。"狸猫换太子"本来只是一个普通的诡计,但加上一层反转情节之后就让逻辑推理复杂了许多,不仅身份反转了,动机也随着反转,使得阅读兴趣倍增。加伯里奥之后,法兰西的夜空又升起两颗璀璨的新星,莫里斯·勒布朗与加斯顿·勒鲁。前者的"亚森·罗平系列"的发行量与《福尔摩斯探案全集》处于一个级别;后者的《黄色房间的秘密》按狄克森·卡尔的说法理应登上百大密室推理小说第一的宝座。

乔治·西默农是比利时人,19 岁就来到巴黎闯荡江湖。他的写作生涯与巴黎这座人文绚烂的城市结缘,因此他通常被视为法国推理界的代表人物,这种情形类似狄克森·卡尔,一个美国人旅居英国并贡献了最巅峰的创作时期,由此被英国推理界所接纳。西默农之所以能在推理黄金时代成为法国推理界的旗帜,归因于他在创作上的独特性。短篇作品集《十三个谜》的序言里有一句话很简洁地概括了这种鲜明的特质:"在西默农的作品里,犯罪行为从来都不是偶然的,实施犯罪行为者总是通过凶杀这种极端的犯罪形式表达社会的不安甚至危机状态。"

《十三个谜》属于早期的短篇集,里面的主人公是一个叫 G·7 的官方侦探。十三个故事篇幅不大,每篇大约三千字左右,谜面新颖有趣。例如,《挪动家具的幽灵》讲的是一所老宅内的一个笨重柜子,在无人的深夜居然自己从角落移动至房间正中。第二天早上主人与三个壮丁很费力地把它移回角落,可当天晚上它又匪夷所思地再次跑到房间正中央来。《蒙索公园的火灾》讲的也是一个神秘事件。有一间府邸的主人一家外出度假去了,当晚夜间守卫发觉府邸的地下室透出手电筒的光亮,于是喊来警察破门查看,竟然发现是男主人自己在地下室挖坑。他究竟为何从度假地连夜返回,然后在自家地下室倒腾?西默农对谜面的设计别出心裁,几乎可以赶上短篇黄金时代的两位大师级人物 G. K. 切斯特顿与杰克·福翠尔。

《十三个谜》
群众出版社,2004 版

当然,并不是每篇的谜底都能让人感到满足。在这十三个案件里面,《黄狗》与《失踪者的城堡》是谜面与谜底俱佳的。前者的诡计是视觉盲点而后者则是身份误认,读者会有一种重遇《隐身人》或《车上女尸》的阅读快感,如果你对推理小说史上的那些短

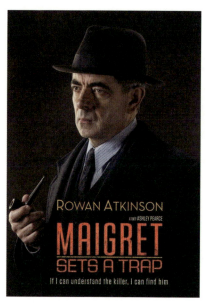

罗温·艾金森饰演梅格雷探长

篇经典有所了解的话。

著作等身这个词远不足以形容乔治·西默农的作品数量，据说不下 400 部，以至他自己在被选为比利时皇家文学院院士的时候也开列不出一张自己作品的完整清单。国内出版社如群众、译林、与上海译文都在不同年代译介过梅格雷探案系列，但都不全。因此，要像以梳理奎因或克里斯蒂的作品那样有条不紊地叙述西默农的写作脉络几乎是件不可能完成的任务，只有等待西默农的中文传记或全集的出版。

1989 年西默农去世之后，法国在三年内陆续拍摄了梅格雷探案的系列剧。扮演者布鲁诺·克莱默（Bruno Cremer）的外形与气质同书中的梅格雷探长高度吻合，包括宽厚的肩膀、沉稳的脸庞以及标志性的烟斗。到了 2017 年，英国人也来致敬伟大的比利时作家，由 BBC 推出四集梅格雷系列剧。这次宽厚的肩膀看不到了，因为是"憨豆先生"罗温·艾金森（Rowan Atkinson）饰演迷你版的梅格雷探长。基于此，这部剧集的观众在最初观看的时候可能会不自觉地呈现出一种忍俊不禁的状态，那必是由于憨豆先生所引发的人物错乱感所造成的。但在努力克服这个笑点之后，我相信大多数人能满足于剧情的悬疑性与画面的唯美感，而推理迷也能认同此剧大体上忠于原著。

巴黎郊区的某个小镇有个十字街头，三所住宅坐落于此呈三角形之状：神秘的安德森兄妹租住的老别墅、中年保险代理商夫妇的房子以及一间生意兴隆的修车厂。一天早晨，警察接到保险代理商的报案，声称邻居安德森的老爷车停在了他的车库里，而他那辆崭新的六汽缸名牌车却不见了。警察随后按响安德森别墅的门铃但无人应门，随即发现车库里面停着保险代理商的那辆名车，而在驾驶座上伏着一具不明身份的男尸。于是警察通缉安德森兄妹，最后在车站抓获正要逃离的嫌疑犯。梅格雷探长在巴黎警局审问安德森，探长叼着烟斗打量坐在对面的这位绅士，戴着单片眼镜，有一种贵族气派，矜持中透出一股傲气。探长的直觉与经验告诉自己，安德森不像是一个畏罪潜逃的杀人犯。

《十字街头之夜》这部中篇小说堪称梅格雷系列的代表之作，西默农对于推理文学的理念在其中表露无遗。梅格雷读懂了安德森的自尊与博爱之心,这些品质与冷血的犯罪格格不入;而那位表面上惹人怜惜的安德森妹妹酥胸半露并以轻薄言语挑逗梅格雷的时候,探长早已明了她不是一个读《圣经》的料。埃勒里·奎因喜欢研究犯罪行为是如何实现的(诡计),阿加莎·克里斯蒂擅于描摹犯罪行为背后的心理成因(动机),狄克森·卡尔在营造诡异惊悚的犯罪氛围上无与伦比,而乔治·西默农则擅长通过人物的言谈举止与神情揣摩其性格与品质,进而判断其犯案的可能性,以及揭示是怎样的社会矛盾成为犯罪的终极诱因。

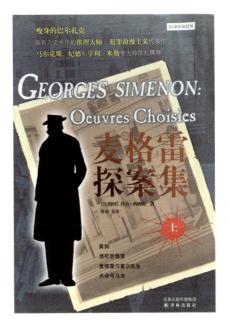

《麦格雷探案集》
译林出版社,2011 版

对于人物性格的分析在《窗上人影》这个中篇故事里运用得更彻底。一个中年商人被枪杀在自己的办公室里,梅格雷到了现场之后对死者细细观察了一番:"他似乎永远也摆脱不了某种庸俗的气质,尽管他的衣服剪裁合身,手指甲被精心修剪过,丝质内衣都是定做的。他金黄色的头发已经开始脱落,变得比较稀疏。他的眼睛原来大概是蓝色的,并带有一些稚气。"一个出身贫寒靠艰辛奋斗获得富裕生活的男人,在气质上可能永远摆脱不了最初的卑微与率性。与这位死者相关的三位女性在梅格雷的眼里呈现巨大的差异性。现任妻子——"她相当漂亮,可是并不明显,性情温和。她身体柔软,线条有点模糊,有一种朴实的风度。她一定能在温度舒适的客厅里雍容高雅地向她的朋友们奉上香茗"。前妻——"她在麦格雷前面走进了办公室,神色庄重,带有挑衅的意味,对这样的人,别人是不敢嘲笑的……这是一种高贵的姿势! 也是一种战斗的姿势! 肩胛不接触靠背"。女朋友——"她是一个相当漂亮的姑娘,涉世不深。她的衣服都是名牌货,可是她的化妆方式,拿手提包和手套的姿态,打量别人时那种挑衅性的目光,都说明她是长期生活在音乐厅后台的"。

1972 年的《梅格雷与夏尔先生》是这个系列的最后一部小说,里面的气氛有一种无尽的伤感与落寞,这不仅是因为案件本身及其背后的社会问题让梅格雷无可奈何(尽管破了案),更因于探长真切地感到自己老了。"他目光模糊,背也有点儿弯了。他

刚才为自己警察生涯的余年做了决定。他并不后悔,可是还有点儿伤感。"梅格雷婉拒了司法警察局局长的职位,他受不了在办公室消磨日子,街头酒吧或咖啡馆的实地调查才是他的生趣。夏尔先生就是酒吧的常客,而他白天是一位声誉颇高的公证人。他在某一天晚上走出酒吧之后就再也没有回家,于是他的夫人找上了梅格雷。正是这位夫人给梅格雷的最后一案添上了浓郁的悲情色彩。"有时候她让司机送她去香榭丽舍区的某个酒吧间,坐在酒柜前高高的凳子上独个儿自斟自饮……跟她这个人打交道,很难分辨出她讲的哪些是真话,哪些是假话。她是一个炉火纯青的戏剧演员,她可以在几分钟里面,为了应付新闻记者和摄影师,变成一个上流社会的女人。"这位夫人就是巴黎这座城市的缩影,无法用三言两语来概括,于是乔治·西默农用了 40 年的写作生涯来描绘她。塞纳河两岸的旧时风光,在老探长烟斗呼出的轻烟里摇曳生姿,翩然起舞。

乔治·西默农的创作生涯起于 1930 年代初,正是推理界三巨头与冷硬派双子星引领的黄金时代。这个肩膀宽厚叼着烟斗的梅格雷探长能在推理文学史上占据重要的席位,我想首先是因为巴黎这座城市本身的无穷魅力。任何一种文学门类,怎么可以没有巴黎的背景?福尔摩斯与伦敦、奎因与纽约、马洛与洛杉矶、梅格雷与巴黎,这才完美;其次,梅格雷探长可能是整个推理文学史上最富人情味的侦探,哪怕对一个舞女他都给予体面的尊重。他的故事不怎么在意推理过程,而侧重在当事人的性格分析与犯罪行为的成因探究上。如果一杯午后咖啡的味道有欠水准,梅格雷探长可能不会先怀疑咖啡豆的品质,而是礼貌地唤来咖啡师攀谈一番,询问他这两天有否不顺心的事儿……

# 薛灵汉与区特威克

导言："区特威克先生眼眶红润，'我，呃，我想我说了陶德杭特一心想借由自己的死亡，来为别人做一些好事，来拯救别人的有价值的生活，这是他活下去的唯一动力。正是如此，我们才必须放手让他这样去做。'"

——安东尼·伯克莱之《裁判有误》

正常情况下，推理作家对自己塑造的侦探或多或少带着欣赏的眼光。柯南·道尔爵士的妹夫赫尔南先生必定认为他笔下的神偷拉菲兹拥有福尔摩斯所不具备的风流倜傥；安娜·格林赋予斯特兰奇小姐的那种古灵精怪且与人为善的品质或许正是她自己人性的投射；多萝西·塞耶斯在彼得·温西勋爵身上倾注了太过浓郁的感情，夸张地说，如果温西从书本里走出来，塞耶斯会毫不犹豫地嫁给他。安东尼·伯克莱则完全颠覆了这种传统的格调，几乎没有哪位作家会像他那样极尽揶揄嘲笑之能事，不是针对苏格兰场的警察们，而是用于他笔下的两位侦探，罗杰·薛灵汉（Roger Sheringham）与安布洛兹·区特威克（Ambrose Chitterwick）。

《皮卡迪利谋杀案》
吉林出版集团，2010 版

罗杰·薛灵汉在第一个案子《莱登庭神秘事件》（*The Layton Court Mystery*，1925年）中是以这样的姿态出场的："罗杰·薛灵汉个头比一般人还要矮点，身材壮实，脸盘不长，而是圆圆的，一双灰眼睛透着精明，炯炯有神。他穿着旧得不成样子的长裤和诺福克外套,形象古怪而又无视传统,其程度介乎自然而然与扭捏造作之间。嘴角叼着的短柄大烟斗简直变成了他身体的一部分。"这段描述中看上去仅有的正面词汇即"精明"与"炯炯有神"在本案的调查过程中被无情地证明是作家预演的反讽说辞。莱登庭大宅的主人是一位狠毒的敲诈犯,有人在一间密室里赏了他一颗子弹,并布置成自杀现场。在此间做客的男男女女似乎都曾经是主人敲诈的对象因而都具备了谋杀的动机。薛灵汉的朋友阿莱克始终认为主人是畏罪自杀,但薛灵汉凭借以往的生活经验勘破了密室诡计,把案件往谋杀方向推进。但始料未及的是他在众人面前展露的那一出出缜密精美的推理无一例外都被事实推翻。当然在最后他还是锁定了凶手,那只是因为能怀疑的对象已经全部被排除,除了他自己唯一剩下的就只能是罪犯了。

伯克莱对于其笔下另一位侦探区特威克的嘲弄就更上了一个台阶。一个性格怯懦的中年大叔,没有女性看得上已经够惨了,整天还得照顾一位年老专横的姑姑,简直生无可恋。在《皮卡迪利谋杀案》(*The Piccadilly Murder*,1929 年)这个故事里,我们这位面庞红润,脸型偏圆,鼻梁上架着一副镶金边的夹鼻眼镜,头发有点稀疏的主人公瞒着同住的姑姑,来到伦敦著名的皮卡迪利休闲会馆独自喝一杯下午茶。本想着满足一下自己观察陌生人的癖好(犯罪学爱好者的通病),但偏巧目睹了一出投毒案件。死者是富有的辛克莱尔老夫人,嫌疑犯则是她的侄子辛克莱尔上校。由于亲眼看见上校在老夫人的咖啡杯里投毒的全过程,区特威克将作为苏格兰场的控方

《裁判有误》
吉林出版集团,2010 版

证人在法庭出席。如果是自信满满的薛灵汉,辩方就没有改变局面的空间,但区特威克偏偏是一个性情温和的大叔,尤其在面对年轻漂亮的女士之时会完全乱了方寸。他居然被辛克莱尔上校的妻子说动而答应重新调查谋杀案的真相,这意味着将彻底推翻自己在犯罪现场的第一印象。腼腆的区特威克拉着辛克莱尔太太纤巧的小手,沉浸在被自己的侠骨柔情所感动的气氛中,还不可思议地吻了这位穿睡衣而来的绝色佳人,我从书页的背后隐约听到了安东尼·伯克莱不怀好意的偷笑声。

在《反侦探的幽默绅士》这章里,我对伯克莱这种反侦探的戏谑风格做过简要的阐述。在他出道之前的 50 年里,侦探变得越来越无所不能从而

失去了真实性与合理性,尤其是物证推理进入了一种枯燥乏味的固定模式,越来越缺乏能让人激动的创新思维。于是,我们这位牛津才子决定用写侦探小说的方式来讽刺当时那些让读者觉得乏味无趣的侦探故事,在推理小说史上这类反讽类作品被归入"反侦探"推理小说模式,至今在日本当代的推理作家手里还能经常变出新花样。

《事实之前》
吉林出版集团,2011 版

罗杰·薛灵汉与安布洛兹·区特威克,一个骄傲自满一个谨慎胆小,在出产各式笑料的能力上则不相伯仲,但并不意味着他们只是两个傻瓜侦探。实际上,伯克莱赋予了他们非凡的才智,那种像赫尔克里·波洛大脑里的灰色细胞。薛灵汉是思维极其敏锐的人,勇于展现推理技巧,在遭遇失败的时候也能立即反省,重组思维逻辑;区特威克实际上是一个大智若愚的人,对犯罪学造诣很深。"罪犯对于区特威克来说,就如同珍珠对于女人、女人对于男人一样有吸引力。他就像某些低俗的人收集蛾子一样收集每个凶手的信息,然后用精神上的曲别针把它们固定在内心的最深处,再在卡片索引和档案上展现它们的黑色之美。"薛灵汉与区特威克各自在两部不那么戏谑,反而比较严谨的伟大作品里展露了他们的推理艺术,《枪响二度》(*The Second Shot*,1930 年)与《裁判有误》(*Trial and Error*,1937 年)可能是伯克莱最别出心裁的推理作品。在此之前,伯克莱还安排了两位侦探在同一个案件里联袂出场,这在推理作家的创作中相当罕见。试想一下,赫尔克里·波洛与马普尔小姐同台,御手洗洁与吉敷竹史同框,这是何等有趣的场景。区特威克在这个著名的案件中打败了薛灵汉,也同时打败了另外参与破案的四位侦探。当然,这个案件就是让伯克莱在推理小说史上赢得无上荣光的《毒巧克力命案》,我在《绝无仅有的 1929 年(下)》这章里有过叙述,于此不再重复。

安东尼·伯克莱的作品里可能最具代表性的五部是《毒巧克力命案》(1929 年)、《枪响二度》(1930 年)、《杀意》(1931 年)、《事实之前》(1932 年)与《裁判有误》(1937 年)。国内出版社至今翻译出版了其中的四本,唯有《枪响二度》成了缺憾。我手上的这本从伦敦寄来的《枪响二度》是英国 House of Stratus 出版社在 2001 年发行的英文版。我以一种极为优雅的慢节奏啃完了这本我心仪已久的名著。自身的英文水平有限是拖慢阅读进度的主要原因,另外就是伯克莱的牛津学院派的典雅风格为推理的主干披上了一层华美的袍子,试图过滤掉这些斐然又诙谐的文字无疑是一种罪过。很多次在阅读中我明知那些词汇(通常是名词)与推理主线无涉,比如 bracken(欧洲蕨)、gorse(金雀花)、bluebell(风信子)等等,但就是忍不住去翻查中文意思;另外一些词汇则是拦路虎,不搞清楚其含义则无法理解情节,比如 detached onlooker(超然的旁观者)、a blank cartridge(空弹筒)、gloomy apprehension(暗淡的忧虑)等等。之所以能够坚毅地闯过这些文字上的荆棘还能乐在其中的缘故,则完全是拜作品本身的非凡魅力所赐。

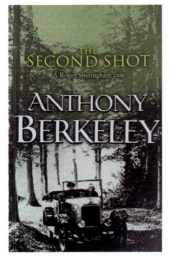

《The Second Shot》
House of Stratus, 2001

《枪响二度》在布局上的魅力在于伯克莱从开头就申明这是一部从罪犯的视角讲述的故事,只不过随着情节的推进读者会渐渐忘却作者的提醒,直到末尾才恍然大悟。案件的地点是德文郡(Devonshire)的一个农场。农场主同时也是侦探小说家的约翰·希尔叶德(John Hillyard)在他的宅院内举办了一出颇有喜剧气氛的谋杀戏剧,平克顿(Pinkerton)先生扮演凶手"谋杀"了由当地的社交达人艾瑞克(Eric)扮演的受害者。平克顿先生开了一枪空弹包,艾瑞克应声倒地,忠实地扮演一具尸体卧在林间空地上。而希尔叶德与其他宾客则扮演侦探和法医的角色,勘察"尸体"与周遭的线索。悲剧往往发生在喜剧之后,当人们假装完成尸检等一系列的调查返回主屋时听到两声间隔约五分钟的枪响,随后人们发现艾瑞克并没有回到主屋,于是急忙返回树林寻找,却发现他死在树林里,被一颗子弹从背后射入心脏。由于平克顿在第二声枪响的时候正在尸体的附近,于是他被警方认作是凶手。平克顿写信求救于自己的在伦敦的老朋友罗杰·薛灵汉,后者赶到现场后通过一系列的精妙推理为平克顿洗脱了罪名,但如此一来凶手究竟是谁?

期待未来能读到《枪响二度》的中译本,在中文语境下再度享受这个诡计巧妙且文采斐然的故事,那绝

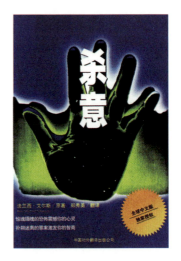

《杀意》
中国对外翻译出版公司,2000 版

对是一种不同的体验,如果你曾经读过一本推理小说的原著与中译本的话,应该能理解同一种意象在不同的文学体系上的表达差异。阅读原著能引发这样一种的感慨:原来翻译工作真可以被视作一种全新的文学创作。一个有生命力的译本不仅要求译者对原著的语言及其社会环境有相当程度的掌握,还得把这种准确的认知用漂亮的母语写作表达出来。认真想想,这简直就是双重的知识工作,比原著者的创作来得更加复杂。从《枪响二度》中随便举一个例子来体验一下译者面对的是怎样一种挑战:"It was now past eleven o'clock, but the discussion was still in full swing."一开始我这样翻译:"时间已经过了 11 点,但是讨论还在如火如荼地进行中。"随后考虑到 swing 的本义,就忍不住想增添一些文学的味道:"钟已敲响了 11 点,但是讨论声仍然像回荡的秋千一般此起彼伏。"

《裁判有误》是一部立意高明、布局别致的作品,就算在推理三巨头的作品里面这样前卫的写作手法也是罕见的。与《枪响二度》的角色设计很相近,侦探实际上只是配角。罗杰·薛灵汉是平克顿请来应对警察的,因为他的智商刚好略高于警察,又不足以勘破真正的诡计;而安布洛兹·区特威克的任务居然也不是揭露真相,反而是帮助主人公陶德杭特先生串联假线索,在法庭上欺骗陪审团。这样标新立异的情节着实让人惊叹,此前也有过见义勇为的人为了保护善良的嫌犯而主动揽下罪责的故事,但没有像这个故事里的主人公那样费尽心思,埋伏假线索,努力让警察逮捕自己,甚至让业余侦探帮着圆谎,最终代替凶手走上绞刑架。新颖奇妙的构思、感人至深的动机与多变的写作风格,构成了这样一部集大成的作品,对于推理文学的贡献丝毫不亚于构建六重解答的《毒巧克力命案》。在《裁判有误》中,伯克莱借着故事情节来探讨法律与正义、生命的存在价值等严肃的命题,使得这部作品的思想深度超过之前任何一部小说,而腼腆的区特威克的身影也似乎比其他时候显得更加伟岸。主人公陶德杭特先生,一个身患绝症只有三个月生命的书评家,正是得到区特威克的理解与帮助,在自己闭眼之前成功解救了一个无辜年轻人的生命,同时也保护了一位高尚的女性。至于谁向那个恶魔般的女演员开了枪,当区特威克决心守口如瓶的时候,他那位强悍的姑姑也无法撬开他的嘴巴。

最初安东尼·伯克莱塑造笔下这两位自带搞笑光环的侦探,纯粹是为了嘲讽满大街走的那些神乎其神的侦探们,以及千篇一律的写作套路。但在创作思路打开之后,这两位相貌平平具有普通中产性格的业余侦探却逐渐散发出人性的光芒。性格存在缺陷,推理往往打脸,但却拥有正义感、骑士精神与善于自嘲的幽默感。由此,不完美的侦探反而更显得真实,让读者放下膜拜之心,收获愉悦之感。我对推理文学的一个私愿，就是有朝一日能够得见安东尼·伯克莱的中译本全集，有所期待，也是阅读本身的一份愉悦⋯⋯

英国侦探俱乐部（Detection Club）
成立于 1930 年，此图为 1932 年的盛大聚会。

# 42 阿加莎·克里斯蒂在 1940 年代

　　导言："谋杀是各种错综复杂的事情在一个特定时间、特定地点汇聚到一起,并发展到最后的结果。大家是出于偶然的原因从世界各个角落被牵扯进这里面去的。"

——阿加莎·克里斯蒂之《零时》

　　阅读推理小说的本质,形象地说,就是在走一条以假象为起点以真相为终点的思考之路。假相不是幻象。幻象是虚构的,本身并不存在于真实世界里;而假相则是真实存在的,它是事物呈现出的表面现象,只是读者给予了想当然的实则是偏离本质的解读而已。比如街边有一家新开张的奶茶店前顾客排起了长龙,大多数的路人会误以为这应该是一家有特色的网红店,但实际上那些顾客可能是店家花钱请来的托儿。在这里,假相就是顾客排长队,真相就是奶茶店并非人们以为的网红店。至于奶茶本身的品质究竟如何,只有被骗去试错一把才能知晓,或许味道非凡也是有可能的。

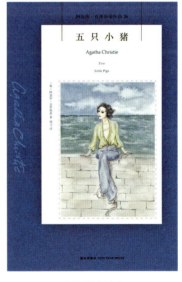

《五只小猪》
新星出版社,2014 版

　　推理三巨头编织假相的手法不同,造就了风格迥异的沿途风景。读者按自身的偏好选取不同的路径,最后都会到达"真相"这个目的地,这就是所谓的殊途同归。推理文学的五彩斑斓不在于"同归",而恰恰在于

"殊途"。有的路途上布设的是物证与逻辑,如埃勒里·奎因;有的路途上呈现的是哥特式的神秘场景与氛围,如狄克森·卡尔;而女王阿加莎·克里斯蒂在进入 1940 年代之后,把心证推理与叙述性诡计极为纯熟地融合在一起,使得读者被营造的精致假相牵着鼻子走,一路熏染耳目愉悦身心,最终在获悉真相之后还能久久回味欲罢不能。克里斯蒂开创的这种推理流派被几代后人所模仿,尤其是现当代的日本推理作家。东野圭吾的《恶意》与折原一的"倒错三部曲"都是这个流派的经典作品;我孙子武丸(Takemaru Abiko, 1962 -   )在《杀戮之病》的最后一页才摘下叙述性诡计的完美面具,这无疑是对克里斯蒂最偏激的致敬。而女王本人在 1943 年发表的《五只小猪》(*Five Little Pigs*)则是在心理分析与假相叙述之间取得完美平衡的一部佳作。

赫尔克里·波洛说:"这就是我的任务——可以说就像给自己挂上了倒车档,穿越多年的时光回到过去,去发现当年究竟发生了什么。"对叙述性诡计的铺陈通常会穿梭在时间的迷雾里,由多个当事人对同一个事件进行陈述,这种基于交叉验证的推理可以揭示某一个当事人故意营造的假相,或由于年代久远而产生的记忆差错。在这个故事里,波洛受托于一个叫卡拉的年轻女子去调查发生在 16 年前的一桩悲剧,死者是其父亲,性情风流的画家克雷尔,而被法庭判为凶手的恰是她的母亲克雷尔太太。母亲在狱中去世之前给卡拉留了一封信,坦诚自己没有毒杀丈夫。波洛于是开始拜访当年案件的所有参与人,其中最主要的是与克雷尔夫妇有密切关系的五名当事人。这五人(喜欢童谣的克里斯蒂把他们称为"五只小猪")向波洛详细讲述了自己在案件发生时的所闻所见与所为。克里斯蒂的高明之处在于通过这些重叠交叉的叙述为读者撕破一个个假相,最后让读者在心底里自信且愉悦地宣布:"我完全明白了,凶手必是 X!"如果你把小说的最后几页撕掉,或许这个答案就成为真相了,但可惜你会就此错过最后那个绝妙的超级反转。"竟然是 Y,让我再捋一捋思绪。"合上书之后,你会如此茫然若迷地自语。

在叙述性诡计之上叠加心理分析有两个作用,一是直接为读者扯下假相的面具,二是作者借由侦探与叙述者之口表达自己对人情事物的观点。《五只小猪》里有两个叙述者,即布莱克兄弟。哥哥布莱克反复提示自己从小喜欢克雷尔太太,但他却保留了这个故事里最重要的一项物证,就是画家克雷尔先生临死前完成的那幅毕生杰作,画里是充满青春活力与野性的埃尔莎小姐,这无疑是哥哥布莱克在当时痴迷的对象。弟弟布莱克在叙述中对克雷尔太太充满了厌恶与怨恨之情,但波洛却认为稍有心理学知识的人就能立刻看出完全相反的事实——弟弟布莱克极度迷恋克雷尔太太,由于无法得到而心生愤怒。在评论埃尔莎小姐的年轻时,波洛居然说出这样的话:"青春是原始的，是坚定的，是强壮有力的，也是残酷无情的，而且还要加上一点——青春是脆弱的。"尽管这段论述是对犯罪本质的提前预示，但在以前克里斯蒂是很少让波洛发表这样偏于感性的言辞。此外还可以看到诸如"难道对朱丽叶这个角色而言，必不可少的就是在花季凋零吗？"的台词，克里斯蒂的语言神奇之处在于既能提示案情，又能表达思想，一举两得。

如果你已经读过十本克里斯蒂的小说，应该会同意这样一个观点：克里斯蒂不会让读者得意，同时也不会让他们失望。就算你熟知常见的推理模式也未必猜到女王在一个案件里巧妙隐藏的凶手，更有甚者，她还能让你猜不到谁是死者。《零时》（*Towards Zero*）就是这样一部为死者营造悬疑氛围的独特作品。小说读到1/3的地方，死者竟然还没有出现。故事里的人物包括别墅的老女主人、她的养子网球明星内维尔、内维尔的现任妻子和前妻、现任妻子的男性朋友、前妻的童年伙伴、女主人的家庭护士还有来做客的老犯罪学家，这样一群人聚集在一起，各怀心事，气氛凝重，老犯罪学家还不合时宜地给大家讲述了一件多年前发生的少年犯罪案件。猜猜克里斯蒂会安排谁成为死者（准确地说是第一个死者）？我按照常见的推理小说的布局设想过三个死者，以及相应的嫌疑犯与动机，结果当看到第一个死者出现的时候我差点惊掉下巴，然后在惊魂未定中，仿佛看见克里斯蒂的得意笑容浮现在书页的夹缝里。

除了心理分析与叙述性诡计之外，克里斯蒂也是气氛渲染的高手。卡尔的手法是哥特式的，来自于建筑本身的诡异与古老传说的神秘，而克里斯蒂则多取材于英伦三岛的本地风景。她在《零时》里描绘的罪案发生地是这样的："悬崖峭壁上的别墅，窗下就是大海，景色很阴郁，退潮的时候也有一股难闻的海草味，对面那个海岬看上去很可怕，难怪它会吸引人去自杀。"高超的文学笔调会引发读者的无限遐想，这也是小说这种体裁不同于影视作品的独特魅力。于是，在周遭环境如此阴郁的别墅里，每个当事人的内心会不由自主地产生一种压迫感，"每件事都很蹊跷，大家都有一种感觉——我说不出那是什么感觉。空气中有种什么东西，一种威胁。"这就是女王最擅长的环境氛围与心理氛围的共振手法，在马普尔

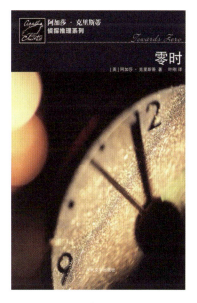

《零时》
人民文学出版社，2008 版

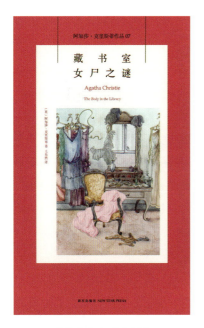

《藏书室女尸之谜》
新星出版社，2013 版

小姐系列的第三部作品《藏书室女尸之谜》（*The Body in the Library*）里克里斯蒂又一次展现了这种纯熟的技巧。

克里斯蒂自己曾说，这部作品是她写过的最好的开局。陈尸现场并非恐惧，而是极不协调。在宁静平和的圣玛丽米德村里的一位体面人物班特里上校的家里发现一具尸体，准确地说，是在上校那间稳重传统的藏书室里出现一具媚俗、艳丽的年轻女尸，并且上校夫妇完全不认识这个女子。随后，前来辨认尸体的女子乔西小姐在确认这是她的表妹鲁比时所显露的表情不是悲伤而是愤怒，这个从内心深处不自觉地呈现到脸部表情上的情绪被旁观的马普尔小姐捕捉到，并让她产生困惑。此外，尸体的指甲以及低俗劣质的衣服也加深了这种困惑。马普尔小姐对警察说，一个被认为要在晚上外出与异性约会的小女生肯定会穿上她最漂亮的衣服。马普尔小姐对于困扰她的现象必能给出一个基于人性心理的解读，这也就是我们阅读克里斯蒂的乐趣所在。至于诡计本身，《藏书室女尸之谜》里的身份调换的设计实在太过经典。东野圭吾的名作《嫌疑犯 X 的献身》借用了这个核心诡计，但是在误导读者的安排上，实在难以超越克里斯蒂的高明技巧。东野的自知之明使他更多着墨于故事情节的温情感人上。这也能理解为什么日本推理作家从江户川乱步开始都是重述故事的高手，因为要和西方超一流的推理巨头比原创诡计的华丽与巧妙实在难度巨大。《藏书室女尸之谜》对于不在场证明的时间线铺陈方面确实很烧脑，所以《嫌疑犯 X 的献身》降低了理解上的难度以适合普罗大众的逻辑思维能力，重点突出了诡计的核心思路——如果罪犯在某个时点谋杀了受害者 A 但又无法提供不在场证明的话，那他必须要处理 A 的尸体使其无法被辨认，又须在另外一个有充分不在场证明的时点让其同伙谋杀另外一个无辜者 B，并制造各种线索让所有人误以为 B 就是 A。

在差不多时间出版的另外一部波洛的作品《阳光下的罪恶》（*Evil Under the Sun*）也是一部角色众多、情节烧脑的小说，核心诡计也是身份调换，只不过在《藏书室女尸之谜》里是两具尸体的调换，而在这部小说里是活人与死人的调换。在这个故事的末尾，波洛沉思着说道："有一天早晨，我们坐在海滩上，谈到被日光晒黑的躯体躺在那里像砧板上的肉一样，当时我就想到，两具躯体之间的差异其实是多么的微乎其微。"阅读小说的时候对于人物与场景的自由想象完全取决于个人的经验，所以当看到由小说改编的影视剧时，或多或少都会存在预期上的落差。总共十三季的大卫·苏切特（David Suchet）版的《大侦探波洛》里有很多故事基本上忠于原著，比如这部《阳光下的罪恶》，电视剧里呈现的海岛沙滩、悬崖上的旅馆以及形形色色的角色造型都与想象中的画面贴近，让人油然生出一种满足感。

《阳光下的罪恶》
人民文学出版社，2006版

阿加莎·克里斯蒂在1940年代创作力很旺盛，贡献了十多部一流的作品。我很喜欢《零时》里最后的反转，美好的结局有时候并不依赖推理上的智力，而在于奇迹的出现；《五只小猪》里画家在临死前的杰作充满生命与死亡的共振感；《藏书室女尸之谜》的不真实的开局与谋杀脑细胞的不在场证明诡计充分诠释了经典这两字的涵义。其他作品如《牙医谋杀案》《空谷幽魂》《致命遗产》与《桑苏西的来客》等无一例外都印证了我先前的那句话：克里斯蒂不会让读者得意，同时也不会让他们失望。

# 43

# 埃勒里·奎因在 1940 年代

导言:"整个十诫的计划,是为了我而设计的。为了让我照着你的意思'破案',你必须营造那种我所喜欢的条件。"

——埃勒里·奎因之《十日惊奇》

《凶镇》
化学工业出版社,2013 版

在一个系列的阅读中,你总能不期而遇到一些怀旧的桥段。有时在后一个故事里提到前一个故事里的人物和情节,无论写者还是读者都会感受到时间的流淌。莱特镇是怀旧的、感伤的和变化的,而埃勒里也似乎一改机敏冷静的性情,变得多愁善感起来。

埃勒里·奎因,纽约的著名犯罪学家与业余侦探,赫赫有名的奎因老探长的公子,用小说家史密斯这个假名,离开喧嚣的纽约市,搭乘火车抵达了景色怡人的莱特镇(Wrightsville)。奎因走进镇上最气派的霍利斯饭店,享受一顿美味午餐,读一下当地最大的报纸《莱特镇记事报》,以便从里面迅速了解镇上那些显耀人物的名字。当然,最神圣的名字必然是莱特。1701年,莱特家族的第一位绅士莱特先生从印第安人手里盘下了这块土地,建立农场与小镇,从此日渐繁荣。奎因凝视着莱特先生的雕像,而它伫立在铺着红色鹅卵石的圆形广场的正中央已逾 200 年。

"我们莱特镇没有带家具的房子出租,史密斯先生。"房产中介佩蒂格鲁不甚热情地告诉奎因先生,理由也很充分,因为"人们像翻斗车卸谷子一样拥进这个镇"。但如果奎因不迷信的话,倒有一处被当地人叫做"凶宅"的小别墅可供出租。这是约翰·莱特先生为他的二女儿诺拉盖建的婚房。但就在婚礼的前一天,诺拉的男友吉姆突然跑了,三年都没有回来,所以这是一栋不怎么吉利的新房。奎因听后笑着说:"全是无稽之谈。"在奎因住进莱特家的小别墅后不久,吉姆返回了莱特镇,也就此带来了一连串悲剧。在悲剧上演的过程中,奎因几乎扮演着当事人的角色,不像国名系列里那个运筹帷幄的超然旁观者。这种不同之处更体现在气质上,《凶镇》里的奎因显得感性而犹豫,甚至随波逐流,简直与《希腊棺材之谜》里的那个虽然会犯错但始终自信满满的睿智侦探判若两人。你在《凶镇》里也看不到《中国橘子之谜》里那样华丽诡谲的犯罪场景,也感受不到《暹罗连体人之谜》里对死亡留言的缜密精妙的多重推理。但这里有生动的故事、生动的人物与一个生动的埃勒里·奎因。他完全融入了这个表面宁静谐和、暗地里波谲云诡的小镇,还甚至爱上了这里最漂亮的女生,三女儿帕特里夏·莱特。

《凶镇》的结局是美好的,帕特里夏回到了青梅竹马的检察官卡特身边。她对奎因先生的痴迷,与其说是对奎因本人倒不如说是他从纽约带来了新气象。莱特镇实在太小了,年轻女人厌倦了小镇的飞短流长与枯燥生活,对于飘然而至的纽约名人,怎么可能不被吸引?当然,对于久在大都市的埃勒里而言,纯真奔放的小镇姑娘也具有难以抗拒的天然磁性,由此留下一段动情的回忆也是人生的一种美妙。

"Calamity Town"翻译成《凶镇》(化学工业出版社),似乎比《灾难之城》(新星出版社)更精准些。莱特镇发生凶案的频率并不高,吉姆·莱特案的时间是 1940 年,再往前就是发生在 1932 年的一桩毒杀案,福克斯兄弟公司的合伙人巴亚德·福克斯被控用毛地黄药剂滴入葡萄汁里害死了妻子杰西卡,因为他发现妻子爱上了他的哥哥托伯特·福克斯。12 年后,也就是 1944 年,从战场荣归的巴亚德的儿子戴维一直深陷在被宿命论折磨的精神障碍中,他日夜害怕自己继承了父亲杀死妻子的罪恶基因,也会一时冲动杀害自己的妻子,也就是青梅竹马的琳达(托伯特夫妇的养女)。勇敢的琳达鼓励丈夫与自己一起来到纽约,求救于整个莱特镇曾经的座上宾,埃勒里·奎因先生。

《凶手是狐》(The Murderer Is a Fox)的取名是因为当事人一家的姓是 Fox(福克斯)。这个书名有剧透的成分,暗示凶手必是福克斯一家的某个成员。这家总共 5人,哥哥托伯特在精神上暗恋弟媳,为了掩盖丑闻他确有谋杀动机;托伯特的妻子爱

《凶手是狐》
新星出版社，2010 版

米莉出于对情敌的怨恨也有可能下毒，况且毒杀案的凶手往往是女人；弟弟巴亚德当年由于间接证据被推断谋杀成立被判了无期徒刑，奎因重新审阅了当年所有的案件材料后从逻辑上推演巴亚德仍旧是唯一有下手时机的嫌疑犯；至于巴亚德夫妇的儿子戴维，以及托伯特夫妇的养女琳达在当时都只是 10 岁左右的孩子，把他们当作毒杀案的嫌犯就太不可思议了，但埃勒里·奎因在严谨的推理之后仍旧认为凶手是狐（姓 Fox 的人）。《凶手是狐》里的推理过程是《希腊棺材之谜》式的，对物证运用清晰缜密的推理，就算智商普通的读者也能跟着奎因的逻辑思路逐一排除每个嫌疑犯，逐一排除每个犯罪可能性，最终剩下的那个人与 TA 的犯罪可能性，无论多么不可思议，必是那个唯一的解答。这个案件中的"凶手"有点像《Y 的悲剧》中的那个 Y，区别是 Y 的犯罪行为是有意识的，而这个 Fox 的行为是无意识的。奎因的第二次造访莱特镇仿佛是从《半途之屋》里面直接走出来，承袭了"国名系列"里的那种超强的推理能力，明显比《凶镇》里的他更像一个高明且自信的侦探。从中似乎能看出，这两位表兄弟作家在莱特镇系列的最初两部小说的撰写过程中所做的不同尝试，《凶镇》倾向于人性的书写与文学式的抒情，而《凶手是狐》侧重的是推理的精妙与结局的多重性与意外性。终于，在这个系列的第三部作品《十日惊奇》里，文学与诡计、人性与情节得到完美的平衡，成为莱特镇系列里最好的一部。

埃勒里·奎因第三次踏入莱特镇是 1947 年，距离他初到此处已经 7 年了，而这个镇已经有了很大的变化。主干道两边起了许多新式房子，让爬满常青藤的老房子成了遥远的记忆。约翰·莱特老先生已经去世，他的莱特镇国家银行现在由

《十日惊奇》
新星出版社，2010 版

迪德里希·范霍恩经营,而促成奎因这次莱特镇之行的人就是范霍恩的养子霍华德。这位年轻的雕刻艺术家 10 多年前在巴黎与奎因结识并成为朋友,而这次他拜访奎因在纽约的寓所是为了请奎因帮他从恐怖的梦游症里解脱出来。奎因又一次走出老旧的莱特镇车站,这次开车来接他的是一位比霍华德还年轻的美丽女子,奎因错以为她是霍华德的妹妹,随后惊讶地得知这个叫萨利的迷人女子竟是霍华德的继母,也即老范霍恩的妻子。奎因来到位于山丘道的范霍恩家的大宅,这里离开当年居住过的莱特家别墅很近。在奎因的眼里,屋主迪德里希·范霍恩的模样很特殊:"他那张脸是奎因所见过的最丑陋也最好看的男人的脸……眼睛巨大、深邃、明亮和美丽,它照亮了这张脸上的暗淡,把所有的不协调变得非常和谐,令人愉悦。"迪德里希·范霍恩散发出的温暖,反衬出他弟弟沃尔弗特的尖酸刻薄,屋里还有一位年近百岁的老妇人,那是范霍恩兄弟的母亲,终日捧着一部《圣经》。

《十日惊奇》(*Ten Days' Wonder*)的故事就在上述这些人物的关系里展开,打从一开始奎因就踏入了一个精心设计的陷进,并逐渐深陷其中。小说读了一半的时候读者或许会感到奎因为之心动的少妇萨利是那个陷进,因为奎因自己也说"永远、永远不要对一个女人下结论,不管是基于什么样的经验"。但这个案件中的凶手熟知名侦探奎因的推理逻辑与办案手法,他为奎因量身定制了一种犯罪模式,即《圣经》里的十诫。十诫中的前九诫是:不可崇拜偶像、不可信奉别的神、不可妄用上帝之名、不可偷窃、要记得安息日,保持安息日的神圣、必须尊敬父亲和母亲、不可贪恋他人妻子、不可通奸、不可作假证。奎因勘破了这种犯罪模式,他必须避免第十诫的发生,因为那是"不可杀人",也从此时开始,奎因不可挽回地掉入那个为他而设的逻辑陷进。奎因这次在莱特镇待了九天,其中所发生的跌宕起伏的情节是奎因小说惯有的,但让人惊奇的是作者在以第三人称叙述的过程里,时不时地插入以第一人称口吻发出的旁白,那是奎因内心的声音,他的情绪与思维随时与读者分享,这种视角不断切换的写作方式我从来没有在之前的奎因小说里看到过。尽管在第九天奎因成功解决了这个案件,但《十日惊奇》这个书名很明显地告诉读者奎因还有在莱特镇的第十天,而这一天是用来反转的。我也从来没有在之前的奎因小说里看到过这样让人惊奇的反转。原因之一是反转的时间跨度,第十天发生在第九天的一年后;原因之二是反转的篇幅,整整最后的 60 页都用于这个反转桥段。《十日惊奇》果然名不虚传,莱特镇系列能与国名系列比肩,很大程度上是因为这部小说的存在。

每个莱特镇的案件里奎因都能遇到一位迷人的女性,热情奔放的帕特里夏·莱特、感情真挚的琳达·福克斯、性感妩媚的萨利·范霍恩，这次的莱玛·安德森又是与众不同，她来自大自然，天真无邪——"她进门的脚步轻盈无声，像鸟儿，像精灵……她令人耳目一新，心驰神往，却又不可亵玩。"奎因对自己说：你可得悠着点儿。一无所有的莱玛用掉了所有的现金买了火车票来到纽约拜访从未谋面的奎因，因为她父亲老酒鬼安德森曾经对她说，如果他已不在人世的话，就来向奎因求助，而现在老安德森失踪了，在一个貌似有打斗痕迹的悬崖边留下了衣服和物件，生死不明。奎因面对的是一位身无分文、楚楚可怜却又意志坚定的女委托人，他帮她买了新衣服，请她共享佳肴，让她住进纽约最好的旅馆，然后在第二天拉着她的手，一起重回久违的莱特镇。这是一个浪漫迷人的开局，有时候你会在恍惚中怀疑正在读的究竟是不是一本推理小说？

《双面莱特》(*Double Double*)这个故事发生在1949年，距离业余侦探奎因第一次踏入莱特镇已近十年。奎因也不年轻了，所以他自称是莱玛的叔叔。而作者奎因的书写风格也发生了很大的变化，舒缓而多情，更偏重人性的关怀。奎因甚至还在这本书里提到了雷蒙德·钱德勒与赫尔克里·波洛，在此前的作品里似乎不曾见到。在自己的小说里提及同时代的推理作家或他们笔下的人物，这既是一种英雄相惜，也是一种对时代的记录。莱特镇系列的第5部作品也是最后一部作品不是发生在1940年代，甚至也不是在1950年代，竟然是在1960年代的末尾。《生命中最后的女人》

《双面莱特》
新星出版社，2011版

《生命中最后的女人》
新星出版社，2012版

（*The Last Woman in His Life*）发表在 1969 年，两年后，表兄曼弗雷德·班宁顿·李去世。同年，奎因的封笔之作《美好的私密之地》发表，此后弗雷德里克·丹奈不再创作小说，因为就算他构思出再精妙的诡计，也没有亲密的伙伴为之铺设情节成就故事。

　　三十年后的莱特镇已经跟不上 20 世纪的发展脚步，但始终是埃勒里·奎因心中的香格里拉。镇中心的圆形广场、莱特纪念碑、霍利斯饭店与厄珀姆饭店、莱特镇国家银行、卡内基图书馆、莱特镇纪事报、山丘道、寻乐园夜总会……至于莱特家、福克斯家、范霍恩家、安德森家、还有最后这个故事里的本尼迪克特家，有的已经入土，有的还在尘世，最后都将跟不上时代的节奏，奎因父子又何能幸免？莱特镇辉煌过，然后落寞老去，留下最动人的仿佛只是一种情怀。对于解谜爱好者来说，莱特镇系列恐怕很难让他们觉得过瘾，因此奎因在 1940 年代里还另外创作了两部推理超强的杰作《从前有个老女人》（*There Was an Old Woman*）与《九尾怪猫》（*Cat of Many Tails*），以此来平复读者对于逻辑解谜的高亢热情。这两部作品的水准与国名系列看齐，《从前有个老女人》的逻辑推理过程与《希腊棺材之谜》相近，凶手也同样隐藏得很深。《九尾怪猫》在气氛渲染方面的大手笔绝对是《美国枪之谜》的升级版。能给一座超大城市里的全体市民带去恐怖心理氛围的连环谋杀案不止一桩，但没有一部可以比得上《九尾怪猫》的恢弘、惊悚与紧凑，这是一部无可挑剔的五星级别的作品。

　　《九尾怪猫》发表在 1949 年，也即发表莱特镇系列中的《十日惊奇》的隔年，有趣的是奎因自己把这两个完全无关的故事联系在一起，这段在《九尾怪猫》末尾的自省文字也可以看作奎因给自己勾勒的画像："在范霍恩（《十日惊奇》里的当事人）那件事情之后，我发誓说我再也不用人的性命当赌注，但是过后我食言了。我竟然是这样的人，我真是卑鄙透了，教授。我卑鄙的个性一定是与生俱来的，要不然我怎么能食言了之后还安坐在第二个被害者的坟头上……我沉醉在我的偏执狂里，长期享受事业上带来的荣耀。单是自大的妄想就谈不完了！我会对律师谈法律，跟化学家谈化学，跟弹道专家谈弹道，大言不惭地跟毕生研究指纹的专家谈指纹。

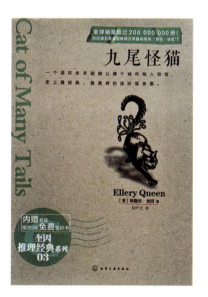

《九尾怪猫》
化学工业出版社，2013 版

对已经有三十年经验的警官发表至高无上的命令……自始至终，我就像个快乐的天使大闹宴会一样，在无辜的人群中胡作非为。"

我似乎洞悉了一个真相，伟大的业余侦探埃勒里·奎因在 1940 年代里展露的最重要的性格特征，除了大叔式的多情，就是诗人般的谦虚。

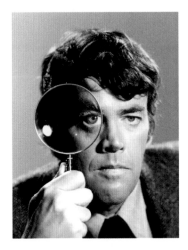

Jim Hutton 扮演埃勒里·奎因

# 44 狄克森·卡尔在 1940 年代

> 导言:"整个故事从一开始,就注定是个悲剧。卢克医生注定想不到真正的凶手,这就是他的宿命。眼看着尘埃落定,眼看着一切随风飘去,眼看着死者杳然、存者戚戚,万事万物最终返回正轨,只有记忆永难消逝。"
>
> ——狄克森·卡尔之《女郎她死了》

奎因已不是奎因,卡尔依旧是卡尔。

在仍旧是推理小说黄金岁月的 1940 年代,狄克森·卡尔的标志性特征从未消退。哥特式的暗黑氛围、华丽炫目的谜面、令人信服的解答、菲尔博士的伟岸身躯与强大洞察力、H. M. 爵士的激情咆哮与冷幽默,还有流畅的故事情节与生动的人物对白等,这些无处不在的卡尔元素确保了每一部小说的超高可读性。沉浸在每一出卡尔巧手编织的奇幻案件里,如同新开一瓶惯饮的红酒,在色香味上你绝不会感受到异样的品质。

《失颤之人》(*The Man Who Could Not Shudder*)是卡尔在 1940 年代的开篇之作,谜面是一如既往的华丽,那是一个发生在古老大宅里的诡异事件,颇具卡尔风格。大宅的老仆人深更半夜在餐厅里

《失颤之人》
吉林出版集团,2010 版

踩上一只椅子,以一种近乎疯狂的向上跳跃动作双手抓住吊灯的底部,像荡秋千那样摇晃身子,最终用自身的重量把整个吊灯从天花板上拽下来,而自己则被压死在吊灯

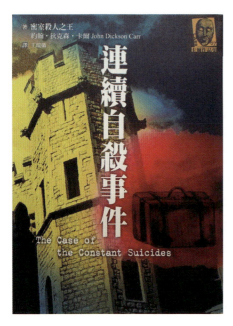

《连续自杀事件》
脸谱出版社，2005 版

下面。这样的奇幻场景如果不是闹鬼，那必然是精心策划的谋杀，你必定怀着极大的兴致接着读下去，想知道那个老仆人为何要做那种匪夷所思的举动。多年后，大宅易主，新主人召集了一群朋友要在新装修的房子里面召开一场降灵会。根据阅读推理小说的经验，降灵会通常都是幌子，里面必然隐匿着犯罪动机。在这个菲尔博士主办的案件里，遇到的是一个物理密室，这类机械式的密室诡计通常做到精巧已经算是成功了，你不能期待太多的震撼，真正让这部作品产生震撼效果的是凶手的两重反转。菲尔博士的特点是总能在证人的证词中抓住不合理之处进而洞悉真相。老仆人荡在吊灯上让其摇晃起来听着不合乎常理，所以，为什么不能逆向思维一下，他的本意或许是要让突然摇荡起来的吊灯停止下来呢？

1941 年发表的《连续自杀事件》（*The Case of the Constant Suicides*）展现了卡尔的幽默气质，那种英伦学院式的文雅调侃，引经据典又不失生动活泼，在这点上要胜过奎因。卡尔是久居英国的美国人，在对英国文化的熟稔方面与克里斯蒂相当。我认为论讲故事的流畅生动与幽默感，三巨头里卡尔是最好的。其中一个原因应该是与笔下人物的个性有关，赫尔克里·波洛大多数时候一本正经，往往都是他的"华生"黑斯廷斯来演绎因智商不足而制造的各种笑料；埃勒里·奎因在莱特镇系列里才充分展露为人的一面，情感细腻，内心绞缠，而在国名系列时代他几乎是神一般的存在。卡尔笔下的两大侦探菲尔博士与 H. M. 爵士就呈现完全不同的性情，高谈阔论，个性张扬，行事不拘小节，洒脱诙谐又具正义感，这样的人物绝不会遇到枯燥乏味的故事。

在行文幽默的整体格调里，《连续自杀事件》的诡计安排也极为经典。有把自杀布置成谋杀的，也有反过来把谋杀布置成自杀的，配合卡尔驾轻就熟的古堡暗黑氛围的渲染，以及苏格兰高地的嗜酒豪边的民族个性，还有那对高学历的坎贝尔堂兄妹由互相憎恶而慢慢演变成婚嫁的非典型爱情故事，最终架构成一出充满电影元素的悬疑故事。倘若时间允许，一个通宵读完这部准五星级别的作品是非常惬意的。在坎贝尔家族世居的城堡里,"最引人注目的是它的高塔。位于城堡东南角那座长满青苔的圆形灰石塔楼,往上连接着圆锥形的石板屋顶。面对湖的那一侧似乎只有一扇窗户,是一扇格子窗。"就是从这个窗户里,城堡的主人老坎贝尔兄弟先后跳了下去,一死一伤。菲尔博士认为屋内床底下的带有透气孔的箱子是唯一的诱因,尽管发现它的时候里面是空的。如果有什么生物曾经在深夜里爬出来并刺激到了房间里的人,那它一定是具备人类的智商,因为它在完事后还扣上了箱子的锁扣。

1942 年的两部作品相对于卡尔的其他作品有些另类,《皇帝的鼻烟盒》(*The Emperor's Snuff-Box*)的另类在于风格完全不是卡尔式的,而《逆转死局》(*Death Turns The Tables*)则是结局的争议性。《皇帝的鼻烟壶》里既没有惊骇莫名的氛围,也没有诙谐机智的语言,代之的是细腻的心理分析。担当这种观察入微的工作的主角既不是爱引经据典的菲尔博士,也不是情绪波澜起伏的亨利爵士,而是一对类似赫尔克里·波洛与黑斯廷斯的搭档。一位智力平庸的警察局长邀请他的朋友肯霍斯博士调查退休的收藏家罗斯爵士被人在深夜里敲破脑袋的案子。在局长的眼里,肯霍斯博士能剖析别人的思维,就像拆开一个钟表。在拆解本案的嫌疑人伊芙小姐的证词时,肯霍斯博士勘破了局长等人完全忽略的不合理之处。死者被杀时正在书

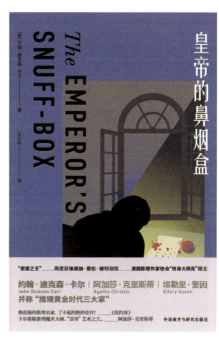

《皇帝的鼻烟盒》
外语教学与研究出版社,2022 版

桌旁把玩一个形状像怀表的鼻烟壶,而住在对街二楼的伊芙小姐在事后被问询时能毫不犹豫地说出那是一只鼻烟壶的缘故(鉴于距离较远本该说是怀表),要么是她曾经走近被害人(被认为是凶手),要么是有人给了她一种强烈的心理暗示,让她相信自己看到了实际上并没有看到的东西。尽管卡尔本人并没有承认这是一部致敬克里斯蒂的作品,但如果把肯霍斯博士直接换成波洛,然后把封面的作者名字改为阿加莎·克里斯蒂,我想女王的粉丝十有八九会把此书看成是《阳光下的罪恶》或《人性记录》的姐妹篇(这两部作品里都有证人误读的桥段)。唯一需要重写的部分必然是末尾,

因为清心寡欲的赫尔克里·波洛是绝不会向漂亮的女当事人发出强烈的示爱信号，这毫无可能。

推理小说如果有一个开放式的结局，往往会引发长久的争议，哪怕在几十年之后，比如卡尔的经典名作《燃烧的法庭》，直到现在还会在推理迷中存在意见相左的论争，到底卡尔原本想留下的真相是哪一个？实际上永远不会有答案，除非卡尔已经写在自传里。还有一种争议是关乎人性与价值观的，就像卡尔安排基甸·菲尔博士在《逆转死局》的结尾做出的惊人之举，哪怕手握铁证，菲尔博士依旧我行我素，是正义感还是友情驱使？反正他硬是让结局逆转了，"就在艾顿法官把手蒙住眼睛的时候，菲尔博士把信纸碎片放入烟灰缸，点了根火柴，扔到纸上……两人无言对坐，看着真相消逝在火焰中。"也或许，菲尔博士只是想让自以为永远正确的法官丢一次面子而已。《逆转死局》除了结局的争议性之外，整体的布局堪称完美，诡异的开局、误导读者的线索、复杂的情感纠葛与不断的真相反转，可能仅在核心诡计上稍欠些新颖（能看到《三口棺材》的痕迹）。此外，这个故事再次诠释了推理小说内在的一条真理：凶手会被逮到不在于计划不周或是警方聪明过人。凶手会被逮到，纯粹出于意外——发生在犯罪过程中诸多无法预料的巧合。

《女郎她死了》
新星出版社，2021 版

卡尔在 1943 年发表的《女郎她死了》(She Died A Lady)无疑是他在 40 年代的巅峰作品，推理小说能施展的那些最华丽最让人过瘾的技艺几乎都可以在这部小说里找到。《三口棺材》里的凶手在雪地里开枪杀人之后，凭空消失而没留下一行足迹，这种超高水准的不可能犯罪诡计在本书中再度上演。一对情侣在悬崖上被近距离射杀并坠入大海，如果是谋杀，那凶手竟然没在现场松软的红土地上留下脚印，他也不可能从峭壁那侧上来又下去，似乎他只能从空中飞来；如果这对情侣是自杀，无论在悬崖底下还是悬崖边都没有发现手枪。《燃烧的法庭》的经典桥段是末尾的多重解答，以及发生在侦探这个角色上的意外状况。本书同样在末尾由叙事者"我"（乡村老医生卢克）给出推理缜密的解答，而警方居然也给出了看似合乎逻辑的另一种解答，在这个解答里"我"这个亨利爵士的助理侦探却成了嫌疑犯，因为"我"正是那个在情侣跳海之后走近了现场并留下第三行脚印的证人。《歪曲的枢纽》里最震撼人心的安排是菲尔博士放走了凶手,这次则轮到更加情绪化的亨利爵士。在一出悲剧的末尾抹上一点喜剧的亮色能见出作者对人性、生活、与世界的积极态度。《三口棺材》《燃烧的法庭》与《歪曲的枢纽》是卡尔在 30 年代的五星作品,而单一部《女郎她死了》就全部重现了那些让人叹为观止的经典桥段,作为解谜推理的拥趸实在无法要求更多。

在卡尔的两大侦探里面,我更偏爱亨利·梅利维尔爵士(即 H. M.),因为他更具真性情。虽然在国防部当官且常常出入苏格兰场,他却喜欢与三教九流的人称兄道弟,痛饮高谈。对看不惯的事情忍不住咆哮训斥,与智商不足的人分析案情总克制不住烦躁蔑视的心态。这就是可爱得像孩子一般的亨利爵士,从不掩饰自己的性情,真诚坦白"我趣味低下,很喜欢传传八卦,探听探听流言蜚语"。亨利爵士深受年轻人的喜爱,虽然在表面上他摆出长辈的威严实则对他们非常宽容。"我说你们,不许在我面前亲热!"亨利·梅利维尔咆哮道,壁炉里冒出的一股烟都被他喷了回去,"我们可怜的凶手就是因为亲热,才走上了不归路。"在《女郎她死了》这个悲情故事里,他为了唤醒一个年轻人的良知不惜销毁证据,让真相隐没在战争的硝烟里。当然,推理小说有义务写出真相,所以亨利爵士在战后回到了案发的村庄,为他的朋友们推演了案件,并对已经在战争中捐躯的老卢克医生道出这样一句话:有时候你跟一个人太过亲密,反而对 TA 视而不见。

狄克森·卡尔让人惊叹之处在于持续写出高水准作品的能力。《女郎她死了》创造了超乎完美的阅读体验,而就在不久后的 1946 年,卡尔先后推出了故事性极强的《我的前妻们》(My Late Wives)与在不可能犯罪上无比绚丽的《耳语之人》(He Who Whispers),使得他在创作力上超越了他的两位顶级对手克里斯蒂与奎因。《我的前妻们》讲的是一个跨越十几年的追凶故事,一个叫波雷的人杀了四任妻子并让尸体消失,并从此隐姓埋名。"一个高明的凶手,从杀害一个猎物到寻觅下一个目标之间的轨迹总是曲折晦暗的,几乎从无可能按部就班、确凿无疑地用某种理论

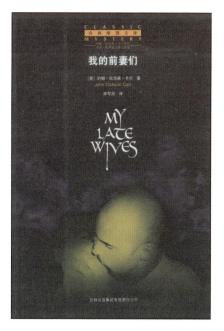

《我的前妻们》
吉林出版集团,2008 版

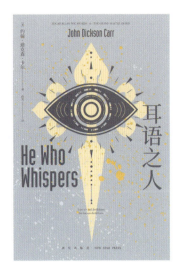

《耳语之人》
新星出版社，2021 版

一以贯之。"但是这次苏格兰场的马斯特司警长请出了脾气暴躁但智慧超凡的 H. M. 爵士。爵士带着一帮机遇巧合凑到一起的人物，有话剧演员、舞台经理、律师和乡村女孩，为引蛇出洞逮住凶犯排演了一出奇妙的戏剧，而这个故事的诡异色彩在于这出戏剧的剧本竟然出自凶犯之手。《我的前妻们》是一部充满电影元素的作品，包括惊险悬疑、动作格斗、闹剧场面还有爱情戏等等。剧情的发展始终让读者处于不读完不罢休的亢奋状态，凶手的身份也不那么容易看透，总之整个故事非常丰满，文学味道十足，唯一让解谜爱好者不过瘾的可能是没有看到绝妙的诡计，这个遗憾卡尔在随后的《耳语之人》里给予了百分百的补偿。

"一张用餐的大圆桌，并有座椅环绕；闪亮的银器排列整齐；桌上摆着玫瑰，白色桌巾上鲜红的玫瑰与绿色蕨类形成强烈的对比；四根长蜡烛尚未点着。壁炉架上方挂了幅裱框的骷髅头版画，这正是谋杀俱乐部的标记。"《耳语之人》就在这样一个神秘的高档私人餐厅里拉开帷幕。一位叫芮高德的老教授给宾客讲述发生在 6 年前的一起匪夷所思的案件，而在推理小说里这类案件有个专属名词——不可能犯罪。中年商人布鲁克先生在自家别墅附近的一座废弃的塔楼顶上，被人从背后用剑刺死，随身携带的装有巨款的公事包不翼而飞。有一群游客作证，在芮高德教授应他朋友布鲁克先生的要求从塔顶带走布鲁克的儿子哈利之后，到布鲁克被证人发现倒卧于血泊中的这段时间内，没有任何一种生灵进入过塔楼。而在案发时唯一接近现场的当事人是在附近河里游泳的布鲁克先生的女秘书费伊小姐，但是她绝无可能爬上外壁光滑的塔楼来执行谋杀。

狄克森·卡尔的开局总是如此华丽，而这次他把故事发展的脉络也架构得天衣无缝。6 年前发生的离奇案件与现时正在发生的恐怖案件完美桥接。那位来参加谋杀俱乐部晚宴的迈尔斯先生在听完塔楼命案回去之后发生了一连串让他无法理解的怪事，尤其是他的妹妹玛丽安在深夜的房中抓着一把手枪对着被认为是邪灵的东西开枪，可实际上她并没有看到任何生物，只是反复声称有人在她枕头旁边低声耳语……如果我来评选卡尔顶级的五部作品，《耳语之人》一定位列其中。不可能犯罪与惊人的解答、时代的烙印与深邃的人性、跨越时空的凶手与无处不在的卡尔式氛围以及接近纯文学的笔调。读着这样的语句,仿佛你已经不由自主地沉浸到小说里那种梦幻诡谲的场景中:"小餐室里昏暗寂静,唯一的光线就是桌上点的四根蜡烛,他们拉开了窗帘、把窗户敞开,让闷热的夜晚透点凉风。外面的雨势仍然磅礴,对街漆成红色的餐厅一两扇亮着灯的窗户染上了略带紫色的薄暮……"

# 45 伟大的魔术师马里尼

导言："马里尼说：'你表演了一场精彩绝伦的魔术，医生。你没有欺骗我们的视觉，而是欺骗了我们的听觉。'"

——克莱顿·劳森之《来自另一个世界》

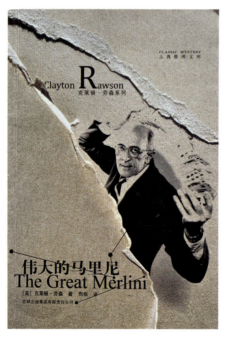

《伟大的马里尼》
吉林出版集团，2009 版

两个好朋友狄克森·卡尔与克莱顿·劳森(Clayton Rawson，1906－1971)在推理小说史上留下过一段佳话。两人在一个密室主题上互相挑战，看谁能想出更绝妙的诡计，编织出更精彩的故事。这个密室主题从表面上看是一个物理密室，即一个凶手怎么才能从一个门窗都被胶带从内侧封死的密室中完成谋杀并消失？卡尔在 1944 年率先完成挑战，写出了《爬虫类馆杀人事件》，果真是一个具备可操作性的物理密室，加上卡尔独有的哥特式风格，使得这部作品成为准一流的经典。克莱顿·劳森迟至 1948 年才推出中篇《来自另一个世界》，但他后发制人，设计了一个绝妙的心理密室，个人认为在诡计原创性上足以击败卡尔。小说中的凶手使用了障眼法，对读者实施了心理欺骗，仿佛在众目睽睽之下表演了一出高明无双的魔术。克莱顿·劳森在成为作家之前的职业就是魔术师,他可能不是第一个把魔术融入推理小说的人,但绝对是做得最完美的那一个。他笔下的侦探马里尼(Merlini)也是一位退休的魔术师,极富个性魅力。在推理小说史上的那些名侦探里,多的是无业游民、牧师、博士、书店老板、占星术士之类的,魔术师似乎绝无仅有。

先来看看让"密室之王"卡尔俯首称臣的《来自另一个世界》。一所大宅的主人德雷克与他邀请来的灵媒罗莎在书房里执行降灵仪式,随后罗莎晕倒,德雷克被刀刺死。破门而入的三位证人都声称书房门窗的所有细缝都用胶带从内部封上,别说是人,就是一把薄薄的刀片也无法从密室出去。马里尼莅临这个如同魔术舞台般的神秘犯罪现场,先用魔术师惯有的幽默气质愚弄了一下在现场办案的警察,他宣称:"灵媒罗沙的善良的精神力量有时候会被来自另一个世界的邪恶力量所压制。这些邪恶的力量来到了这里,击败了罗莎的良性精神力量,杀掉了德雷克,又回到了他们来自的那另一个世界。"表面上如此揶揄,马里尼实际上已经看穿了这出精妙的障眼法。不要相信你看到的和听到的,也不要相信你认为的,因为凶手表演的是快如闪电的魔术。虽然只是一部中篇小说,《来自另一个世界》就像杰克·福翠尔的《微笑的上帝》那样达到了那种看似简单却难以企及的至高境界。魔术师的一个小花招,让当事人在开门时听到了一个本不该存在的声响,如同早年的福翠尔让司机开上了一条本不该存在的歧路那样,只有在末尾复盘的时候,才明白这种魔术式的心理陷阱读者是很难逃遁的。

哪种魔术最能引发观众的惊叫呢?凭空消失与瞬间位移绝对位列其中。克莱顿·劳森把最玄幻的魔术引入他的处女长篇《死亡飞出大礼帽》(*Death From A Top Hat*,1938年),而且在此案件里无论是死者、凶手还是证人都是魔术师,当然还有故事的主角,那位从表演舞台上退下来之后开了一家魔术用品商店的伟大的马里尼。这个案件是魔术师之间的巅峰对决,而对于主导调查的纽约警察局的加维甘探长及其手下来说,有幸在台下免费观赏了一出惊险绝伦的魔术大戏。从踏进命案现场开始,加维甘探长就开始遭遇接踵而至的不可能现象,除了现场呈现密室状态之外,有

《死亡飞出大礼帽》
吉林出版集团,2008 版

一个证人在警察严密跟踪的情况下从一辆出租车里面凭空消失了。据盯梢的警察报告,途中魔术师乘坐的出租车在路边停靠,穿着魔术服的魔术师下了车,然后慢悠悠地绕着街区逛了一圈,前后用了十分钟的时间就重回到车上。诡异的是,司机重新发车之后不久就着了魔似的撞上了树。警察随即赶过去查看,发现司机晕厥了过去,而魔术师则人间蒸发了。更不可思议的麻烦还在等着探长,那个叫塔罗特的魔术师竟然在同一时间出现在相隔较远的两个地方,这简直就是超越舞台范围的瞬间位移术。面对这些魔幻事件,加维甘探长做了唯一正确的决定就是马上招来他的老朋友马里尼,因为他认为对付魔术师的最佳人选就是这群人中的王者。马里尼告诉他的老朋友,唯一能依赖的与这些不可思议的案件搏斗的工具,只有逻辑,而不能相信近距离的观察,否则所有人都将成为魔术表演的台下观众,被魔术师的障眼法所欺骗。

克莱顿·劳森对老友狄克森·卡尔的崇敬是显而易见的,比如在核心诡计上的模仿。如果把卡尔的短篇处女作《山羊的影子》与劳森的这部《死亡飞出大礼帽》放在一起阅读,很容易觉察到两者的核心诡计即身份扮演是如此相似。这当然不是简单的模仿,劳森利用自身的专业经验,让魔术师成为主角来操纵这种假扮游戏,让情节更具说服力与剧场感。处女作获得巨大成功之后,劳森的好胜心气明显抬升,这使得他花了更多心思来构建更复杂与玄妙的故事,即他在随后几年里陆续发表的《天花板上的足迹》(1939 年)、《断项之案》(1940 年)与《无棺之尸》(1942 年)。论布

《天花板上的足迹》
吉林出版集团,2009 版

局与情节的烧脑程度,《天花板上的足迹》(*The Footprints on The Ceiling*)是劳森作品里最高的,甚至也超过了卡尔的大多数作品。灵媒声称在降灵会的时候让亡灵现身,随后现场的参与者都看到了此前白净无痕的天花板上出现了明显的行走足迹,而正常的人决计无法完成这样的动作,只能相信是另一个世界的灵魂来到了降灵会现场。这样的谜面非常豪华,像极了卡尔。此案里面还有毒杀与误杀、精妙的不在场证明、揭秘真相之时凶手无法擒拿等高明的桥段设计,总之这是一部让作者颇为自负的传世佳作,目标是奔着超越《三口棺材》或《燃烧的法庭》去的。公平地说,劳森无法真正代替卡尔成为不可能犯罪之王的短处在于三点:一是华丽的谜面有时候不能给出对等华丽的

解答;二是文学才华稍逊于卡尔;三是卡尔写出的超一流作品数量多达十几部,而劳森总共的长篇也只有五部。

终于,在劳森的最后一部长篇《无棺之尸》(*No Coffin for the Corpse*)里,我们读到了极为流畅的行文,生动有趣的情节。甚至以第一人称叙事的当事人罗斯·哈特先生的遭遇也在阅读过程中让人颇为牵肠挂肚,这应该是属于文学本身的力量,读者总能被精彩的故事与真挚的情感所打动。富商沃尔夫声称有一个鬼隐藏在他的大宅里面随时会取他的性命,然后他果真被枪杀于呈现密室状态的书房内,而同时晕倒在他身旁的是年轻的妻子沃尔夫夫人。灵媒出身的夫人首先被列为头号嫌疑犯,但是由于现场没有发现作为凶器的手枪,警察认定必是凶手离开密室的时候带走了手枪。随后,我们故事的叙述者哈特先生有幸被探长认定为嫌疑犯,探长的推理线索听上去非常缜密,我一度觉得《罗杰疑案》的诡计又被移植了一次。随后让人更震惊的则是哈特的女友,即沃尔夫的女儿凯瑟琳。因为父亲反对她嫁给穷酸的记者哈特并扬言要剥夺她的继承权,于是她似乎更有动机谋杀父亲并嫁祸给继母。好在,伟大的马里尼及时出场拯救了这对情侣,并对现场的当事人包括家庭医生、男秘书、司机、做客的灵异学家等逐一调查并进行推断,同时案情在不断反转,那个盘桓在大宅里的鬼,复活又死去,来回了三次,好像是在配合马里尼完成一台惊天大魔术。当然,就像他的好朋友卡尔那样,劳森也绝不会让读者轻易猜到凶手是谁。

《断项之案》
吉林出版集团,2010 版

《无棺之尸》
吉林出版集团,2009 版

《无棺之尸》胜在情节与语言,诡计的精妙程度还达不到《三口棺材》那样的至高境界,所以要评为五星作品似乎还差一口气。反倒是劳森的推理短篇,如《来自另一个世界》与《天外消失》等,如同皇冠上的宝石一般精致而绚丽,与短篇黄金时代的那些名作如 G. K. 切斯特顿的《隐身人》与《通道里的男人》，杰克·福翠尔的《幽灵汽车》与《逃出 13 号牢房》等处于同样高的水准。所不同的是，劳森为这些完美诡计披上了魔术的外衣。在《天外消失》里嫌疑犯走入一排电话亭中的一间，当附近的两名警察在几分钟后走过去查看时，嫌疑犯已经消失，更诡异的是悬荡在空中的电话听筒里竟然传来嫌疑犯的声音。马里尼为警察推演消失诡计的手法具有魔术般的神秘，因为他像在舞台上表演似的，亲自走入电话亭，完成了同样的消失，并让自己的声音在听筒里出现。

伟大的魔术师侦探马里尼，就算混在那些耀眼的名字如夏洛克·福尔摩斯、布朗神父、赫尔克里·波洛、哲瑞·雷恩与 H. M. 爵士等里面，也有很强的辨识度与存在感，这就是克莱顿·劳森留在推理小说史上的显赫功勋。显而易见的是，位列美国推理作家协会的四位创始人之一的劳森，绝非浪得虚名。

# 46 二战时期的名作

> 导言:"她那第二人格的冲动会在她的主人格一无所知的情况下以梦游
> 状态表现出来。这种事的确发生过,对吗?"
>
> ——海伦·麦克洛伊之《犹在镜中》

　　1940 年德军发动闪电战攻占丹麦与挪威,随后绕过马奇诺防线侵入法兰西共和国,二战就此全面爆发。隔着大西洋的美国听不到隆隆的炮声,所以侦探作家协会的下午茶聚会依旧气氛热烈。想象一下在咖啡的浓香与雪茄烟的氤氲之中,埃勒里·奎因、狄克森·卡尔、克莱顿·劳森等围着茶几高谈阔论的场面,如果能定格成一帧照片得有多么经典。在推理大师们身边叨陪末座的一位年轻的小说评论家显然忘记带上照相机,反倒是带来了他自己的一部密室推理小说。在扉页上他写道:"献给这个领域最伟大最富技巧性的大师,约翰·狄克森·卡尔。"落款是安东尼·布彻,而这

《九九神咒》
吉林出版集团，2008 版

部获得在座所有大师一致赞美的名作就是位列十大密室推理小说第九名的《九九神咒》(*Nine Times Nine*)。

安东尼·布彻(Anthony Boucher，1911 - 1968)对卡尔的崇拜似乎有点过了头，他把《三口棺材》里著名的密室讲义搬到了自己的作品里，我没有看到过哪位推理作家整段地引用别人的经典理论并做逐一的拆解分析。而绝妙之处在于，布彻的密室设计竟然没有在卡尔的讲义里找到解答，所以潜台词就是："卡尔先生，请接下来欣赏本人的创新诡计。"《九九神咒》绝对是一部卡尔风格的作品，如果当时换上卡尔的名字出版，应该不会让推理迷感到疑惑。一部让人满意的密室作品通常要有创新的诡计、玄秘的氛围与流畅的叙事，而布彻在这三方面都几乎做到了百分百的程度，或许《九九神咒》的排名在劳森的《死亡飞出大礼帽》之后的唯一原因是，如果一部推理作品能有两个及以上的经典桥段，那会更让读者得到满足。

黑克·塔伯特(Hake Talbot，1900 - 1986)发表于 1944 年的《地狱之缘》(*Rim of the Pit*)显然是想把多个经典诡计放在一部推理作品里，这样的气魄确实伟大；而从结果上看，《地狱之缘》位列十大密室榜单的第二名也完全得到了后世的认同，但这部作品却是我读推理小说以来最让我困惑的一部。我认为翻译上或许存在些问题，但理性地讲，要把十几个不可能犯罪的诡计串在一起形成一条推理主线实在太过高难度了。如果在黑夜里放一个风筝吓吓人就能算是一种高妙的解答，那这个榜单上排名其后的加斯顿·勒鲁(《黄色房间的秘密》)与冉威尔(《弓区之谜》)的拥趸们定会对榜单的创造者爱德华·霍克嗤之以鼻。我认为合理的解释可能是霍克太过推崇不可能犯罪的谜面，而谜底本身似乎凑合就行。"我来到这里，是要让一个死人改变想法"，这样华丽无比的谜面确实可以让读者沉醉，但我想仅有一场惊险刺激的降灵会是远远不够的，必须得把诡计实现的情节交代清楚，就像卡尔在《三口棺材》里做的那样，才算对读者公平。

以上两部美国作家的作品都没有二战的气氛，而同一年，英国作家克里斯蒂安娜·布兰德(Christianna Brand，1907 - 1988)的《绿色危机》(*Green for Danger*)就是另一番硝烟弥漫的场景。这是一桩发生在战地医院里的谋杀案，邮递员赫金斯死在了麻醉台上，似乎氧气罐出了问题，里面被换成了二氧化碳，但麻醉师却坚称要换掉罐子里面的气体在操作上是不可能实现的。我们那位卡尔的崇拜者，著名推理小说评论家安东尼·布彻先生在读完这部作品后给作者的评价是："你会发现布兰德的对手，都是那些最伟大的名字。"他说的对手显然是推理女王阿加莎·克里斯蒂，因为布兰德即有简约清晰的叙事风格，又能把多个角色的性格特征分别刻画得生动有趣，像极了她的前辈。而在设计红鲱鱼（误导的情节）上，还能见出与多萝西·L. 塞耶斯同样高明的布局，导致我在判断凶手身份与犯罪动机上都掉入了布兰德的叙述陷进，而这种阅读上的意外感本身就是一个推理迷所期待的。

《绿色危机》
吉林出版集团，2009 版

　　1946 年的英国已经进入战后的重建时期，劫后余生的释重感也体现在推理作品中，比如这部《玩具店不见了》(*The Moving Toyshop*)，里面所展现的文学魅力与英式幽默无疑能让战后的人们重新获得生活的乐趣。这部轻喜剧作品归入悬疑类或冒险类小说可能更准确些，但考虑到作者创造了一个惊天大谜团，把它纳入推理小说也未尝不可。这个大谜团就在书名里面，一座玩具店不见了，确切地说头一天晚上它还是一家玩具店，第二天早上就变成了杂货店了。同时不见的还有一具老妇人的尸体，而发现尸体的人则是一位回母校来度假的中年诗人。诗人无法断案，所以他求救于牛津的老同学，文学院的芬恩教授。于是教授带着诗人把牛津城掀了个底朝天。本书的作者埃德蒙·克里斯平(Edmund Crispin, 1921 - 1978)学文学出身，主业是作曲家，与其说他在写一部推理小说，不如说是在尽情编织英国式的文学段子。"我这一路从伦敦过来倒霉透顶了。慢吞吞的火车，几乎每遇电线杆就停，活像一条狗。"牛津的幽默总带着浓郁的文学色彩。

　　这段特殊时期里最让我印象深刻的作品就是接下来要讲的这部《犹在镜中》(*Through a Glass*, Darkly)。英文的书名确实很难翻译，如果你已经读完这个故事，你必然明白稍有不慎就会在书名的翻译中泄露核心的诡计。英文字面上的"黑暗里

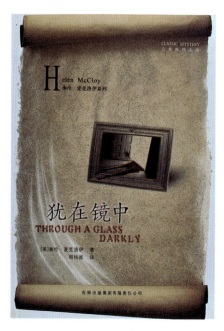

《犹在镜中》
吉林出版集团，2009 版

穿镜而来"展现的就是谋杀发生时的恐怖镜头，它像希区柯克在《惊魂记》里设计的浴室杀人的那个场景一样震撼，让人看过就永远无法从记忆里抹去。因此，我觉得很有必要为打算阅读这部作品的读者奉上这样一句毫不夸张的警示语——胆小者请慎入。此前在《女神、牧师与心理医生》这章里介绍过海伦·麦克洛伊的处女作《死亡之舞》，那是一部布局细腻、犯罪动机深藏不露的佳作。在我所知的女性推理作家的处女作里，可能只有克里斯蒂的《斯泰尔斯庄园奇案》具有与之相当的复杂度。而这部麦克洛伊的成名作在综合水准上不亚于克里斯蒂的名作《人性记录》，两部作品都有巧妙的身份扮演的桥段。

　　比创造诡计更考验推理作家水准的是氛围的渲染。神秘的传说与惊悚的当下，文学的张力与心理的跌宕，把这些重要的因素揉捏在一起，通过跃然纸上的各个角色演绎出来，才能把读者带入一种沉浸式的体验，驱使他们去相信超出自身认知界限的事物，比如分身。麦克洛伊在《犹在镜中》里对于分身（或者叫活人的灵魂）的铺叙，一度曾让我产生错觉，似乎自己正在看一本科幻读物。好在我们的主角，精神科医生拜佐尔·威灵绝对不信几个证人所看到的分身现象，具体地说是乡村美术女教师克蕾尔在同一时间出现在两个不同的地方。我能保证诡计里面并没有双胞胎出现，凶手是一位在精神意志上可与威灵医生匹敌的角色，TA 制造的是让人深陷其中的幻象："你来到一个房间……你看见前面一个色彩斑斓的三维实心映像，遵从光学定律而移动。它的举止有种模糊的熟悉感。你赶紧靠近映像，想看得更清楚一些。它转动了头——你正在看着你自己，或者仅是你自己的一个镜像——当然并没有镜子……如果一个人看见了他自己的分身的话，他将会很快死去……"

　　约瑟芬·铁伊发表于 1951 年的《时间的女儿》（*The Daughter of Time*）属于另类的推理小说，里面讨论的案件不是发生在当下，而是四百年前，这类作品通常称之为历史推理小说。格兰特探长在住院期间百无聊赖读起了英国历史，并对理查三世为了篡夺王位而谋杀了被囚禁在伦敦塔内的两个小王子的事件产生了怀疑，而这种疑虑产生于书中的一帧理查三世的肖像画："他是历史上最恶名昭著的一起罪行的谋划者，同时他又长着一张最正直的法官或行政长官的面孔。"这种违和感一直困扰着病床上的格兰特探长，他通过自身的魅力动员了包括护士在内的多位临时助手，通过收集各种历史材料并进行交叉验证，随后令人惊奇的事实浮出水面——理查三世完全不是史书上描绘的那种十恶不赦的暴君，反而是一位胸怀磊落，治国有方的明君。一个崇尚诡计的读者或许难以读完这本作品，除非他同时又酷爱文学。

从二战爆发开始算起的十年里，如果我们把推理三巨头的作品移到一边，依旧可以欣赏到一个五光十色的推理世界。海伦·麦克洛伊的《犹在镜中》把读者的心理氛围调动到极致；安东尼·布彻的《九九神咒》是对密室之王的最高级别的致敬；克里斯蒂安娜·布兰德的《绿色危机》让推理小说与二战永远交织在一起，这种感觉如同《飘》与南北战争；埃德蒙·克里斯平的《玩具店不见了》在推理领域也证明了牛津永远是英国文学的摇篮；约瑟芬·铁伊的《时间的女儿》揭示了一个真理：千万不要盲从历史书上的观点。我对这些名作的排序大抵如此，至于黑克·塔伯特的《地狱之缘》，我唯有两个期待：找一找爱德华·霍克（Edward Dentinger Hoch，1930 - 2008）本人对于十大密室榜单的解读，能把这本书排在绝对经典

《时间的女儿》
新星出版社，2012 版

的《黄色房间的秘密》之前，总得有些疯狂的理由才好；其次就是，看一看能否买到英文原版再读一遍，也许没有完全读懂中文版并非我的问题。

**附录：**

1981 年，由"短篇推理之王"爱德华·霍克主持评选的十大密室推理小说：

1.《三口棺材》(*The Three Coffins*，1935 年)，约翰·狄克森·卡尔

2.《地狱之缘》(*Rim of the Pit*，1944 年)，黑克·塔伯特

3.《黄色房间的秘密》(*The Mystery of the Yellow Room*，1908 年)，加斯顿·勒鲁

4.《歪曲的枢纽》(*The Crooked Hinge*，1938 年)，约翰·狄克森·卡尔

5.《犹大之窗》(*The Judas Window*，1938 年)，约翰·狄克森·卡尔

6.《弓区之谜》(*The Big Bow Mystery*，1891 年)，伊斯瑞尔·冉威尔

7.《死亡飞出大礼帽》(*Death From a Top Hat*，1938 年)，克莱顿·劳森

8.《中国橘子之迷》(*The Chinese Orange Mystery*，1934 年)，埃勒里·奎因

9.《九九神咒》(*Nine Times Nine*，1940 年)，安东尼·布彻

10.《孔雀羽谋杀案》(*The Peacock Feather Murders*，1937 年)，约翰·狄克森·卡尔

# 三巨头的终章——长夜

导言:"开头往往就是结局——经常听到有人说这句话。虽然听上去不错,但究竟是什么意思呢? 是否真有这样的地方,你可以指着它说:'这就是一切的开头,正是从这时起,才有了后来所有的故事。'"

——阿加莎·克里斯蒂之《长夜》

故事从赫尔克里·波洛的这封充满怀旧情感的信开启:"我的朋友,难道我这封信的发信地址没有引起你的好奇? 它能唤起很多旧时的回忆吧? 没错,我现在就在斯泰尔斯……我亲爱的黑斯廷斯,赶快来吧。"所谓百感交集者,莫过于两个搭档了 20 多年的老朋友一起回到梦开始的地方,出乎意料又无可避免地拉下他们侦

探生涯的帷幕。阿加莎·克里斯蒂创作《帷幕》是在她 50 岁之际,而她的处女作《斯泰尔斯庄园奇案》是她在 26 岁时的作品。可以说,这是中年的她在回望青年的她,这也是一种百感交集。当我酝酿这篇终章的时候,发现自己为克里斯蒂写下的第一篇文字的时间也已经是 20 个月前了。当书写本身与功利无涉,能坚持不断,这也是另一种百感交集。

克里斯蒂在去世(1976 年 1 月 12 日)之前的几年间仍旧在创作波洛的故事,例如《万圣节前夜的谋杀案》(1969 年)与《大象的证词》(1972 年),有趣的是,《帷幕》这个波洛的最后一案竟然创作于 1940 年代初。更奇妙的是,马普尔小姐的最后一案即《沉睡谋杀案》也是在同一时期写毕。克里斯蒂为她的两位名侦探提前写好了终章并把它们束之高阁,然后与出版商约定在其身后才能发表。这种安排极为罕见,但却不难理解。创作,这项由智力与激情双轮驱动的人类独有的活动,就算在最伟大的作家身上也无法摆脱从巅峰走入低谷的进程。克里斯蒂在自己最辉煌的年代预先留下两部一流的作品,这真是一出在时空线上布设的超完美诡计。后来发生的事实也基本如愿,《帷幕》与《沉睡谋杀案》分别发表在其去世前后的几个月内。如果这算是推理三巨头之间的终局博弈,那女王确实棋高一着,因为奎因与卡尔并没有这样的巧妙安排,阿加莎·克里斯蒂真是一位百年一遇的奇女子。

24 年之后,垂垂老矣的两个搭档为了追查一个超高智商的罪犯 X,重回不祥的斯泰尔斯庄园。当年的女主人死于毒杀,而恐怖的气味犹在哥特式大宅的内部流淌。现在这里又聚集了一群来自社会各个阶层的人物,还包括与黑斯廷斯关系紧张的小女儿朱迪斯。波洛告诉他的老搭档,此前已经发生了五桩案件,X 从来没有被曝露在公众面前,但每次 X 都出现在案件发生地的附近,而如今 X 来到了斯泰尔斯,意味着又一桩谋杀即将发生。X 是一位超级的心理教唆犯——"他并不直接挑起你杀人的欲望,而是击毁你抵制杀人行为的意志。这是一种经过多年实践不断完善的技巧。X 知道用哪个字、哪个词,甚至哪个声调可以成功地对他人的弱点施加压力。"伟大的赫尔克里·波洛在他的最后一案里遇到的是最特殊最无懈可击的罪犯,"法律无法制裁 X,他是安全的。我想不出任何其他方式可以击败他。"克里斯蒂终究为波洛写出了如此完美的落幕之作,如果你之前读过埃勒里·奎因发表于 1933 年的《哲瑞·雷恩的最后一案》,你一定能理解克里斯蒂的布局并为之动容。雷恩先生不惜以生命守卫的是人类的文化遗产,即莎士比亚的信件;而赫尔克里·波洛决计不会看着自己的亲人(虽然没有血缘关系)与其他的无辜者成为变态狂的犯罪祭物,哪怕付出的代价是他本人死于心脏病发作,并永远长眠在荒凉寂寥的斯泰尔斯庄园。

我想过一个问题,就是在克里斯蒂的 80 余部作品里,有哪一本的书名最能涵盖她的创作精神或理念。《帷幕》(Curtain)是一个不错的选择,但无疑《长夜》(Endless Night)更为契合。人性的黑暗就如无尽的长夜,潜藏着无数的犯罪因子;而侦探就像明月或亮星,能在深沉的夜幕里划出一道照彻人性的光芒。写于 1967 年的《长夜》既不是波洛的案件也不是马普尔小姐的故事,那里面甚至没有侦探。海边的古堡、大树下的红衣女郎、浪漫的邂逅与无拘无束的恋爱，一半的篇幅都在写穷小子与巨额家产女继承人之间的爱情故事，只是总有一种不安的感觉隐现在字里行间，这就是克里斯蒂独有的文字魅力，没有华丽的诡计，也能让人难以释怀。《长夜》是一部心理悬疑小说，要拍成推理剧确实得做些改编，所以我能理解她被归入了马普尔小姐的探案剧里，由善于观察和唠嗑的老太太挖掘出那种不安氛围背后的犯罪痕迹。

日本知名推理小说评论家霜月苍（Shimot-suki Aoi，1971- ）在其著作《阿加莎·克里斯蒂阅读攻略》里有这样一个论断："克里斯蒂的作品就是画。"绝妙的评价，无与伦比！这句话让我在回溯女王的那些经典桥段的时候，眼前非常真切地掠过一帧帧定格的画面：东方快车上所有的凶手在餐车里听着波洛与那位受害人谈话的场景；《五只小猪》里的克雷尔先生在临死前完成的那幅毕生杰作，把爱与恨，生与死的讯息同时留存在女模特的青春眼眸里；着一身红衣的艾丽站在一棵大树下眺望大海，迈克被眼前的这帧清纯恬静的画面震慑住，这就是他等待的女孩，这就是长夜里的幸福。"有人生来就被幸福拥抱，有人生来就被长夜围绕。"这部非系列的后期作品可能是克里斯蒂对于人性的暗黑与绝望的宿命最为动人的一次描绘，她的地位如同《燃烧的法庭》之于卡尔，没有伟大侦探的伟大作品。

《阿加莎·克里斯蒂阅读攻略》
新星出版社，2018 版

长夜降临，帷幕徐落，对克里斯蒂的任何纪念文字都可能写不尽那种惆怅。姑且引用一段英国作家劳拉·汤普森在《英伦之谜：阿加莎·克里斯蒂传》的最后一章里的文字："根据阿加莎的遗愿，葬礼以《圣经·诗篇》第二十三节开始，然后是从斯宾塞的《仙后》中选取的一段诵文：'劳顿后的安睡，海上风暴后的港湾，战乱后的安逸，活过后的死亡，让人满心欢喜。'这段话也刻在了她的墓碑上。克里斯蒂安眠在英格兰寂静的心脏地带，与德文郡荒野的乡村隔着好多英里，虽然如此，那里墨绿的山坡、冬日的雾霭和银波荡漾的水域仍然蕴含着她的精髓。"

阿加莎·克里斯蒂最好的十部作品？所谓的"最好"往往没有什么意义，每个克

《三只瞎老鼠》
新星出版社,2019 版

里斯蒂迷都可以选出印象最深刻的十部佳作,以下的列表只对我个人而言有意义,或许能遇到共鸣也未可知。

第十名:《捕鼠器》(*The Mousetrap*,1950 年)。

这是一部半个世纪以来在全世界各地不断上演的舞台剧,真是经久不衰,堪称经典中的经典。舞台剧的原著,即发表在 1950 年的《三只瞎老鼠》可列入克里斯蒂最完美的三部中短篇小说之一。在阅读此作多年后的今天,我仍然留存着读到结局反转的那个时刻所受到的巨大冲击感。

第九名:《尼罗河上的惨案》(*Death on the Nile*,1937 年)。

难以置信,我是从电影里第一次遇到克里斯蒂的作品,那应该还是中学时代,很多年后才读到原著。这是一部故事胜过诡计的作品,命案要到后半部才发生,但读者绝不会产生一丝的无聊之感,这得益于浪漫的异域风情与复杂的人物关系,最重要的因素则是克里斯蒂编织故事的能力,太过卓越。我很喜欢霜月苍对本作的一句评论:交响乐式的华丽之美。

第八名:《控方证人》(*The Witness for the Prosecution*,1933 年)。

BBC 重拍的新剧改编得相当不错,法庭辩论极为精彩,让这部中篇作品重获公众的关注。事实上,小说本身也很跌宕起伏,深邃的心理战与让人惊奇的剧情反转,如果只能挑选一部克里斯蒂的中短篇小说推荐给读者,倘若不是《捕鼠器》就必是此作。

第七名:《黑麦奇案》(*A Pocket Full of Ryle*,1953 年)。

代表克里斯蒂风格的典型作品,所有女王擅长的手法都在本作中得以呈现——毒杀、童谣、隐秘的动机、意外的真凶、轻幽默的文学调子、惟妙

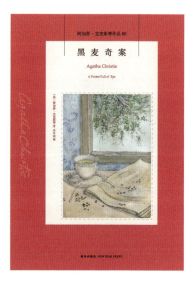

《黑麦奇案》
新星出版社,2018 版

惟肖的人物形象与角色视角的心理分析等等。最让人感动的是马普尔小姐那种近似复仇女神般的存在，哪怕死者只是她教导过的一个地位低下的女仆，正义也必须得到伸张。

第六名：《人性记录》（*Lord Edgware Dies*，1933 年）。

想在 1933 年的推理界赢得桂冠是很艰难的，因为奎因的《悲剧系列》在那一年收尾，他还发表了国民系列里的两部一流作品。但《人性记录》是一部完成度极高的佳作，叙述、诡计、动机与情感等等都配合得完美无缺，很少有读者能不被愚弄。我喜欢凶手让波洛的介入方式——真是胆大妄为，不作不死。

第五名：《藏书室女尸之谜》（*The Body in the Library*，1942 年）。

马普尔小姐探案系列的第三作，可能是这个系列在诡计流上最出色的作品。身份诡计有点烧脑，所以东野圭吾在写《嫌疑犯 X 的献身》之时借鉴了这个诡计的核心但做了简化处理，反而显得更流畅并能被普罗大众所理解。但无论如何，克里斯蒂是原创，并且这部作品的开局或许是克里斯蒂作品里最匪夷所思的开局。

第四名：《零时》（*Towards Zero*，1944 年）。

这部作品最具特色之处在于谁是凶手并不紧急，先在死者将是谁这个悬疑问题上让读者吊足胃口。女王最擅长的环境氛围与心理氛围的共振手法在此作中运用得淋漓尽致。此外，在布设惊人结局的同时，隐含了对证人道德问题的探讨，显出立意上的高明。总之，这是一部气氛惊悚、悬疑性极强，又能给人温暖的作品。

第三名：《罗杰疑案》（*The Murder of Roger Ackroyd*，1926 年）。

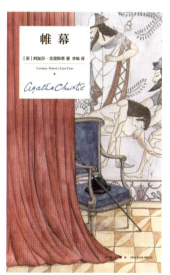

事实上的成名之作，也是当时在推理界引发巨大争议的作品。喜欢东野圭吾之《恶意》的人都必须读一下这部作品，叙述性诡计的鼻祖，后世的推理作家如果打算对读者实施致命式的愚弄，或多或少都会想起这部作品。另外，里面的诡计也是一流的，牢固的不在场证明永远是最脆弱的突破口。

第二名《帷幕》（*Curtain*，1975 年）。

以这样一部杰作落幕已经不需要更多的赞叹，我认为这是比利时大侦探赫尔克里·波洛对于美国退休舞台演员哲瑞·雷恩先生的致敬，也是推理女

《帷幕》
新星出版社，2021 版

王阿加莎·克里斯蒂对于推理国王埃勒里·奎因隔着时空的完美回应,因此不妨把《帷幕》与《哲瑞·雷恩的最后一案》放在一起阅读,你必能感悟到那种高手对决时的惺惺相惜。

第一名:《长夜》(*Endless Night*,1967 年)。

在推理层面这不是一部典型的作品,在人性层面则展现了克里斯蒂的全部。长夜,既深邃又绵长,无所不容,无处不在,我实在找不到另外一个词可以更贴切地概括阿加莎·克里斯蒂的文字世界。

《阿加莎·克里斯蒂自传》
新星出版社,2017 版

如果这个清单可以延长,当然应该列入那些举世公认的名作,如《东方快车谋杀案》《ABC 谋杀案》《阳光下的罪恶》《谋杀启事》与《无人生还》等;还有很多作品不太被公众谈及但确实堪称一流,如《古墓之谜》《H 庄园的午餐》《五只小猪》《雪地上的女尸》《破镜谋杀案》等等。随意检点一番就能拉出"Top 20"的清单,恐怕也只有克里斯蒂才能提供如此丰富的宝库。

"我想我的记忆中留下的都是经过筛选的事物,其中包含许许多多毫无意义的荒唐事,但它们不知为何又变得极富意义。人类恰恰生来如此……一个孩子说过:'感谢上帝赐予我丰盛的晚餐。'如今,在七十五岁的时候,我能说些什么呢?感谢上帝赐予我幸福的一生,给了我深厚的爱。"
(摘自阿加莎·克里斯蒂自传)

# 48 三巨头的终章——王者

> 导言:"三只茶杯已经由卡基斯和他的两位客人用来喝过茶,这又怎么可能呢? 根据我们的试验,滤壶里仅仅倒出过一杯水,而不是三杯。这是否意味着,这三个人,每人只喝了三分之一杯的水呢? 不可能——沿着各杯的内缘都有一道茶渍圈,表明每一杯都曾注满过。"
>
> ——埃勒里·奎因之《希腊棺材之谜》

在美国推理界享有很高声誉的作家兼评论家,也即密室名作《九九神咒》的作者安东尼·布彻曾经写过这样一个郑重的评价:"埃勒里·奎因就是美国侦探小说的同义词。"对我而言,这个评价可以扩大为:埃勒里·奎因就是推理小说的同义词。

倘若我只可以推荐一部推理小说给别人,那必定是《希腊棺材之谜》,无需半秒的犹豫。这是整个推理小说史上的巅峰之作,完美无缺,经典中的经典;倘若我只可以推荐一个推理系列给别人,那无疑是"悲剧系列"。《X》的极致推理、《Y》的华丽诡计、《Z》的靓丽角色与《最后一案》的动人尾声,合为一出宏大绝美的舞台剧,卓尔不群,无与伦比,再多类似的形容词叠加在一起也不足以表达在阅读这个系列时获得的超凡快意,甚至在末尾为之落泪,也是一种特别的享受;倘若我只可以在180余年的推

《希腊棺材之谜》　　　　《希腊棺材之谜》　　　　《希腊棺材之谜》
群众出版社,1979 版　　群众出版社,1999 版　　新星出版社,2008 版

理小说史里选出唯一的十年推荐给别人,无需任何斟酌,那必然是 1930 年代。在这个黄金十年的舞台上,大师级的作家接踵而至:阿加莎·克里斯蒂、多萝西·L.塞耶斯、安东尼·伯克莱、梦野久作、小栗虫太郎、埃勒里·奎因、达希尔·哈米特、约翰·狄克森·卡尔、克莱顿·劳森、乔治·西默农……如果在这群人里只能选出一位王者,于我而言,定然是埃勒里·奎因。

　　克里斯蒂是长夜,人性的深邃与晦暗没有其他推理作家可以写得更细腻与深刻;奎因是王者,逻辑推理在他的手上被推到一个至高无上的地位,使得推理小说与犯罪或悬疑类小说划出清晰的界限,人们很容易感觉出《希腊棺材之谜》与《邮差总按两次铃》(詹姆斯·M.凯恩)之间的不同风格。奎因在 1952 年出版的《王者已逝》恰巧贡献了一个标签式的称谓——王者,此外我也想不到更合适的词汇来向埃勒里·奎因致敬。《王者已逝》还是一部密室题材上的经典作品,可以与《中国橘子之谜》《生死之门》一起看作奎因借以挑战卡尔密室之王地位的三大杰作。《中国橘子之谜》的亮点在于犯罪现场的诡异,《生死之门》是凶器的消失诡计,而《王者已逝》则是不可能犯罪。弟弟预告对哥哥的谋杀,精准到分秒。当午夜的钟声响起,弟弟在一间密闭的房间里,举起一把没有子弹的手枪,对着前方扣下扳机打出一响空枪。一粒不存在的子弹笔直穿越走廊,仿佛洞穿对面同样密闭的房间,瞬间射入坐在办公桌前的哥哥的心脏。具有如此卓越设计的心理密室,放在卡尔的密室十佳作品中也是当之无愧的。王者的意义在于,在所有的推理题材上都能拿得出超一流的经典。

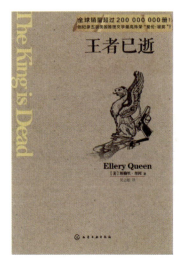

《王者已逝》
化学工业出版社，2014 版

克里斯蒂的作品是一幅幅画，定格了无数帧经典的瞬间；奎因的所有作品在整体上就是一出多幕戏剧，每一幕代表一个主题。"国名系列"是推理领域里经典诡计的大汇演，囊括多重解答、诡异密室、死亡留言、完美的不在场证明、身份假扮、物件消失、匪夷所思的凶案现场等等，琳琅满目，无所不包；"悲剧系列"是凸显人性之高贵、深邃、与温情的一幕，退休的戏剧皇帝哲瑞·雷恩先生虽然只在推理小说史上占据了短暂的两年时间（1932 与 1933 年），但那是站在珠峰顶上的两年，俯瞰身前身后的漫长岁月，庄严肃穆，像一位无敌而寂寞的王者；"莱特镇系列"则是整个美国社会发展的缩影，变革与保守在这里碰撞，犯罪与祥和在这里共存，而埃勒里在这里把自己融入了一出出动人的情景剧。在其中他已经不是一个站在客位冷静推理的超然侦探，而像一个普通中年人那样不断遭遇困境与痛苦，不时为各种情感所左右，最终理性与感性在每次犯罪的真相被揭示的时候得到暂时的平衡。每当离开莱特镇踏上归途之际，埃勒里对生命的奥义又多了一层感悟。

在以上三个系列之外，我会把所有奎因的短篇也集成一个系列，并赋予一个主题：挑战智力。克里斯蒂的短篇精彩处在于剧情的发展，读者感叹的是：居然发生了这样的事情！例如《控方证人》里的超级反转；而奎因的短篇挑战的是读者的智力，这一切究竟是如何发生的？这样的问题一直伴随着阅读的过程，直到奎因在结尾给出叹为观止的解答。在 1934 年发表的短篇集《疯狂下午茶》里几乎每一篇都是佳作，之前已经做过介绍，不再赘述。而 1940 年发表的《上帝之灯》进一步实现了奎因的让读者猜不到真相的理念，其中同名中篇小说《上帝之灯》应该是奎因最完美的不可能犯罪小说。上帝之灯是什么？一道透过窗户洒入室内的阳光，就是这道阳光让埃勒里破解了一栋古老的黑屋在一夜之间消失不见的惊天诡计。

在 1952 年发表的《七月雪球》里，奎因让一部疾驰的火车凭空消失，谜面极为华丽，解答也足够合理。33 年之后，岛田庄司在《消失的水晶特快》这部长篇里精心重构了火车消失的诡计，向王者奎因致敬。同年发表的《王储玩偶》是短篇集《犯罪日历》的压轴作品，一个珍贵的玩偶在众目睽睽之下被盗走了，经过埃勒里的逻辑推演，排除了所有其他时间段，在唯一可能的时间段里出现的唯一可能的罪犯，尽管有多么不可思议也必须接受这个事实。奎因非常喜欢身份假扮的诡计,这部短篇可能是他在这方面最为得意的作品。让人觉得更不可思议的是,克里斯蒂就在同一年推出名作《捕鼠器》,核心也是一个关于身份的诡计,难道推理国王与推理女王真的在彼此较劲?

埃勒里·奎因最好的十部作品?同样,所谓的"最好"往往莫衷一是,以下列出的十部作品是我认为可以对"王者"这个称谓所做的最完美的诠释。

第十名:《凶镇》(*Calamity Town*,1942 年)。

莱特镇系列的开篇之作,埃勒里第一次踏入这片平静又躁动的土地,遇见了热情奔放的帕特里夏·莱特,并卷入莱特家的复杂关系里。虽然不是这个系列最成熟的作品,但作为奎因在创作理念上里程碑式的转折,无疑具有特殊的地位。

第九名:《疯狂下午茶-奎因冒险史》(*The Adventures of Ellery Queen*,1934 年)。

黄金十年里的短篇集,无疑代表了奎因在中短篇上的最高水准,整体上要超过克里斯蒂与卡尔,向短篇时代的大师杰克·福翠尔看齐,物证推理上的完美传承。

第八名:《上帝之灯》(*The Lamp of God*,1940 年)。

奎因最华丽的不可能犯罪作品,在所有消失类诡计里至少可以排入前五名。我特别喜欢这个书名,极富想象力。到底何谓上帝之灯?在阅读过程中我始终悬念于此,最后得到了一个满足的回答,因此我认为这是奎因最富有诗意的书名。

第七名:《王者已逝》(*The King Is Dead*,1952 年)。

尽管犯罪场所架构在一座虚无缥缈的孤岛之上而让人怀疑故事的合理性,但确实在心理密室的设计上可以比肩卡尔的名作,例如《孔雀羽谋杀案》或《歪曲的枢纽》。"王者已逝,奎因永存。"我很喜欢这句推理界的评语。

《上帝之灯》
化学工业出版社,2016 版

第六名:《暹罗连体人之谜》(*The Siamese Twin Mystery*,1933 年)。

纸牌上的死亡留言、多重推理、孤岛模式等等诡计,在这部作品里应有尽有。而且在整个国名系列里此作的叙述是最流畅的,文学桥段点缀得恰到好处。最后,埃勒里父子之间的情感流露堪称妙笔,这也使得这部作品成为一个分水岭,奎因在此之后更加着力在人性的书写上。

第五名:《十日惊奇》(*Ten Days' Wonder*,1948 年)。

莱特镇系列的最佳之作,写作手法上的纯熟达到了一个崭新的境界。中年的埃勒里遇到了类似《希腊棺材之谜》里的那种沉重打击,但最终还是赢得了一个惊奇的反转。正是因为这部超一流作品的存在,使得整个莱特镇系列成为奎因后期最具代表性的作品。

第四名:《埃及十字架之谜》(*The Egyptian Cross Mystery*,1932 年)。

之前说过奎因很喜欢身份假扮的诡计,这部作品就是他在此类诡计上的经典,也是国名系列里排名第二的佳作,在气氛的渲染上甚至是最好的一部。真的难以想象,在 1932 年这个年份里,奎因可以一口气写出四部五星级别的作品,推理小说史上没有任何作家曾经做过相同的事情。

第三名:《九尾怪猫》(*Cat of Many Tails*,1949 年)。

后期又一部超一流作品,以场面宏大著称,整个纽约城都陷入连环杀手营造的恐怖氛围里。这部作品再次验证了奎因掌控大场面的天赋,这是他在黄金三巨头里的独门绝技。我的印象里,在纽约城发生的超大案件里面,没有一部可以凌驾在此作之上的。

第二名:《希腊棺材之谜》(*The Greek Coffin Mystery*,1932 年)。

"卡基斯案件一开始调子就是阴郁的……"王敬之先生的翻译从第一句开始就把我带入了一段难以忘怀的阅读体验。我不知道怎么去赞颂这部珠峰式的作品,如果你没有跟着年轻时代的埃勒里经历一段段推理上的重大挫折,你就无法完全理解我们的王者。如果只能再补充一句,那就是——你不可能看到比此作更完美的解谜类推理小说了,绝不可能。

第一名:"悲剧系列"(*The Tragedy Series*,1932 与 1933 年)。

四部作品是一个有机的整体,奎因在创作中是一气呵成的,因此在阅读上也应如此。哲瑞·雷恩先生在《X》里的超凡脱俗、在《Y》里的痛苦抉择、在《Z》里的培育后辈以及在《最后一案》里的决然离去,环环相扣、首尾呼应,这是一出真正意义上的多幕戏剧,在整个推理小说史上也是绝无仅有的存在,所以我并不介意让这个 Top 10 列表实际上包括了 13 部作品。

中国的奎因迷可能怀有三个遗憾:其一是中译本全集的缺失,克里斯蒂的全集已经由新星出版社出齐,但奎因的中译本全集始终没有完成,甚至一套完整的书目都难以寻觅;其二是传记,克里斯蒂的中译本传记不下五种,而奎因竟然一部都没有。在 2005 年奎因的百年诞辰之际,国内的奎因迷自发出版了一本《奎因百年》的纪念文集,但在如此重要的年份里也没有哪家出版社愿意引进一本海外的奎因传记,真是令人不解;其三是影视作品,《东方快车谋杀案》在过去半个多世纪里已经被翻拍了很多次,但奎因小说改编的影视作品几乎没有一部成为经典。相比之下,奎因在日本受到的重视程度要高很多,几代日本推理作家都或多或少在自己的创作中实践了奎因的推理理念,包括鲇川哲也、夏树静子、有栖川有栖、绫辻行人与法月纶太郎等。1977年,弗雷德里克·丹奈亲临日本会见了当时日本推理界的领袖松本清张。1979年他再次受邀去日本参加基于《凶镇》改编的电影的首映式。

之所以奎因中的另外一位曼弗雷德·班宁顿·李没有一起前往日本,是因为他已于1971年4月3日去世。此后,丹奈继续从事《埃勒里·奎因神秘杂志》的编辑工作,但再也没有发表奎因的长篇推理小说,直至他于1982年9月3日在纽约去世。正如我们所知的那样,奎因的独特之处在于这是一个两位表兄弟作家合用的笔名。丹奈负责构思案件中的诡计部分,而李则设计角色、编织剧情并形成一个完整的故事。而埃勒里·奎因既是他们的笔名,也是小说里的主人公的名字,这在整个推理小说史上也是绝无仅有的。

奎因是我本人最钟爱的推理作家,所以我也很难掩饰在行文里夹带的情感成分。当本文起笔的时候在网上淘到一套脸谱出版社的"国名系列",这是奎因百年之际的再版书,颇具收藏价值,由此为本文的写作平添了一份愉悦。我从奎因这里得到的满足与怀有的遗憾已经交代清楚,而作为末尾的总结陈词,或许一句话就足够了:埃勒里·奎因之所以是推理小说史上的王者,是他赋予"推理"这个词以精深而具象的内涵,没有其他作家能做得更为完美。

1977年,丹奈携夫人访问东京

丹奈与松本清张会晤

# 三巨头的终章——火焰

导言:"记忆会模糊并消退,即使是本人亲篆的自传,往往在回顾一己的前尘往事之时,都难免不敢确定。但是在昔日的书信之中,却连最原初的心绪都存留下来。"

——狄克森·卡尔之《阿瑟·柯南·道尔爵士的一生》

尽管已经为黄金时代的三位大师书写了不少文字,搁笔后仍怀意犹未尽的遗憾。纵然说不透道不尽他们的魅力,但倘若能把感悟以某种具象保留下来,我想就算在长久的日后也能在回忆中召唤回当初的那份充满愉悦的印象。

幸运的是,我从三巨头自己的篇章中找到了那种具象,可以在整体上完美地勾勒出他们的创作精神与作家气质。阿加莎·克里斯蒂在1967年发表的《长夜》(*Endless Night*)把她对人性的感知呈现到无以复加的境界,心证推理所描摹的对象复杂、深邃、又令人敬畏,就像漫漫无尽的长夜;埃勒里·奎因在1952年奉献的《王者已逝》(*The King is Dead*)是他在隐退之前最后的华丽之作,而王者的恢弘气魄永远定格在至高无上的30年代;现在轮到三巨头的最后一位——约翰·狄克森·卡尔,我无比感激他在自己创作生涯的

狄克森·卡尔
(源自 The Arthur Conan
Doyle Encyclopedia)

《火焰，燃烧吧！》
吉林出版集团，2010 版

后期，准确地说在 1957 年这个年份为后人留下了这一部《火焰，燃烧吧！》（Fire，Burn！），真的没有比火焰这种热情激昂、又充满幻觉的具象更能揭示卡尔的精神特质了。

那是 19 世纪，还是煤气灯的时代。"浅底玻璃灯盏中燃着煤气火焰，火苗应和着音乐，上下跳动，左右摇摆。"这种外黄内蓝，摇曳不停的火焰把连接会客室与舞厅的一段走廊染上了一层迷离的魔幻色彩，更魔幻的是在这样一个几秒钟之后将成为犯罪现场的走廊，被害者、嫌疑犯与侦探竟然同时在场。年轻的被害者伦弗鲁小姐从会客厅走出来缓步走向舞厅的大门，然后她就毫无征兆地倒下了，心脏被一颗迷你子弹洞穿。随即一把微型手枪从另一位名叫弗洛拉小姐的长管袖口（书里称为手笼）中掉落在地上。现场的两位男士苏格兰场的侦探舍维奥特与书记员亨利同时目睹了这一切。但是当侦探询问弗洛拉小姐发生了什么，她的回答也是魔幻的："她（指死者）在我前面许多，靠左手边。我感到一阵风或口哨之类从身旁呼啸而过。她朝前走不多远，就面朝下摔倒在地了。"

就像跳动不定、无法触碰的火焰，卡尔布置的迷局总是幻象丛生。在《火焰，燃烧吧！》中最大的幻象竟是侦探本人，因为他实际上并没有出现在现场，即书里所陈述的 1829 年的犯罪现场。我们的苏格兰场侦探舍维奥特生活在 1950 年代，也就是卡尔写作的时代。然而卡尔写的并非有关"穿越"的故事，而是一种全新的推理小说模式——历史推理。舍维奥特侦探全身心沉浸在一个发生在一百多年前的悬案卷宗里，在去往办公室的出租车上他可能因为脑力消耗过度而遁入了梦乡，在梦里他诧异地看到自己走下的是一辆乔治王时代的马车。舍维奥特先生踏入了犯罪现场，目睹了一切，并运用逻辑推理证明了凶手与犯罪过程。约瑟芬·铁伊发表于 1951 年的《时间的女儿》也是这样的历史推理小说，但她没有安排格兰特探长亲身前往案件发生的年代，而是以"安乐椅侦探"的方式依靠他人提供的素材来勘破旧案。历史推理小说的开山之作是卡尔在 1950 年发表的《新门新娘》，与《时间的女儿》一同列为此类模式的先驱作品，但论魔幻的程度，两部作品都比不上《火焰，燃烧吧！》。或许，后世许多穿越类题材的小说与影视作品是从历史推理小说那里汲取的灵感也未可知了。

　　长夜、王者与火焰，代表深邃、气度、与魔幻，大致可以概括三巨头的精神特质。如果进一步为三人的整体创作风格找到匹配的具象，我认为可以分别对应到油画、戏剧、与哥特式建筑。一个阿加莎·克里斯蒂的书迷，很容易在脑海里闪现出一帧帧被定格的画面。例如在东方快车的餐车里，赫尔克里·波洛与神色紧张的雷切特先生对坐，周围与阿姆斯特朗案有关的十二位同伙虽然假装互不相识，但现场有一种看不见的磁力，把所有人吸引到同一个仇恨的对象上。无论是否看过影视剧，这样一幅仿佛身临其境的真切画面都会浮现在眼前。埃勒里·奎因的三个经典系列就是三部华丽的多幕剧，"国名系列"是犯罪诡计的大汇演，琳琅满目，叹为观止；"悲剧系列"书写的是奎因所追求的崇高人性，哲瑞·雷恩先生隐居的哈姆雷特山庄是推理小说里的世外桃源；而跨度20多年的"莱特镇系列"把一个青年才俊无可奈何地变成一个饱经沧桑的中年大叔，背景则是美国城镇社会的巨大变迁。接着，我们再展开一下狄克森·卡尔的魔幻世界，全都与建筑有关。古老城堡，或巍峨或深沉；深宅大院，或阴森或陈腐，皆摇曳着神秘传说的诡异火焰，笼罩着"哥特式"这三个字所独具的艺术氛围。因此，完全可以推论，一个卡尔迷可能在多年之后记不清那些哥特式建筑里发生的犯罪情节，但一定会在记忆深处留下召之即来的特定景象：女巫角、瘟疫庄、爬虫类馆、《耳语之人》里荒废的塔楼、《女郎她死了》里那对情侣跳海的悬崖、《三口棺材》里踏雪无痕而来的深夜访客、《燃烧的法庭》里那扇两百年前就封死的门⋯⋯

　　《撒旦之屋》(*The House at Satan's Elbow*)呈现的就是这样一种建筑本身营造的诡异气氛，这或许是卡尔后期最均衡的一部杰作，发表于1965年，距离卡尔的巅峰时期整整过去了30年。"撒旦肘"是英格兰某处的一片嵌入大海的岬角，"绿丛"就是岬角上的一所古堡，里面正在上演闹鬼的荒诞情节。两位主角葛瑞（作家）与尼克（杂志社老板）是多年未见的老朋友，尼克作为长孙继承了绿丛，他邀请葛瑞一起回一趟祖屋，同行的还有家族的律师。火车到了老家的车站，尼克的二叔新娶的年轻妻子迪芮驾车来接。一行四人抵达绿丛，在车还没有停稳之前，就听到从大宅一角的图书室那里传来枪声，当众人赶到落地窗外，发现在屋子里的尼克二叔安然无恙，二叔

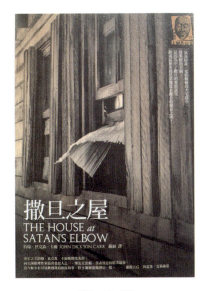

《撒旦之屋》
脸谱出版社，2009 版

告诉大家是一个戴着面具披着长袍的鬼向他开了一枪空包弹。这就是典型的卡尔式的魔幻开局,如果读者相信二叔的证词,那同车前来的四个人都有了不在场证明,他们不可能是那个装神弄鬼的人,而这就是卡尔精心布置的幻象。再往下看,葛瑞发现一年前失踪的女友竟然是二叔的秘书,而尼克与二叔妻子迪芮关系暧昧,难道葛瑞离开伦敦来到"撒旦肘"是一个被预谋良久的局?卡尔对于读者的迷惑是结构性的,让读者自以为看透了眼前的迷局,但实际上看到的却是更大的一幅幻象。

三巨头在推理小说的创作之外为文学世界做了很多其他的贡献。克里斯蒂不仅有厚厚一本自传留世,还以玛丽·韦斯特马考特(Mary Westmacott)的笔名发表了好几部情感类的小说。奎因创办《埃勒里·奎因神秘杂志》(EQMM)为年轻作家提供展现推理才华的舞台。卡尔则在推理文学的评论上着力更多,《三口棺材》里的"密室讲义",收录在短篇集《第三颗子弹》里的《世界上最伟大的游戏》等都是最具专业水准的评论文章。此外,卡尔倾注心力最多的就是对柯南·道尔的研究了,他以一个小说家与崇拜者的双重身份完成了20万余字的传记《阿瑟·柯南·道尔爵士的一生》。一个纯粹的传记作家通常能够详实地勾勒出传主的一生,如果恰巧其本人又是小说家的话,这部传记必能熏染上浓郁的文学色彩,如罗曼·罗兰的《巨人三传》与斯蒂芬·茨威格的《人类群星闪耀时》;倘若做传者同时又对传主无比崇敬或爱慕的话,这部传记作品还会渗入情感的涓流,如西蒙娜·波伏娃在《萨特传》里的真情流露。狄克森·卡尔的这部致敬柯南·道尔爵士与夏洛克·福尔摩斯的伟大作品几乎是我读过的最优美动人、最具小说风格、最感情充沛的人物传记,也是卡尔对整个推理小说史的独一无二的贡献。

火焰生出幻象,哥特式的犯罪场景让人窒息,这就是卡尔独树一帜的推理理念,不仅在长篇中,也充分体现在他的中短篇里。卡尔写作生涯中后期的几部短篇小说集在整体的质量上几乎与长篇处于相同的水准,包括《菲尔博士率众前来》(1947年)、《第三颗子弹》(1954年)、《福尔摩斯的功绩》(1954年)、与《破解奇迹之人》(1963年)。在《福尔摩斯的功绩》里由他单独创作的《蜡像赌徒》与《海盖特的奇迹》几乎是此类模仿作品中最逼真的篇章。卡尔作品在中译本上留下的遗憾与奎因的类似,至今没有一套卡尔作品的中译本全集。这个遗憾或许会不幸地一直持续下去,因为无论卡尔还是奎因的作品都早已不在当下畅销书的行列中了,唯有克里斯蒂的书籍还能占据大小书店的显要位置,这无疑得益于BBC这样的主流媒体的推动。

狄克森·卡尔最好的十部作品?同样,所谓的"最好"都是一家之言,以下列出的十部作品是我认为可以对"火焰"这个精神意象以及"哥特式"这类文学风格所能做

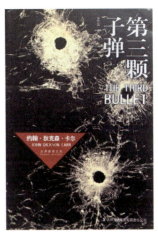

《破解奇迹之人》
吉林出版集团，2014 版

《菲尔博士率众前来》
吉林出版集团，2014 版

《第三颗子弹》
吉林出版集团，2013 版

的最完美的诠释。

第十名：《夜行》（*It Walks by Night*，1930 年）。

在推理世界单就处女作而言，可以与《长眠不醒》那样的成熟之作比肩，在语言流畅度上完胜《罗马帽子之谜》，在主线清晰度与诡计原创性上超过《斯泰尔斯庄园奇案》，卡尔在制造幻象上的造诣可谓出道即巅峰，而且这还是一个心理密室案件，唯一可惜的是尚未有中译本。

第九名：《撒旦之屋》（*The House At Satan's Elbow*，1965 年）。

可能是卡尔后期完成度最高的作品，虽然密室本身并无亮点，但一路幻象重重，极具误导性，我几乎就确信凶手为谁了，但终究还是被卡尔欺骗了。

第八名：《孔雀羽谋杀案》（*The Peacock Feather Murders*，1937 年）。

之所以没有选同一时期的另外一部名作《犹大之窗》，还是因为本人更偏爱心理密室，尽管后者的机械密室的设计是卡尔亲身实验并引以为傲的，但心理密室更让人难以猜透。"十茶杯"的神秘仪式、隐秘的犯罪动机与 H. M. 的惯常诙谐给此作的阅读带去非凡的乐趣。

第七名：《歪曲的枢纽》（*The Crooked Hinge*，1938 年）。

可能是卡尔最完美的复仇题材的作品，读到最后脑海里会浮现出书名所揭示的那个极度恐怖的场景，当然还有一位特别的凶手，这次不是在心理上而是在身体上。当然，最令人意外又暖心的则是菲尔博士在末尾的行动。

第六名:《红寡妇血案》(*The Red Widow Murders*,1935 年)。

此作与《女郎她死了》是卡尔最均衡的两部作品,在氛围、诡计、情节、动机与语言风格等各方面都处理得恰到好处,形成一个极为完美的整体,所不同的是《红寡妇血案》更暗黑,《女郎她死了》更大气。

第五名:《绿胶囊之谜》(*The Problem of The Green Capsule*,1939 年)。

在我读过的卡尔作品里此作在情节设计上最具奇思妙想。犯罪彩排的诡计模式虽然不是卡尔的原创,但配上卡尔独特的叙事风格会让读者沉浸在现实与幻象难辨的过程中无法脱身。你必须一口气读完这部作品,然后给自己一段时间在大脑中回放书中的那些不可思议的情节,再次感受卡尔的精妙所在。

第四名:《耳语之人》(*He Who Whispers*,1946 年)。

不可能犯罪题材上的教科书式的作品,从一次侦探俱乐部的聚会开始,展示了一场跨越时空的犯罪。惊悚的枕边低语是哥特式的,废弃的塔楼顶上的那出戏剧化的谋杀则饱含亲情,令人动容。卡尔凭借此作为后世的小说家在创作不可能犯罪题材上指明了方向——所谓的不可能事件,无论是亲见还是亲闻都必是幻象,不是时间失真、地点弄错就是身份误认。

第三名:《女郎她死了》(*She Died A Lady*,1943 年)。

均衡是一种至高的境界,当你合上一本推理小说之后能感受到身心的莫大愉悦,

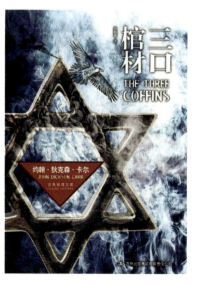

《三口棺材》
吉林出版集团,2011 版

那定是一种均衡之美在起作用。此作就像奎因的《希腊棺材之谜》那样,她的存在就是为了告诉读者什么才是经典纯正的推理小说。

第二名:《燃烧的法庭》(*The Burning Court*,1937 年)。

这部神奇的作品既有《罗杰疑案》的意外性、《毒巧克力命案》的多重解答(并且是开放式的),也有《长夜》的那种窒息氛围,真是一部没有伟大侦探的伟大作品,或许也是卡尔作品里被后世争论得最多的一部,我无法描述更多。

第一名:《三口棺材》(*The Three Coffins*,1935 年)。

只有卡尔能创造出的华丽谜面,只有卡尔能对得上的绝妙解答,推理小说史上最匪夷所

思的诡计与情节,加上哥特式的暗黑氛围,不认真读个两遍真对不起这样一部绝无仅有的传世之作。

在哥特式的古堡里,煤气灯上的幽幽火焰,如真似幻不可捉摸,终于它熄灭于1977年2月27日。"专情密室,任性传统,卡尔这宛如两道平行线的交会点,我个人以为,大概就是上述基甸·菲尔博士的演讲,出自于他的名著《三口棺材》书中。这场旅馆午餐桌上的虚拟即席演讲,菲尔博士以'封闭密室'为题,从推理小说史、从历代名家之作、从书写技艺、从诡计分类甚至从蓄意或偶然、他杀或自杀等等每一种可能的角度攻打这座牢牢闭锁的密室,遂成为绝唱——好消息是这份讲辞是推理小说史上的密室论述经典文献,坏消息是它也宣告了密室论述的到此结束。"(摘自唐诺先生之《最华丽的谋杀》)

# 50 雷蒙德·钱德勒，每页都有闪电

> 导言："说一声再见，就是死去一点点。（To say goodbye is to die a little.）"
>
> ——雷蒙德·钱德勒之《漫长的告别》

## （一）

菲利普·马洛（Philip Marlowe）从最初的登场，到 25 年后的离场，一直都是潇洒的姿态，潇洒到我几乎忘记了他经历过的那些惊心动魄的事件。情节虽然不是千篇一律，但大同小异，我最多能记住《漫长的告别》里那个诈死的哥们给马洛挖的大坑，或者《长眠不醒》里那个青春可人的精神病患者，干掉了自己的姐夫还差点用同样的手法干掉马洛——我们这位一天只赚 25 美金的私家侦探。除此之外，七部长篇与二十余个短篇里的情节，在我的脑海里互相交织，终究混乱模糊，几乎什么都没有留下。留下的只有菲利普·马洛的风度，是一种与文字俱来

的，只属于雷蒙德·钱德勒的翩翩风度。找不到太贴切的脚注，这风度里既有冷彻肌骨的嘲讽，也有生命本真的温度。我想所谓的纯文学，在人性的展露上也不过如此。

最初的登场是 1933 年，埃勒里·奎因风头最劲的时候，而钱德勒处女短篇只能

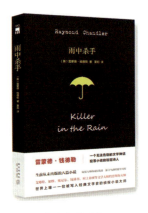

《雨中杀手》
新星出版社，2017 版

发表在以刊登廉价小说为主的《黑面具》杂志上，故事的名字叫：勒索者不开枪（Blackmailers Don't Shoot）。勒索者要的是钱，不是命，所以他们通常不开枪杀人，菲利普·马洛深谙此道，哦不，那时候他的名字叫马洛里（Mallory）。这个故事里，马洛里表面上是一个勒索者，但实际上他想搞清楚的是，围绕那位被勒索的美艳女星的形形色色的人物到底在玩什么把戏。对于处女作而言，情节可能显得过于纷杂，死了很多古惑仔与坏警察，喜欢说俏皮话的马洛里则全身而退，嘲弄警察与黑帮的那种潇洒且冷酷的调调，就是钱德勒独特风度的初次显现，辨识度极高，与推理三巨头的风格截然不同，那是另外一种独具魅力的书写。

"她有着如矢车菊般深蓝色的眼睛，以及令所有老男人魂牵梦萦的细嫩皮肤"；"要知道，在这个城市，漂亮脸蛋就跟一元店里的货物一样普通常见，但好看的手却像铁树开花一般难得一见。"我们这位身材修长、具有宽间距的灰色眼睛、细长瘦削的鼻子、轮廓分明的下巴以及一张十分灵巧的嘴、黑色鬈发带有稍许灰色的私家侦探，菲利普·马洛先生（我不介意他一开始叫马洛里）对于女性的了解似乎是与生俱来的。有时候对她们是一种纯粹的欣赏，就如同对杯中的威士忌一样；更多的时候是去拯救她们的身体，甚至是灵魂。在《雨中的杀手》里面，"我"受一位养父的委托去解救被诱导拍摄裸照的女儿，可那位神经质的小美女只会咯咯傻笑。"我开始讨厌看到她，光是看着她，我就觉得自己好像变痴呆了。她继续傻笑，笑声像老鼠一样在屋子里乱窜，而且变得一发不可收拾。我离开桌子，走到她面前，抽了她一耳光。"作为钱德勒的书迷，我能担保这种施暴的场景并不多，恰恰相反，"我"被女性攻击的画面才是常见的。比如在《试试那个女孩》里，"我"被死者的老婆这样对待："马瑞诺太太接下来的行动简直太妙了。她从脚上扯下一只高跟拖鞋，开始用鞋跟砸我。我抓住她的脚踝，跟她扭打在一起，她快把我的头给砸烂了。"

生动的故事得有一个生动的开场，通常钱德勒把这个任务交给"我"的委托人。在长篇里面我们看到了那些活灵活现的角色，如《高窗》里的默克多老太太，自顾自喝着红酒仿佛马洛像空气一样不存在；又如《小妹妹》里的俏丽女生，艰难地从钱包里挖出 20 元零钱，好像马洛的委托费是一笔巨款似的。对于短篇里的委托人，则须在简约的篇幅里以素描的方式勾勒出角色的性格。"我"和那位要拯救其养女的中年商人是这样对话的：

"我搬到这里来，努力打拼，看着她（养女）长大，我很爱她。"

我说："嗯，这是情理之中的事。"

"你没听懂，我想娶她。"

我瞪着他。

"等她长大一点儿，懂事以后，也许她会愿意嫁给我，对吧？"

他的语气好像是在乞求我，仿佛我可以定夺这门婚事似的。

"你问过她的意见吗？"

"我不敢。"他卑微地说。

有一个委托人在委托的当天就被枪杀了，而且是在"我"的保护之下，出于职业素养以及那50美元的委托费，"我"哪怕再死个十次也要揪出幕后凶手，这就是"我"这样的冷硬派私家侦探的为人处世的原则。在这个叫《中国玉》的案子里，"我"遇到了一个机灵的姑娘，她父亲是殉职的警察。从《雨中的杀手》开始，"我"的行事风格就与长篇小说里的主角并无二致，我在那时候叫卡尔马迪。后来在《中国玉》里面，我的名字改为约翰·达尔马斯，虽然听上去有点别扭，但我知道他们都是菲利普·马洛。

## （二）

每个人调节苦闷生活的方式各有不同，有人清晨手冲一杯黑咖啡，黄昏再调一盅鸡尾酒，如菲利普·马洛钟爱的那种琴雷（gimlet）；也有人让唱针舒缓地转出一段爵士旋律，或者站在29楼的窗边对着朗月哼一曲陈年的情歌。而我则相对简单些，一段雷蒙德·钱德勒的文字就已足够。

且不说情节，单就赏心悦目的文字而言，达希尔·哈米特经常能写出味道隽永的俏皮话，稍晚出道的劳伦斯·布洛克在他的小说里可以从头到尾让人着迷，但唯有钱德勒在书里的每一页都能做到。一位文学评论家曾有这么一句无与伦比的话："雷蒙德·钱德勒，每页都有闪电。"我实在写不出这样形象美妙的评语，我只冥想在无边无际的夜幕里，那一道夺目绚烂的光芒，以及即便消失之后也会在记忆表层停留片刻的视觉回响。阅读的会心时刻，莫过于此。

你可以大体认为钱德勒的七部长篇小说就只有一种情节模式：菲利普·马洛在他那杂乱无章的办公室里百无聊赖地抽着烟；三教九流的委托人突然造访，大多会先调侃一番办公环境的寒酸简陋；接下活儿，马洛通常凭着直觉与加州的人脉对委托事项展开调查，只为了每天 25 美元的微薄酬金；再然后马洛会发觉自己陷入逐渐失控的事态之中，不约而至的是警察的审问、黑帮的拳头、美女的眼波以及需要排遣的各种情愫。故事情节不是钱德勒最倚仗的，但并非他写不出足以比肩那些推理经典的伟大情节。《漫长的告别》里的情节设计就很高明，超过哈米特的《马耳他之鹰》，读完最后的章节才能体味到整体布局上的匠心所在。

　　1939 年发表《长眠不醒》的时候钱德勒已经 51 岁了，此前他已经为小杂志写了不少短篇，质量参差不齐，有些仓促成篇只是迫于生计而为之。所以，他自认为《长眠不醒》才是他推理文学的发轫，在随后的 20 世纪 40 年代他发表了四部长篇，50 年代则有《漫长的告别》与《重播》。钱德勒的写作没有延续到 60 年代，他因酗酒及肺炎病逝于 1959 年 3 月 26 日，长眠在南加州圣地亚哥市的希望山公墓。钱德勒最后 20 年的作品无所谓高峰与低谷，始终处于一种叹为观止的境界，我不知道还有哪位推理作家可以做到，或许得到纯文学作家群里去遴选。

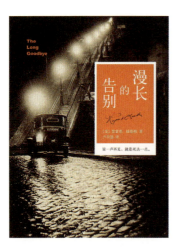

《漫长的告别》
南海出版公司，2013 版

　　我认为这种境界的营造更多归功于风格而非情节。时间无情地流淌，大多数巧妙的情节都会被冲淡，镌刻在读者大脑记忆块上的唯有风格，权且称之为"钱氏风格"吧。村上春树重译《漫长的告别》之后还写了一篇两万字的长序，里面对于钱氏风格有诸多描述，例如："钱德勒的文字在某种意义上是极其个人化，具有独创性的，属于其他任何人都无法模仿的那一类。""他描绘的景致有某种不寻常的东西，让人感觉到一个活生生的世界在此。我喜欢他这种行文风格。读着读着心情就舒畅起来。"这和村上在 20 多年前的那本成名作里的赞赏如出一辙。我有边读边用铅笔划线的阅读习惯，所以翻开《挪威的森林》很快就找到了这个段落："我是经常看书，但并不是博览群书那种类型的嗜书家，而喜欢反复看同一本自己中意的书。当时我喜欢的作家有：杜鲁门·卡波蒂、约翰·厄普代克、司各特·菲茨杰拉德、雷蒙德·钱德勒……我只消嗅一下书香，抚摸一下书页，便油然生出一股幸福之感。"大致可以说，《挪威的森林》在写作风格上是对《了不起的盖兹比》与《漫长的告别》的模仿，尤其是后者。

　　钱德勒的长篇值得反复阅读，村上春树读了十几遍《漫长的告别》总有些意义存在。既然我们阅读的是风格而非情节，那七部长篇倒可以放在一起品味，故事情节大同小异。有时候菲利普·马洛被喊去深宅大院，《长眠不醒》是富老头子要找失踪的女婿，《高窗》则是富老太婆想找回被儿媳偷走的祖传金币，马洛在权贵面前总能保持不卑不亢的风度；多数时候是委托人不期而至，《小妹妹》里的女生要找在外打工的哥哥，《漫长的告别》里的出版商请他去照顾酒鬼作家，无论是何方神圣，马洛免不了点起一支香烟，两腿翘到办公桌上，边谈案子边调侃，这种对话场景往往最终闹得不欢而散，摔门出去的也有，但活儿还是得接。往后的情节发展脉络相似，少不了与警察斗嘴、与黑帮斗拳、与美女斗情商，你来我往有赢有输，马洛毕竟不如波洛那样百战不殆。

《小妹妹》
新星出版社，2008 版

（三）

情节是风格的载体，不可缺少，但欣赏钱德勒确实可以忘却情节。寻章摘句本不是展现钱氏风格的好办法，只是过把瘾而已。当我回看这些用铅笔划线的句子时，不禁感慨："钱德勒，每页都有闪电"，这句评语的魅力，简直无以复加。

马洛嗜酒，钱德勒也是，终成了致命伤，却也无可奈何。"我喜欢刚开始晚间营业的酒吧。室内空气仍然干净清爽，什么都擦得锃亮，酒保站在镜子前最后一次打量自己，看看领带有没有歪，头发是不是顺溜……我喜欢慢慢品尝，傍晚在一个清静的酒吧喝第一杯清静的酒——真是美妙啊"（《漫长的告别》）。人活着，不就是为了享受这样的美妙时刻？

马洛爱憎分明，钱德勒借他的口揶揄那些他不喜欢的名人，在《再见吾爱》里他给一个小人物取名海明威，并故意写了这段可有可无的对话：

"这个叫海明威的人到底是谁？"

"一个老是重复同样的话，直到大家相信那话很精彩的家伙。"

钱德勒有无评论过菲兹杰拉德与海明威之间的恩怨，无从可知，但显然他是《了不起的盖兹比》的拥趸，尽管有人说《老人与海》的硬汉风格更与钱德勒相接近。如果把两人的作品放在一起细味，同样简洁流畅的文风，海明威让你一句接着一句不停地读下去；而钱德勒的句子，你得停顿片刻，遐想一番（最好同时抿一口酒），让文字摇曳成形，再缓缓消散，然后你才安心往下读。

马洛通常收现金，曾经有个客户（酒鬼作家罗杰·韦德）开了张一千大洋的支票，马洛还没收下就被他撕得粉碎。酒鬼哪怕喝得不省人事，也不见得会手撕百元大钞，所以现金比较稳妥。马洛有时还肯打折，当碰上可爱的女性委托人。《小妹妹》里面的俏丽姑娘就只凑齐了 20 块钱，并以这种优雅的方式献上："她掏出一只红色的小钱包，从那里头翻出几张纸币——全部整整齐齐地分开折好，三张五块和五张一块……然后把纸币平摊在书桌上，一张张地叠起来，很慢，很悲伤，仿佛她正在淹死一只心爱的小猫。"马洛最后把钱归还给她，换作我也会这样。

马洛对警察的感情有点复杂。总体上是鄙视他们的粗暴："警察总是这副德行，他们永远不会告诉你为什么，这样你就没法发现他们自己也不知道为什么。"（《漫长的告别》）；被愚弄的时候不得不为尊严而战："要不是库尼硬逼我喝酒，又揍了我肚子一拳，让我把酒吐在外套上，我是不会把他的鼻子打扁的。你应该不是头一次听说这种花招吧，局长。"（《湖底的女人》）；更多时候马洛得用机智在警察之间周旋，如果能引发他们内讧就更精彩了："这是最新式的拷问法，"他说，"两个警察打得死去活来，嫌犯在旁边看得心惊肉跳，精神崩溃。"（《小妹妹》）

马洛对律师的评价一针见血：

"我觉得你需要一个好律师。"

"你的话根本自相矛盾。"她嘲讽地说，"一个人如果'好'就不会是律师。"

雷蒙德·钱德勒在 1943 年

马洛与女人，呵呵，一个梦幻又现实的话题，如果你有三个小时，我倒可以简述一下在这七个故事里面发生的浪漫事件。当然我明白你的时间不够，那以下这些动人的瞬间足以让你管窥一二。倘若你还不过瘾，那好，赶紧买一套钱德勒的推理小说全集吧：

1.《长眠不醒》里的小女儿卡门·斯特恩伍德，野性难驯，准精神病患者。

"我给你三分钟时间穿好衣服出去。如果到时候还不行，我就动用武力把你扔出去。就让你这个样子，光着屁股。"

按语:对着横陈的玉体能如此决然,够冷酷。

2.《再见吾爱》里的格雷里太太,果断无情,一个贫民窟出身的女孩变成了亿万富翁的妻子。

她从手袋里拿出一个金色烟盒,我走过去替她擦燃一根火柴。她轻轻吐出一口烟,用半闭着的眼睛看着烟雾。

"坐过来吧。"她突然说。

"我们先谈谈吧。"

"谈什么? 噢——我的翡翠项链?"

"谈谈谋杀案。"

她脸上的表情丝毫未变。她又吐出一口烟,这一次比较小心,比较缓慢。

……

她的反应是把手从手袋里拿出来,同时那只手上握着一支枪。她微笑着将枪口对准我。

按语:马洛迅疾扔出一个枕头,他的反应不超过 0.5 秒,因为读懂了女人的表情和动作。侦探可以没有枪,但不能没有脑子和身手。

3.《高窗》里的默多克老太太,专横吝啬,喜欢独自喝红酒。

看见我走进来,她一边一口一口喝酒,一边从酒杯边沿打量我,但却一句话也不说。

……

"我的收费标准是每天 25 元,默多克太太。当然还需要一些额外花销。"

"你要的不少。看来你挺能挣钱的。"她又喝了几口葡萄酒。我在天气炎热的时候不爱喝葡萄酒,但最好还是能有机会谢绝一下别人的邀请。

……

她突然笑起来,接着就打了个嗝。这个嗝打得漂亮,既不有意夸张,又让人知道她对此习以为常。"我有哮喘病。"她一点儿也不在乎地说,"我喝酒是为了治病,所以我并没有邀请你。"我把一条腿搭在另一条腿的膝盖上。我希望这对她的哮喘病不会有什么影响。

按语:既然有求于我,就别太傲慢,马洛对待目空一切的老怪物通常都是实话实说,不留情面。

4.《湖底的女人》里的帕迪·凯佩尔,聪明且勤奋的姑娘。

我的克莱斯勒前面坐着一个身材窈窕、表情严肃、穿着暗色宽松裤的褐发女子,

好莱坞影星亨弗莱·鲍嘉
饰演菲利普·马洛

她坐在那里抽烟,跟一个坐在我车门踏板上的农场牛仔聊天。我绕过车子,坐进去。牛仔提了提工装裤,大摇大摆地走开了,那女人却没动。

"我叫帕迪·凯佩尔。"她愉快地说,"白天我经营美容院,晚上在《狮角旗帜报》工作。抱歉坐在你的车子上。"

"没关系,你只是想坐一下还是要我带你一程?"

"你可以往这条路开到下面一点,那里比较安静,马洛先生,如果你肯耽误几分钟跟我聊聊的话。"

"你消息很灵通嘛。"我发动了车子。

按语:马洛懂得如何在一个陌生小镇上打听出干货,得在人群里辨识出有料的人。如果恰巧对方是一个"有料"的女人,说不准能搞成一出浪漫的邂逅。

5.《小妹妹》里的梅维斯·韦尔德,卷入谋杀案的大明星

"你对女孩子可真有一套,"她低语道,"你他妈的是怎么办到的,白马王子? 下了迷药的香烟? 不可能是你的穿着,你的钱或你的个性,你一样也没有。你既不年轻也不英俊,你的巅峰时代已经过了,而——"

她的语速越来越快,就像调速器坏了的马达。到后来她只是连珠炮似的呓语不断。等她停下时,一声元气耗尽的叹息滑过,她双膝一软,往前直直倒在我的怀里。

如果是演戏,这一场实在太精彩了。我就算身上九个口袋统统有枪,现在也只有像生日蛋糕上九支粉红色的小蜡烛一样——只是摆设罢了。

……

她靠在我的臂弯上,柔软无力得如同一条湿毛巾。

按语:当一位气质脱俗的女子对着马洛开始失控般地咆哮时,无非呈现两种结局,一种是出现一把袖珍型自动手枪,另一种就是上述这样的场景。马洛的运气一向不错,出现前一种状况的概率很低。

6.《漫长的告别》里的艾琳·韦德,酒鬼作家的太太,可能是马洛此生遇见过的最绝色的女人。

"你是不是碰到了很大的麻烦?"(艾琳问马洛,后者刚把她喝醉的老公驮回家)

"嗯,比按门铃要麻烦些。"

"请你进屋来跟我说说。"

"他应当上床睡觉。到明天他就会焕然一新。"

"甜哥儿（男仆）会照顾他上床，"她说，"他今晚不至于喝酒，你是不是担心这事？"

"没想过。晚安，韦德夫人。"

"你一定很累了。你难道不想喝一杯？"

我点燃一支香烟，好像有好几个星期没碰过香烟似的，陶醉在烟雾里。

"可不可以也让我抽一口？"

她靠近我，我把烟递给她。她吸了一口，呛到了。

······

她仍然静静地站在那里，离我很近，穿一件白色的什么衣服，修长苗条。敞开的大门里流泻出的灯光使她的发梢闪着柔和的光泽。

······

"我得进去了，马洛先生，去看看我丈夫需要什么。要是你不想进屋坐——"

"我把这留下。"我说。

我抱住她，将她揽过来，把她的头往后按，在她的嘴唇上狠狠地吻了一下。她没有挣扎，也没有回应。她默默地挣脱，站在那里望着我。

按语：我觉得此处可以不按一语，只是忍不住想说，这是菲利普·马洛唯一主动的一次，当然是在干活的时候。

7.《重播》里的贝蒂·梅菲尔德小姐，陷入大麻烦的漂亮小姐，谎言出口成章。

她美若清晨的玫瑰，身穿一条暗绿色的宽松长裤，白色衬衫外罩一件绿色风衣，搭着一条色泽鲜艳的围巾，发带周围因风散飞的发丝显得很迷人。（钱德勒对女人的速写从不遗漏头发）

从浴室出来时，贝蒂整个人焕然一新，像朵花苞初绽的玫瑰，脸上是优雅的彩妆，眼神透出光彩，秀发服帖成型。

"你愿意送我回旅馆吗？我想和克拉克谈谈。"

"你爱上他了吗？"

"我倒认为自己爱上你了。"

"那是因为寂寞的夜晚容易有

钱德勒的小说改编的电影

错觉,"我立刻说,"我们不必把情况夸大。对了,厨房还有一些咖啡。"

"不,我不喝了。等吃早餐的时候再说吧。难道你从不曾爱上别人吗?从不曾有过想和一个女人每天、每月、甚至每年都相守在一起的感觉吗?"

"我们走吧!"

"一个像你这么冷酷的人为什么会如此温文儒雅呢?"她好奇地询问。

"我不冷酷就活不到今天了。而要是我不温文儒雅也不配活在这个世间。"

## (四)

写完这篇,长出一口气,感觉对得起钱德勒了,仿佛我也历经了一场漫长的告别,告别的是内心的亏欠。听上去有些匪夷所思,一个 60 多年前就作古的美国作家,我亏欠他什么呢?有时候我也想不出一个所以然,总想着该写点致敬的文字才能心安,如果你读过钱德勒的文字,你可能会有所共鸣。我在前面费心费力也只能展现钱氏风格的万一,而我从中获取的舒畅之乐,无数次难以自持的击节暗笑与会心时刻,难以尽表。如果你很愿意重读钱德勒的小说,你自然是懂的,无需多言。

《漫长的告别》插图　海南出版社,2018 版

# 跋：恬适的下午茶

近三年前的某个夏日午后，我写下这个笔记式系列的第一篇小文《不泄底，这是原则》，弹指之间，三个春天过去了。坦白说，我不确信在这十几万字的书写里究竟有无在某处暗示了某个案件的凶手或犯罪过程。我可能写了东方快车上所有的凶手在餐车里听着波洛与那位受害人谈话的场景，或是把《裁判有误》那高明的立意赞颂到过于直白的地步，抑或对《哲瑞·雷恩的最后一案》的悲壮尾声加诸了不够节制的个人情感。无论如
何，我实无时间与精力上的余裕再去修饰那些略有泄底的段落，我只是在这个春末的午后，泡一杯英式红茶，匆匆回望一下那些书写过的伟大人物以及让人身心愉悦的绝妙诡计，然后再斟酌一下未来的十几万字该写些什么。

倘若把这段推理小史的书写过程对应到普通人的一日三餐的话，"前黄金时代"是丰盛的早餐、"黄金时代"是美味的午餐、往下的"后黄金时代"是精致的晚餐、而现在则是承前启后的下午茶时间，这个灵感来自于我最钟爱的作家埃勒里·奎因的短篇小说《疯狂的下午茶》，当然那个案件的氛围过于惊悚，而此刻唯有一份恬适。

我认为"前黄金时代"的最大贡献在于推理模式的开创，180余年后的今天，绝大多数的推理作家仍是在运用或翻新那十来种模式，所不同的只是叙事风格与文学语言的改变。例如日本当代的推理天才乙一的短篇《小饰与阳子》（收录在《ZOO》里），里面的核心诡计就是两个双胞胎姐妹的身份互换以及由此引发的奇妙事件，而身份互换或误认的推理模式早在1863年法国作家埃米尔·加伯里奥的《勒沪菊命案》里就出现了,只不过乙一运用此模式的手法呈现一种暗黑的元素,并配上标新立异的书写风格,如这样的开头:"妈妈要杀我的话,她会怎么下手呢? 或许是老一套地拿硬物敲我的头;或许是另一个老一套地掐紧我的脖子;还是把我从公寓阳台推下去,再伪装成自杀?"

在此不妨梳理一下那些经久不衰的推理模式:

| 序号 | 推理模式 | 开创者 | 首部作品 | 经典作品 |
|---|---|---|---|---|
| 一 | 密室 | 埃德加·爱伦·坡 | 《莫格街凶杀案》 | 加斯顿·勒鲁《黄色房间的秘密》 |
| 二 | 安乐椅侦探 | 埃德加·爱伦·坡 | 《玛丽·罗杰疑案》 | 奥希兹女男爵《角落里的老人》 |
| 三 | 心理盲区 | 埃德加·爱伦·坡 | 《失窃的信》 | G. K. 切斯特顿《隐身人》 |
| 四 | 密码破译 | 埃德加·爱伦·坡 | 《金甲虫》 | 柯南·道尔《跳舞的人》 |
| 五 | 欺骗凶手 | 埃德加·爱伦·坡 | 《就是你》 | 狄克森·卡尔《恐怖的活剧》 |
| 六 | 多视角叙事 | 威尔基·柯林斯 | 《月亮宝石》 | 东野圭吾《恶意》 |
| 七 | 身份互换或误认 | 埃米尔·加伯里奥 | 《勒沪菊命案》 | 柯南·道尔《恐怖谷》 |
| 八 | 多重身份或身份隐匿 | 柯南·道尔 | 《巴斯克维尔猎犬》 | 埃勒里·奎因《X 的悲剧》 |
| 九 | 反向推理或倒叙推理 | 奥斯汀·弗里曼 | 《歌唱的白骨》 | 三谷幸喜《古畑任三郎》 |
| 十 | 孤岛或暴风雪山庄 | 江户川乱步 | 《孤岛之鬼》 | 阿加莎·克里斯蒂《无人生还》 |
| 十一 | 多重解答 | 爱德蒙·克莱里休·本特利 | 《特伦特最后一案》 | 安东尼·伯克莱《毒巧克力命案》 |
| 十二 | 叙述性诡计 | 阿加莎·克里斯蒂 | 《罗杰疑案》 | 我孙子武丸《杀戮之病》 |

"黄金时代"是最美味的正餐,参与这场盛宴的都是划时代的大师。我若是评选推理小说史上最伟大最经典的作品,只需从三巨头的 Top10 的作品清单里各摘出几部合在一起就可以交差了,比如这样一个十佳列表:克里斯蒂的《长夜》《帷幕》与《藏书室女尸之谜》;奎因的《希腊棺材之谜》《Y 的悲剧》《十日惊奇》与《九尾怪猫》;卡尔的《三口棺材》《燃烧的法庭》与《女郎她死了》。这个组合体现了"均衡之美",因为克里斯蒂的作品分别来自波洛系列、马普尔小姐系列与非系列;奎因的则涵盖了"国名

系列""悲剧系列""莱特镇系列"与非系列；而卡尔则取自菲尔博士与亨利爵士的代表作，以及一部非系列作品。倘若要立刻换上完全不同的另外的十部作品也是轻而易举的事情，因为三巨头的名作实在太多了。

倘若把三巨头与冷硬派作家排除在外，再来检视一下从 1841 年到 1945 年这一百年来的那些让我印象深刻的解谜类（或叫本格类）作品，我会给出这样一个 Top10 的列表，其中的那些案件情节或诡计推理就算在多年之后回想起来，还会像一道耀眼的闪电划过夜空般得清晰无比。

第十名：柯南·道尔爵士的《巴斯克维尔猎犬》。

这是一部彰显气氛对于故事有多大影响力的作品，另外印刻在记忆中的绝美画面就是夏洛克·福尔摩斯站在月光下的山冈上，带给华生医生无比震撼的伟岸形象。而杰里米·布莱特（Jeremy Brett）的演绎让我有一种福尔摩斯活生生地从书本里走出来的错觉。

第九名：埃米尔·加伯里奥的《勒沪菊命案》。

这部 1863 年的作品是一部真正的先驱作品，如果有更佳的翻译，我想这个身份调换的故事会更吸引人，因为所有的动机与逻辑推演在身份调换的前提被颠覆之后必将彻底改变。整个推理小说史或许欠这部作品一个更体面的地位。

第八名：爱德蒙·克莱里休·本特利的《特伦特最后一案》。

本来是一部戏谑之作，用于嘲讽那些无所不能的大侦探们，但在不经意间却写出了一部推理味道十足，结局具有惊天大反转的不朽作品。此作的烧脑程度可与奎因的"国名系列"比肩，只可惜特伦特侦探的第一个案件，也是他的最后一个案件。

第七名：G. K. 切斯特顿《隐身人》。

如果想了解心证推理到底是什么模样，这是一部首选作品。为了藏一片树叶得造出一座森林，人类的智慧有时候是如此的不可思议。读完布朗神父的几部短篇集之后你必能理解为何克里斯蒂自视为切斯特顿的门徒。

第六名：S. S. 范达因《主教谋杀案》。

S. S. 范达因最著名的两部五星级别的推理小说，另外一部是《格林老宅谋杀案》。此作是童谣杀人模式的经典，与克里斯蒂的《无人生还》一起享誉整个推理世界。书中最精彩之处是对于嫌疑犯心理的剖析：那种长期压抑痛苦、将不满完全掩埋而表面平静的人，往往具有威胁性。

第五名：克莱顿·劳森的《死亡飞出大礼帽》。

可能是卡尔之外最好的不可能犯罪的作品，诡计非常酷，可能是出自魔术师的缘故,几个大师轮流变戏法,魔幻到让人惊叹的程度。劳森还有两部绝妙的短篇故事《来自另一个世界》与《天外消失》,同样如魔术一般绚丽无比,让人沉醉。

第四名:加斯顿·勒鲁的《黄色房间的秘密》。

《剧院魅影》的作者,值得所有推理爱好者为之脱帽致敬(尽管我此刻没有戴着)。密室谋杀与消失诡计都是绝对的经典,被后世无数的小说与影视剧借鉴或模仿。难以想象这是一部写于1907年的作品,日后以勒鲁为导师的狄克森·卡尔在那时还不到一岁。

第三名:江户川乱步的《阴兽》。

如果只能选一部作品来代表1945年之前的日本推理界,毫无疑问是《阴兽》。读完此作必能深刻领悟到日系作品的独有风格:耽美、妖冶、怪诞与细腻。当时的日本推理界创造了一个新词来诠释这种风格,就叫"乱步体验"。

第二名:安东尼·伯克莱的《裁判有误》。

一个人要自证其罪居然会那么难,还需要侦探的帮忙,但背后的动机更令人动容。伯克莱的《毒巧克力命案》完全能列入十佳之列,只是我想避免出现一位作家入选两部作品的情况,而《裁判有误》在立意与语言风格上都要高过那部多重解答的名作。

第一名:杰克·福翠尔的《微笑的上帝》。

有时很难抉择,到底是像"滤壶与三只茶杯"(《希腊棺材之谜》中的烧脑桥段)这样复杂的诡计与缜密的推理更难以创作,还是真相极为简单但在勘破之前很难猜透的诡计更可遇不可求?福翠尔夫妇合作的中篇小说《微笑的上帝》是到目前为止令我最钦佩、最感叹也是最无法描述的作品,因为哪怕多说一句立马就会泄底。我对物证推理派大师杰克·福翠尔唯一的不满是:你为何在年纪轻轻,尚未著作等身的时候就去搭乘了那艘叫"泰坦尼克号"的不归之船?

下午茶时光短暂易逝,精致的晚餐尚需时间去筹备。可以预见的是,"后黄金时代"的主线必是美国冷硬派(从罗斯·麦克唐纳到劳伦斯·布洛克)与日系推理(从横沟正史开始的几代作家)的双峰对峙,此外还应有众多本格推理大师如柯林·德克斯特、雷克斯·斯托特、爱德华·霍克、苏·格拉夫顿等,以及我个人钟意的法国作家保罗·霍尔特、美国作家杰夫里·迪弗、英国作家P. D. 詹姆斯、安东尼·霍洛维茨等都将占据一席之地,再加上从民国至今的中国几代推理作家的杰出作品,如此也足够蔚为大观了。我想,这样一个长达四分之三世纪的辉煌时期也当得起一个辉煌的称谓——不如名之为推理小说史的"白银时代"。

# 附录一：每月选一本推理小说

倘若每周读一本推理小说，一年累积下来能超过 50 本，这个数量就算对于推理迷来说也是不易做到的。我在前几年曾经达成过这样的目标，而在疫情这三年却远远够不到这个标准，由此可见阅读推理小说也是需要舒畅的心境。现在来盘点一下在这特殊的三年里留下美好印象的推理小说，并为春夏秋冬的 12 个月份各推荐一本，或许那一本实际上并非在那个月读的，只是我觉得在气质上与那个月份相吻合罢了。

### 一月：雪祭

《雪祭》
北京联合出版公司，2022 版

密室推理，不可能犯罪领域里的皇冠上的宝石，没有一个推理作家不想去尝试以证明自己的推理才华。雪地上的尸体，周围没有凶手的足迹，狄克森·卡尔式的华丽谜面，逻辑合理的解答。并且，在短篇里还能安排真相反转确实能让读者感到满足。十个故事都有各自的奇思妙想，从棺材里消失的尸体、在摩天轮里溺毙的女郎、额头上没有子弹穿过的弹孔……这些匪夷所思的画面让我想起岛田大神在东京、大阪、北海道这些城市中架设的那些天马行空的犯罪场景，或者爱德华·霍克在美国的大都市中编织的那些不可能犯罪事件。总之，"中国密室之王"的称号看来并非浪得虚名，而是干货满满。

推荐指数：四星半。《雪祭》孙沁文著，北京联合出版公司，2022 年 11 月。

### 二月：抉择

有人等来了春天，有人却留在了寒冬。医学院的学生文秀娟知道有人要杀自己，但不知道对方是谁、会用什么手段，她要在等待与反击之间做出抉择，最终她决定写信给藏在幕后的那个冷酷杀手。但是她等来的是无法想象的对手与无法承受的打击。跨越 19 年的真相挖掘，从虹镇老街到上海医学院，一个要为死去的室友讨回公道的坚毅女生。这桩发生在魔都这座城市里的暗黑、恐怖、残酷的杀人事件，在气氛上完全不输给那些在东京发生的知名事件。

推荐指数：四星半。《19 年间谋杀小叙》那多著，人民文学出版社，2018 年 7 月。

《19 年间谋杀小叙》
人民文学出版社，2018 版

《今夜宜有彩虹》
新星出版社，2017 版

### 三月：希望

初春，充满希望的月份，主人公想找到他心仪的那个神秘女孩，给她看世界上最美丽的彩虹。《今夜宜有彩虹》，很有文采的书名，小说的结构也很漂亮，双线叙事，一条解谜，另一条铺陈动机。当双线汇合之时彩虹出现了，凶手也锁定了，故事也就自然落幕了。节奏明快，叙事流畅，就是侦探稍微唠叨了些。

推荐指数：四星半。《今夜宜有彩虹》陆烨华著，新星出版社，2017 年 10 月。

### 四月：韶华

韶华飘落，一切在萌芽的时候就已经注定。这样一本神奇的作品不适合阅前的导读，能说的就是发生在媛首山的这出跨越三十年的不连续杀人事件肯定不是鬼故事，尽管在黑夜里裹着黑头巾行走就像无头鬼一样。主人公是长寿郎与妃女子，这对外貌与性格截然不同的孪生兄妹，哦不，实际上是那个叫斧高的小男仆，他目睹了一切，但在当时却搞

《首无·作祟之物》
吉林出版集团，2011 版

不清楚眼前到底发生了什么。还有那个叫刀城言耶的侦探，推理出了所有的细节，仿佛当年他就身处那些恐怖的案发现场似的。已经说的太多了，这是一本不可描述的宏大作品，诡计的高明之处我认为甚至超越了岛田大神的《占星术杀人魔法》。

推荐指数：五星。《首无·作祟之物》三津田信三著，吉林出版社，2011 年 6 月。

### 五月：新风

如初夏的清新之风，斜线堂有纪，日本文坛的新秀，名字很清丽。《杀死小说家》书名有点新奇，故事的推进也很新奇，读着读着我甚至忘记了这是一部推理小说，没有死者，也没有凶手，当然更不会有侦探，但明明在封底的介绍上说"失去才能的天才小说家与决心拯救他的少女——为何她要选择杀死自己最爱的小说家呢？"这是一部让我感觉非常轻松的作品，因为我看看停停持续了半个月也还能记住情节，当一部推理小说没有推理的时候确实不存在阅读上的紧迫感，但谁告诉过我这是一本推理小说呢？

《杀死小说家》
新星出版社，2020 版

推荐指数：三星半。《杀死小说家》斜线堂有纪著，新星出版社，2020 年 9 月。

### 六月：梅雨

这是一个发生在梅雨季节的杀人事件，地点在高中学校的体育馆，按照案发时的现场状态那是一个巨大的密室。密室通常分为两类，物理密室和心理密室。一般认为后者比较难写，案发时要么凶手没有进入过，要么还留在现场。而物理密室喜欢的人不多，因为一旦使用机械手法就没那么有趣，青崎有吾显然深知这点，他安排了一个实实在在的物理密室，但逃出去的通道却很有趣，诡计的推演也做到了公平。书里的少年侦探里染天马很有个性，是个与众不同的宅男，不是宅在家里，而是学校里。

推荐指数:四星。《体育馆之谜》青崎有吾著,人民文学出版社,2017 年 10 月。

### 七月:热火

《13·67》在那年的夏天上市,一时洛阳纸贵。小说里的情节跨越 46 年(从 1967 年到 2013 年),对应到香港警界的漫长发展史。两代警员关振铎与骆小明的故事,六个篇章各有各的精彩,且首尾相接。此书胜在壮阔的格局,胜在逼真的细节,也胜在动人的情谊。如果由当年《无间道》的原班人马来把此作拍成电影,应该会比《无间道》更好看,因为由此作改编的剧本肯定更有内涵。一本推理小说卷走了整个夏天的阅读热情,这样的情况似乎从未发生过。

推荐指数:五星。《13·67》陈浩基著,皇冠文化出版有限公司,2014 年 7 月。

《13·67》
皇冠文化出版有限公司,2014 版

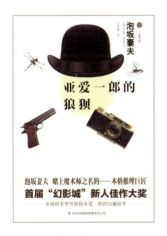

《亚爱一郎的狼狈》
吉林出版集团,2014 版

### 八月:流云

从一部高能的长篇推理小说里走出来的好办法就是看一些轻松生动的短篇,并且主人公得诙谐有趣,亚爱一郎君就是符合这样诉求的人物。他看上去胆小腼腆,是个摄影师,喜欢拍天空中的浮云,然后顺便勘破一些奇奇怪怪的案子。《DL2 号机事件》是短篇集里面让人印象最深刻的故事,罪犯为什么走下飞机舷梯的时候要故意绊一下自己?这是一个很棒的心证推理的故事,我猜泡坂妻夫一定是切斯特顿或克里斯蒂的书迷。

推荐指数:四星。《亚爱一郎的狼狈》泡坂妻夫著,吉林出版集团,2014 年 8 月。

### 九月:清香

丹桂飘香,沁人肺腑。大山诚一郎之于近十多年的日本推理界就如一股清香,让人振奋舒爽。《字母表谜案》由四个独立的短篇构成,《P 的妄想》里那个地板倾斜的奇妙构思、《F 的告发》里堪称经典的身份假扮、《C 的遗言》里宏大的场景设计与《Y 的绑架》里让人佩服的多重解答。当然,最让人意外的是在公寓顶楼茶聚欢谈的破案四人组(女翻译家明世、女精神科医生理绘、年轻刑警慎司与富有的房东,也是扮演侦探角色的峰原先生)为何在最后一个案子解决之后无法再继续温馨的下午茶时光?

推荐指数:五星。《字母表谜案》大山诚一郎著,河南文艺出版社,2021 年 4 月。

### 十月:怀旧

深秋宜怀旧,在故纸堆里徜徉。这次去的比较遥远——民国。倘若民国的大侦探们经历过欧美推理黄金时代的洗礼该会呈现出怎样一种新格调?这种格调捎带些伦敦的迷雾、巴黎的浪漫以及纽约的喧嚣,而主体则是上海这座城市的味道——海派。就算看不懂上海方言的推理迷也能感受到魔都在民国时候的魅力,尤其在作品的上半部里。到了下半部,以霍桑为首的民国侦探们对于经典诡计的演绎仿佛让这些故纸堆里的人物重新拥有了鲜活的文学生命。无论如何,霍桑们的新探案至少得有三部曲才能尽兴。

推荐指数:四星半。《侦探往事》时晨著,北京联合出版公司,2021 年 9 月。

《字母表谜案》
河南文艺出版社,2021 版

《侦探往事》
北京联合出版公司,2021 版

《幻影小巷》
青岛出版社,2020 版

### 十一月:迷雾

秋冬交替时节的雾气,让人觉得阴冷,如果正走在伦敦的杂乱小巷里就又多了一份迷离,再如果片刻之前走出的小巷,回头再看就已经消失了,那么在阴冷迷离之上又多加了一份恐惧。关于消失的故事总是最困扰读者的,消失的对象从凶器、尸体、罪犯，乃至火车、别墅等等蔚为大观，这次消失的是一整条街，叫克拉肯街。法国当代推理大师保罗·霍尔特的中文版权从新星、吉林转到了青岛出版社，感谢上帝，当年沉迷于《第七重解答》《达特穆尔的恶魔》与《血色迷雾》的愉悦感觉又被唤醒了。

推荐指数：四星半。《幻影小巷》保罗·霍尔特著，青岛出版社，2020 年 8 月。

### 十二月：聚散

马修·斯卡德随着劳伦斯·布洛克一同老去，或许《聚散有时》不一定是封笔之作，但斯卡德终有挥不动拳头的时候，布洛克也终有打不动字的时候。斯卡德在《父之罪》（发表于 1976 年）出场的时候大约 35 岁，而这本书里说他已经戒酒三十年了，那么粗算一下他就是奔七的老人了。女朋友伊莲还在他身边，从最初开始就是，只是陪伴的方式不同，威士忌也呈现出不同的存在价值，可以往咖啡里面兑一点。马修·斯卡德不是菲利普·马洛的翻版，因为雷蒙德·钱德勒根本无法被模仿，劳伦斯·布洛克开创出属于自己的宽广天地，让冷硬派推理文学高峰迭起，魅力不灭。人生聚散有时，经典回响不绝。

《聚散有时》
脸谱出版社，2020 版

推荐指数：四星。《聚散有时》劳伦斯·布洛克著，脸谱出版社，2020 年 1 月。

# 附录二：从孤岛书店到谜芸馆

孤岛书店

国内有很多优秀的推理作家，但同时在经营推理书店的唯有时晨。

全城静默前的一年里我常去黄浦区南昌路附近的"孤岛书店"，钻进一条小巷子里走到头，再拐个弯，一家理发店的旁边就是，如果不是推理爱好者恐怕不愿辛苦寻觅进来。我在这里买了本时先生的成名作《黑曜馆事件》，也在这里与店主合作开了一场线上的企业员工读书会，反响不错，喜欢推理的年轻人比预想得要多；今年春节后时晨的新店"谜芸馆"在杨浦区大学路附近开张，换成沿街的门面同样素雅别致，旁边的邻居是同样新搬迁过来的复旦旧书店，对面还有一家悦悦书店正在装修，看来不久就能形成福州路似的书香氛围，让前来捧场的我很是期待。我在更宽敞明亮的"谜芸馆"里看到新版的《黑曜馆事件》置放在显眼处，感觉像经历了一个轮回。疫情的痛楚熬过之后，书店是新的书也是，情怀是旧的人也是，这种感觉真好。

《黑曜馆事件》是我看的第一本当代中国推理小说，所以印象较深。《黑曜馆》属于纯粹的本格推理，以上海这座城市为背景，把两件相隔20年的杀人案交织在一起。我忘记是否问过作者黑曜馆坐落在宝山区什么地方，如果是一场特大暴雨使得手机信号都会没有的话，那一定非常偏僻，实际上要在上海这样一个超级大都市里为"暴风雪山庄模式"找一个场所确实有点勉为其难。但陈爝与韩晋合租的思南路上的公馆则很容易遇到，在梧桐掩映下的清净宅院里很适合主角们讨论案情。这里是十里

洋场的"上只角"，而文秀娟（那多《19年间谋杀小叙》里的女主）则是从鱼龙混杂的"下只角"虹镇老街里走出来的，无论上只角还是下只角，都是上海这座城市独有的色彩，因此对于熟悉上海的读者自然会生出一种独有的阅读情怀。

《黑曜馆》的创新是序章中那篇长长的童话故事，以前我最多看到一两首童谣来暗示真相，但像这样一整个章节的真相预言除了岛田君的《螺丝人》之外似乎不曾见过，当然，推理小说以外是有例子的，最经典的就是红楼梦的第五回。我认为整部《黑曜馆》里最本格的部分就是陈爝按照童话里的叙述推演出当年几个死者的死亡时间顺序，最后告诉大家童话里的大反派"蓝胡子"竟没有对应的当事人。

"每个人都是座沙漏，时间从出生那刻开始往外流，至死去那刻流尽。"这样的文字预示着作品的悲剧氛围，社会派的杰作大多如此。而本格派作品的标题虽然都喜欢用某某杀人事件，表面上显得很严肃，但侦探与助手都或多或少带着点喜感。青崎君笔下的里染天马就是一位任性调皮的少年，陈爝也像刚出道的埃勒里·奎因那样会犯大错，他的助手韩晋在追求女生方面的能力显然不如华生医生或黑斯廷斯，木讷程度应该也超过了石冈君，竟能浑然不觉在他背后发生的瞬间杀人事件。

我在网上看到些批评《黑曜馆》的评论文字，例如文笔生硬、叙事不流畅等等。我想如果标准一致的话，奎因的成名作《罗马帽子之谜》在行文上也略显生涩。比较2015年的《黑曜馆》与2019年的《密室小丑》，时晨在书写成熟度上的进阶是显而易见的。作为常识而言，大多数的推理作家都需要借助时间与经历来洗练自己的文字，不断提升文学水准，连黄金时代的三巨头都不例外，像雷蒙德·钱德勒这样在文采上出道即巅峰的推理作家是寥若晨星的，可能是因为那年他已经50岁出头。至于对诡计的臧否当然是因人而异，见仁见智的。有人批评说《黑曜馆》的密室诡计借鉴于前

时晨 The Joker In The Locked Room 著

密室小丑

**耗时十年**
**时晨精心打造了一个**
**推理宇宙**

过去我所写的每一本书，
都是为这一本打下的铺垫。
——时晨

《密室小丑》
人民文学出版社，2020 版

人，倘若真如此，我想推理界的一个普遍认知也不能被读者遗忘，即借鉴与重述本就是推理小说创作上极为常见的做法。日系推理的鼻祖江户川乱步被公认是一位重述的高手，晚年的名作《恐怖的三角公馆》就是对一部不太知名的欧美推理小说的改写。如果把东野圭吾的《嫌疑犯 X 的献身》与阿加莎·克里斯蒂的《藏书馆女尸之谜》放在一起品读，定能觉察出东野君的巧妙借鉴。所以，问题本身不是重述，而是重述的手法是否足够精彩。《黑曜馆》里的两个密室诡计，暂且不论是否借鉴或重述，在我看过的有关窗户与门的诡计里算是上乘的，倘若你对《孔雀羽谋杀案》与《犹大之窗》这样的作品愿意表示尊敬的话。

在孤岛书店我还得到了时先生的另外三册签名本，即《密室小丑》（2019 年）、《枉死城事件》（2020 年）与《侦探往事》（2021 年）。我建议读者连着读完这三册本格作品，这样可以在整体风格上咀嚼出当代中国本格推理的味道。这三部作品延续了作者从《黑曜馆事件》发轫以来所怀具的本格初心，我认为这就是一种创作的底色，是最初驱使作家挥笔的内在动因。但很显然，这三部作品里出现了《黑曜馆》里没有的元素。我喜欢《密室小丑》的结构，能见出作者的用心。在叙事上，密室小丑是一条线，充当侦探角色的肖晨与此线缠绕，埋下一出巧妙的身份诡计；而警方是另一条线，这里面还分出唐薇、欧阳俊、钟旭、潘成钢与宋伯雄等几位警察的支线或桥段，我不记得有哪部推理小说出现过这么多戏份搭配得非常均衡的警务人员，组成的这支警方天团差点在气势上盖过了侦探们。其实也难怪有这种感觉，陈爝并没有到现场，阎小夜虽然在现场但也不是性格张扬的主，而肖晨扮演的角色则很特殊。

《黑曜馆事件》
长江出版社，2015 版

谜芸馆

罪犯群体的描写也是各有各的生动，尤其是大 boss 炼师，有一点莫里亚蒂的影子。几个密室诡计也很平稳，尤其是那个室内地板的诡计，就像《本阵杀人事件》里的核心诡计一样，就算时间过去很久了也能记起来。《密室小丑》里的元素众多，却能融合得非常和谐，在结尾处还留了一个很惊悚的彩蛋，如果作者不在未来的日子里把这个坑给填了，这应该可以被视为对读者的一种犯罪吧？

就推理小说的诡计而言，有两类是很难创作的。其一是最简单的诡计，但在没有被道破之前很难猜透，比如《微笑的上帝》与《达特穆尔的恶魔》；其二是最宏大的诡计，完美的构思在流畅的情节推动之下最终演奏出最高亢的音符，让读者的心潮久久难以平复，经典作品有《上帝之灯》《占星术杀人魔法》与《钟表馆事件》等，而《枉死城事件》看上去试图在为这个领域添入一个最新的案例。我不确信时晨先生对于中国文化元素的呈现是否达到了炫技的程度，但我明显感受到像丰都鬼城、刑具博物馆等文化素材不是单单靠搜集几篇前人的文章就可以揉捏成形的，一定得有大量的时间、精力与热情的投入才行，所以很佩服

《黑曜馆事件》
新星出版社，2023 版

作者的才气与精神,不是每一个当代的推理小说家都能做到的。《枉死城事件》还让我满足了一个阅读的期待,即在当代作家的有关城堡、庄园或楼馆等密室题材上可否出现一起由建筑本身发动的犯罪事件？如岛田大神的《斜屋犯罪》。

《侦探往事》比以上两部作品更具一种现实意义。现实是什么？中国本土的推理文学在发展脉络上是存在断层带的,从程小青、孙了红这批民国作家到当代作家之间是不连续的,没有像日本那样出现了横沟正史、坂口安吾与松本清张这样的大师群体来担当一种承上启下的连接责任,即把从开创者(江户川乱步、甲贺三郎等)那里继承下来的日式美学风格,与从欧美黄金时代的各推理流派那里学到的创作风格以及诸多推理模式相结合,为后一代的日本推理作家奠定发展的基础,指明开拓的方向。在《侦探往事》的上半部“犯罪之都”里感受到一股浓厚的民国风,那是霍桑、鲁平、与李飞们的旧世界;下半部的“洋房血案”风格巨变,这些民国的侦探小说家们在案件开始之前仿佛组队经历了一趟推理文学的世界之旅,先拜访了伦敦的侦探俱乐部与阿加莎·克里斯蒂、安东尼·伯克莱等大师们潜心交流,随后到纽约西八十七街的公寓里与奎因表兄弟切磋诡计构造与情节铺陈,再到巴黎的塞纳河畔边同乔治·西默农爵士共饮下午茶,体验了一把浪漫情怀。最后他们回到了一个平行世界,在那里仍旧是民国的街景、人物与生活,但他们构建、叙述与终结故事的模式与手法发生了奇妙的变化,他们笔下的大侦探们也似乎变得更有魅力……

《侦探往事》把中国的传统美学与欧美黄金时代的推理哲学做了连接,很像横沟正史当年所做的尝试,那么接下来的问题就更具探索意义了,日本推理在横沟君之后产生了社会派、新本格派与当代各种新潮流派,《侦探往事》之后的中国本土推理将会出现怎样一股新的浪潮？或许也是这部作品留给读者的一个更宏大的悬疑。

前些天刚拜读完时先生最新的作品《枭獍》,讲的是在养老院发生的两起表面无关却内在勾连的杀人案件。受害人怀着隐秘的过往,嫌疑犯也有,连侦探都有,显然作者编织故事与描摹人物的能力又迈上了一个新台阶,让我有一种感觉仿佛是在读松本清张的推理作品。果然作者也承认这是一部偏社会派的新作,但一头一尾的设计却很本格,开始处的犯罪过程被全程摄录,与结尾处的真凶是谁的反转,让我这个埃勒里·奎因迷也感到很意外,这恐怕就是作者那颗本格推理的初心在驱策着吧。作为从孤岛书店一路追随到谜芸馆的忠实读者,对于时先生日后的创作我仅从一个业余书评人的角度,提一个纯粹属于个人偏好范畴的建议:能否考虑裁减些上帝视角,尽量舍弃旁白,让书中角色站在"我"的角度自行去讲述事实、推动情节,就像东野圭吾在其最新作品《白鸟与蝙蝠》里呈现的那种电影式的叙事手法。

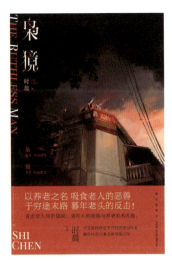

《枭獍》
新星出版社,2022 版

总之,上海唯一的推理小说专营店能重开张就是一件幸事。谜芸馆沿街的落地窗旁还摆了椅子和茶几供觅书人小憩,但据说只能供应罐装咖啡,没有冰镇威士忌,还好我也不像菲利普·马洛那般挑剔。

**图书在版编目(CIP)数据**

推理小史:黄金时代/孙毅著.—上海:上海三联书店,
2024.8.(2024.10 重印)—ISBN 978-7-5426-8573-5

Ⅰ.Ⅰ106.4

中国国家版本馆 CIP 数据核字第 2024LT4882 号

# 推理小史—黄金时代

著　　者 / 孙　毅

责任编辑 / 张静乔

装帧设计 / 徐　徐

监　　制 / 姚　军

责任校对 / 王凌霄

出版发行 / 上海三联书店

　　　　　 (200041)中国上海市静安区威海路 755 号 30 楼

邮　　箱 / sdxsanlian@sina.com

联系电话 / 编辑部:021 - 22895517

　　　　　 发行部:021 - 22895559

印　　刷 / 上海盛通时代印刷有限公司

版　　次 / 2024 年 8 月第 1 版

印　　次 / 2024 年 10 月第 2 次印刷

开　　本 / 710 mm × 1000 mm　1/16

字　　数 / 290 千字

印　　张 / 16.5

书　　号 / ISBN 978 - 7 - 5426 - 8573 - 5/Ⅰ·1890

定　　价 / 88.00 元

敬启读者,如发现本书有印装质量问题,请与印刷厂联系 021 - 37910000